［增订本］

千年霜月千家诗

七言《千家诗》的全新解读

石继航——著

煮雨者文丛

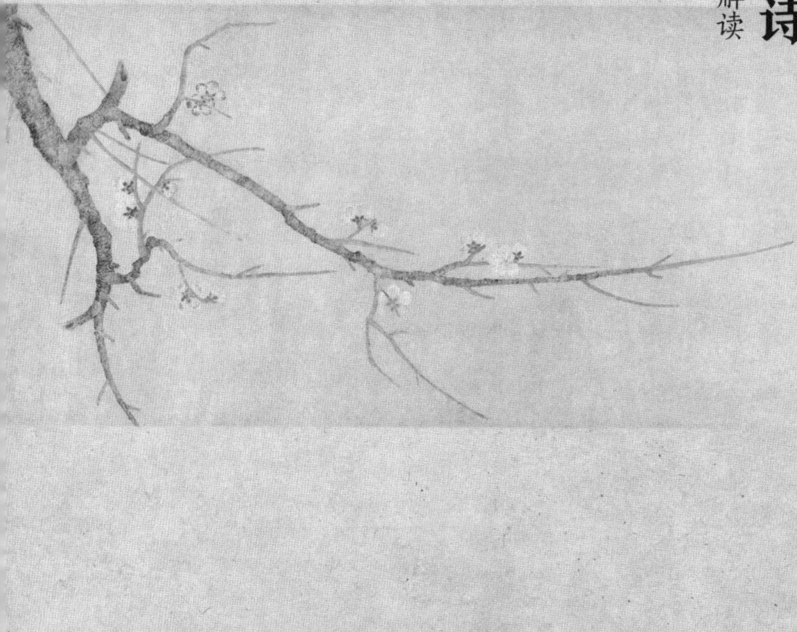

漓江出版社
桂林

图书在版编目（CIP）数据

千年霜月千家诗：七言《千家诗》的全新解读 / 石继航著 .-- 增订本 .-- 桂林：漓江出版社，2020.7
ISBN 978-7-5407-8881-0
Ⅰ . ①千… Ⅱ . ①石… Ⅲ . ①古典诗歌 - 诗歌欣赏 - 中国 Ⅳ . ① I207.227.2

中国版本图书馆 CIP 数据核字（2020）第 095014 号

QIANNIAN SHUANGYUE QIANJIASHI
千年霜月千家诗（增订本）
——七言《千家诗》的全新解读
石继航　著

出版人：刘迪才
策划编辑：石绍康
责任编辑：胡子博
书籍设计：石绍康
责任监印：杨东

出版发行：漓江出版社有限公司
社址：广西桂林市南环路 22 号
邮 编：541002
发行电话：010-65699511 0773-2583322
传真：010-85891290 0773-2582200
邮购热线：0773-2582200
电子信箱：ljcbs@163.com
微信公众号：lijiangpress

印制：北京中科印刷有限公司
（北京市通州区工业区 1 号楼 101 号　邮政编码　101118）
开本：880mm × 1230mm 1/32
印张：10
字数：280 千字
版次：2020 年 7 月第 1 版
印次：2020 年 7 月第 1 次印刷
书号：ISBN 978-7-5407-8881-0
定价：48.00 元

煮雨者文丛

目录

七律卷

霜月满窗诗梦醒（自序）

流年川暗度，往事月空明。时光的脚步永远不止，宋人蒋捷有词：“少年听雨歌楼上，红烛昏罗帐。壮年听雨客舟中，江阔云低，断雁叫西风。而今听雨僧庐下，鬓已星星也。悲欢离合总无情，一任阶前点滴到天明。”

不同的年纪，有不同的阅历，也有了不同的心境，然而，不变的还是对诗词的喜爱。因为喜欢做一个简单清素的人，所以在岁月的长河中，渐渐变得浑圆沉静，效江湖沧溟之含纳，向往着那种“不滞于物，不困于心，不乱于人”的境界。

当然，虽然说是“时过无心求富贵，身闲不梦见公卿”，然而总还是有些思绪纷纷的时候，在这样的时候，我最喜欢做的事情，就是捡起诗卷，回到千百年前古人织就的诗情之中，晏然自若。那一刻，不必有松间明月，花下清风，心中自有如明镜的怡悦。

好诗，不但是语言中最精美的句子，而且寄托着人们最美好的情怀，无数的前贤，都成了匆匆百代过客，而他们最明澈真诚、纯净深刻的情愫，却留在了这一首首的诗句之中。

这些优美的诗句，仿佛是悠悠岁月中的古玩宝物，因层层积淀，逐渐形成一种特有的皮壳。这是岁月的留痕，它滑熟可喜，幽光沉静，显露出一种温存的旧气；又似乎是鲁殿灵光式的历史名胜，它们静默在夕阳残照中，承载着历史的尘埃，经受着千百年的风雨，却把人带进那泛黄的记忆。

古人说：“读未见书如得良友，见已读书如逢故人。”捡出尚为稚齿学童时就常读的《千家诗》来看，当那些曾经囫囵吞枣般咽下的句子又出现眼前时，会和重游昔日的风景一样，不免感慨良多。也许，重读这些早已熟识的诗句，更有“风雨故人来”的温馨吧。

《千家诗》在旧时是必读教材，和《三字经》《百家姓》《千字文》一起合称“三百千千”，影响是非常大的。像《红楼梦》中行酒令时用的花签上的诗句，几乎都来自《千家诗》。冯梦龙的《夹竹桃顶针千家诗山歌》，更是当年“解构经典”的代表作，这些都从侧面反映了《千家诗》的影响之大。

然而，毋庸讳言，《千家诗》也素有良莠不齐的弊病，原来错误非常多，很多诗词的作者张冠李戴。比如像写榴花的诗作者误写作朱熹（其实为韩愈）等等，这些倒还罢了，尤其是把一些不怎么好的诗也选进来了，不免有鱼目混珠之嫌。不过，大多数的选本，还是一味地往好处评，仿佛只要是古人的作品，就是不可冒犯的。

在这一点上，我非常仰慕钱锺书先生的做派，他在《宋诗选注》中，用笔犀利，剖析深刻，并不因为古人是学问大家而为之避讳，好处和缺点都无情地揭示出来。所以，在这一本书中，我对于一些确实平庸的作品，也会很负责地指出来：“这个真不好！”

当然，另一方面，《千家诗》中的好多珍品，在当年也被我们像猪八戒吃人参果一样给吞掉了，没有品出滋味，因为这些句子太耳熟能详了，以致我们熟视无睹。正所谓“睫在眼前人不见”，不少的好诗句，放在课文中被剥皮抽骨般地讲，某些家长填鸭式的往脑袋里灌，反而造成了当年反胃的感觉。正如“夜来风雨声，花落知多少”这样的句子，它虽然在我们口中心上流来流去，却常常忽略了其中的醇美味道，反倒是由其衍生出来的“梦里落花知多少”这样的句子让我们欢喜赞叹。

读一首好诗，回味起来恰如黄庭坚笔下品茶时的心得：“恰如灯下故人，万里归来对影，口不能言，心下快活自省。”春风春鸟，秋月秋蝉，夏云暑雨，冬月祁寒，古人所经历的一切，我们依然会有同感，千年的沧桑，改变不了诗意的心绪、诗意的情怀。

拿起这一本《千家诗》，可以想象得到，这数百年来，有多少人从牙牙学语时，就捧着这些诗在读，又有多少人，漫步在这轮照耀过古今的霜月下，沉浸在这些悠远的诗意里。

古人有诗：“霜月满窗诗梦醒，更无一点暗香来。”我却要说，诗梦之中，自有香馨，浮生常恨欢娱少，能畅快于诗文之中，激浊扬清、笑骂古今，和大家分享积年的酒意诗情，正是我最为顾盼自得的时候，也是我心底最大的温暖和宽慰。

七绝卷

柳荫放牧图　宋代
佚名
立轴　绢本　淡设色
纵99.1厘米　横48.3厘米
美国私人藏

一

春日偶成

[宋]程颢

云淡风轻近午天，傍花随柳过前川。①
时人不识余心乐，将谓偷闲学少年。②

① 傍花随柳：在花和柳枝中穿行，郑重声明：此处是真的花柳。《河南程氏文集》中“傍花”作“望花”。

② 余心乐：我心中的快乐。《河南程氏文集》中“时人”作“旁人”，“余”作“予”。

《千家诗》版本众多，先是有一个七言诗的选本流行，托名为刘克庄或谢枋得所选。但刘克庄的《后村千家诗》全书共二十二卷，内容繁冗博杂。后世流行的七言千家诗选本，当是经过许多文人之手删选而成，堪称“集体智慧的结晶”。然而，虽说有“群众的眼睛是雪亮的”这样的话，但毕竟“群众”的水平是良莠不齐的，这也造成《千家诗》中瑕瑜互见、驳杂混乱的缺点。

《后村千家诗》有个特点，所选的诗作全是律诗和绝句，按时令、节候、气候、昼夜、百花、竹木、天文、地理、宫室、器用、音乐、禽兽、昆虫、人品等分为十四类，现在流行的《千家诗》中仍旧继承了这个特点。

所以嘛，按时节，一年之始在于春，翻开第一页，就应是一些描写春天的诗句。

写春光的诗句，多不胜数，而《千家诗》开卷第一首选的是程朱理学中的“掌门人”——程颢的诗，第二首就是将理学发扬光大的朱熹，可见选诗者对程朱理学的狂热追捧。这也说明，《千家诗》的七言选本应该是诞生在明代程朱理学盛行的时期。

要知道，虽然程、朱等人在后世备受崇拜，有冷猪肉享用（朱熹并非孔子徒弟，却也破例挤进孔庙，成为“十二哲”之一），但生前却都狼狈不堪，仕途坎坷。

程颢先生正好碰到“天变不足畏，祖宗不足法，人言不足恤”的“拗相公”王安石执政，程先生满脑袋循规蹈矩的保守思想，王安石极为讨厌，把他贬出京城，去当芝麻小官。好容易熬到以司马光为代表的“旧党”执政，程颢被召回京师欲重用时，程老先生（也就53岁），却突然发病死了。小沈阳的那句台词叫什么“最痛苦的是人死了，钱没花完”，程老先生却是——“人死了，乌纱帽又来了”，也挺郁闷的。

抛开闲话，来看这首诗。平心而论，这首小诗头两句还是相当不错的：“云淡风轻近午天，傍花随柳过前川”——云淡风轻的午日，阳光煦暖、春光明媚，这时候诗人傍着春花嫩柳走过前方的小河，此情此景，也算是相当细腻怡人了。

不过，后两句却露出了程朱理学“存天理、灭人欲”的尾巴——“时人不识余心乐，将谓偷闲学少年”，意思是说平常人不知道我此时心中的乐趣，还以为我像贪玩的少年蒙童一般忙里偷闲游戏玩耍呢。

读到这里，有些人不免会纳闷，程老先生在春光中散步不是消遣玩乐，那是在做什么呢？小时候我也瞧不大明白，后来才知道，程颢先生曾提出过“定性”的理论：他要求，要修炼到任何时刻都内心平静，不受外物的干扰。他还强调，不应刻意排斥接触事物，要做到虽有外物在眼前，却毫不执着、留恋，达到“内外两忘”，超越自我的境地。（“座中有妓，心中无妓”的故事就是典型例子。）《千家诗》后面还有程颢的一首诗，其中所谓的“万物静观皆自得，四时佳兴与人同”，也是包含了此意。

然而，作为一首诗，这后两句一板脸孔讲道理，就有点意兴索然——你别看我在这里好像是赏花拂柳，我可不是在玩哪，是在修身养性，无时无刻不在修身养性！知道不？

钱锺书先生曾这样嘲笑道学先生们的诗："内容抒情写景既然是'闲言语'，那么就得借讲道学的借口来吟诗或者借吟诗的机会来讲道学，游玩的诗要根据《周礼》来肯定山水，赏月的诗要发挥《易经》来否定月亮，看海棠的诗要分析主观嗜好和客观事物。"

真可谓一针见血！

其实，大好春光里，读书累了，散散心又怎么了？就算"再强的人也有权利疲惫"，何必非要连吃饭睡觉呼吸也紧张到"提高觉悟、修身养性"的高度？忙里偷闲，正是人生一乐啊。"闲中闲"像吃腻的肥肉，"忙里闲"却似久渴后的甘泉。李涉有诗"又得浮生半日闲"，此中滋味，妙不可言。

好在一般人读到此诗时，领会不了程颢先生的深邃道理，却只记住了这个云淡风轻的春日正午，记住了"偷闲学少年"的乐趣。好多人引用此诗时，也不免"辜负了"程颢老先生的苦心说教，而是当作"忙里偷闲"的意思来理解了。这正像人们读完《水浒传》后，被感染到心头的不是什么招安尽忠，而是"反了吧"——"撞破天罗归水浒，掀开地网上梁山"。

依我看，这首小诗后两句还不如写成这样："时人难识余心乐，莫笑偷闲学少年"，那将会更加妙趣横生，俏皮可喜。

【附】冯梦龙《夹竹桃顶针千家诗山歌》将此诗末句演绎为：

> 丝丝绿柳映窗前，系弗住个情哥去后缘。花栏绕遍，春怀可怜；取花消遣，把金瓶水添。梅香不识奴心苦，将谓偷闲学少年。

歌中说，小丫头梅香不知道小姐姐正思念情哥哥，以为她逛花园是为了学少年贪玩呢，其实"醉翁之意不在酒"啊，这句用得似乎比原诗还妙。

二

春日

［宋］朱熹

胜日寻芳泗水滨，无边光景一时新。①
等闲识得东风面，万紫千红总是春。

① 胜日：天气好的日子。泗水滨：指山东泗水河畔，在孔子的故乡曲阜。

朱熹这人，我一向不喜欢。不是囿于对程朱理学的偏见，而是生平就不喜欢那种爱板着脸用大道理训人的。所以，我以前的书中，提到朱熹时往往是不吝于最恶意的语言来形容他的。

对于这首诗，我觉得倒也不能一味贬低，最后一句“万紫千红总是春”还是很有气势的。这一句诗生命力也极强，直到现在还经常被人引用，出现在报纸或讲话稿中。不过，这首诗却是“有好句无好篇”的典型，也就是除了这一句外，其他的句子可就平平无奇了。

“胜日寻芳泗水滨，无边光景一时新”，平铺直叙地说好天气时到泗水边寻芳踏青，无边光景一下子焕然一新，十分浅露平直。“等闲识得东风面”这一句，我觉得是源自老杜的“画图省识春风面”（《咏怀古迹其三》），但杜甫句子中是以融融媚媚的春光形容王昭君的美貌，颇为别致生动。到了朱熹这里却还原为直白地描写春光，把老杜的好句子“等闲”处理了。说难听一点，简直就是化神奇为腐朽。

这还罢了，朱熹这首诗，还有“假大空”的毛病。当时孔夫子的老家泗水附近，早已为金国人占领，朱熹是根本不可能在此游玩的。和朱熹同时代的爱国诗人张孝祥曾在词中愤愤地道：“洙泗上，弦歌地，亦膻腥”。而朱熹却完全漠视“至圣先师”的家乡被胡虏占据的事实，闭上眼睛畅想泗水河边万紫千红的大好风光。现在有些小学生缺乏生活经历，只好闭门造车，写些空话虚景，朱熹这位配享孔庙的人物怎么也这样？

当然，朱熹好歹也是名宿大儒，此诗也不会浅薄无味到只靠“万紫千红总是春”一句充门面。程颢、朱熹二人写诗，经常把读书心得写入诗中，说理讲道。这首也不例外，表面上看朱熹是在“意淫”泗水河边的春光，其实他是在讲儒家经典给他带来的欢欣喜悦。此诗其实暗含着这样的意思：

泗水河畔的春风，吹到我们的心头，吹开了万紫千红的思想之花。

孔圣人的教诲啊，如春光一样暖遍了大地，改换了人间。

所以嘛，如果一味指责这首诗不够含蓄，也未必恰当，只不过此诗的风味，不大对我的胃口。我很赞同明人胡应麟《诗薮》中所说的观点：“曰仙、曰禅，皆诗中本色。惟儒生气象，一毫不得著诗；儒者语言，一字不可入诗。”

朱熹这诗，只从表面理解还好，深入了解后，“头巾气”太冲，更让我掩起鼻子来。

【附】冯梦龙《夹竹桃顶针千家诗山歌》将此诗末句演绎为：

年少娇娘，行过百花亭，只见春风吹动百花新。桃花铺锦，梨花绽银，木香含蕊，蔷薇吐心。姐道：我郎呀，小阿奴奴分明是天上琼花世上少，你莫道万紫千红总是春。

前面说了，朱熹诗中，是用万紫千红总是春，歌颂儒家经典的光辉，冯梦龙改得，估计得把朱圣人的鼻子气歪，这里的万紫千红，几乎成了小姐姐的那些情敌，是浮花浪蕊之属，小姐姐要求情哥哥：“弱水三千，只取一瓢饮！人世间有百媚千红，我独爱你那一种！”

三

春宵

［宋］苏轼

春宵一刻值千金，花有清香月有阴。
歌管楼台声细细，秋千院落夜沉沉。①

① 歌管：歌，歌声；管，则是笛、箫、笙等乐器。其实就是代指歌声乐声。

看到苏轼这首诗，可以一洗前面程朱的腐气。这首诗妙得很，可谓“乐而不淫，艳而不亵”。

“春宵一刻值千金”，这一句后来常用作男女调情时的开场白，旧小说旧戏文中，多少才子佳人共赴鸳帐前，少不了来一句：“春宵一刻值千金，郎君（娘子），我们还是早点安歇了吧。”更有一笑话这样说：

> 某甲娶妻，大喜之日，贺客盈门。晚间闹房，诸客皆以新娘能诗，必欲一聆听。新娘害羞，不肯吟诗，众客人不散。适至夜阑更深，新娘无奈，只得轻咳一声，展开樱桃口，朗诵一绝句：“谢天谢地谢诸君，我本无才哪会吟？曾记唐人诗一句，‘春宵一刻值千金’。”众客轰然而散。

新娘子记错了诗的原作者，说成是唐人的诗，这个略过不提。世人对“春宵”千金一刻的理解，的确常用来指新婚之夜，男女欢爱之夜。有人替苏轼抱不平，搬出这首诗全文来辩解说“事实上，原诗并不是指新婚之夜，而是指春天的夜晚”云云，其实却大可不必。

苏轼不是程朱那样的人，什么时候都正襟危坐、道貌岸然。苏轼洒脱狡黠，诗作也不拘一格，这首诗就是代表。此诗上来劈头一句“春宵一刻值千金”，让人浮想联翩，但接下来，苏轼却一笔宕开，转而写香花明月，又转到歌管楼台、秋千院落，然后呢——就这样完了。剩下的事情嘛，你自己琢磨去吧。正如菩提祖师敲了孙悟空的头三下，接下来什么也不多说。

这首诗虽然没有直写男女欢情，但“春宵苦短”是前人的名言（白居易《长恨歌》），如今花好月圆，而歌吹之楼台，秋千之院落，正是佳人香闺，如果你还不明白的话，那你就是不懂风情的呆鸟了！

要是说得像宋人康与之词中那样：“道文书针线，今夜休攻。莫厌兰膏更继，明朝又、纷冗匆匆。酩酊也，冠儿未卸，先把被儿烘。”——你也别贪看书了，我也不做针线了，干脆留到明儿一起忙吧。今天咱就喝个半醉，我先去给你暖暖被窝儿。虽然说得真切，说得明白，毕竟有些俚俗了。

有道是：暴发新荣之家，滥使银钱，一味抹油涂朱，毕则大书“前门绿柳垂金锁，后户青山列锦屏”，反不如“笙歌归院落，灯火下楼台”更多富贵气象。艳情诗也是如此，直写“转面流花雪，登床抱绮丛。鸳鸯交颈舞，翡翠合欢笼”的诗句，反不如苏轼这首诗更加媚惑无比。相传苏轼曾给王安石下过这样的评语：“此老真乃野狐精也！”（杨湜《古今词话》）可我觉得，苏轼啊苏轼，你幸好是个男人，要是一个女子，更是迷死人不偿命的狐狸精，不说别的，这首诗就太“千娇百媚”了！

【附】冯梦龙《夹竹桃顶针千家诗山歌》将此诗末句演绎为：

春来夜夜忆私情，手托香腮眼看灯。罗帏寂寞，挨过五更；衾寒枕冷，凄凉怎禁。姐道：我郎呀，你自来欢娱所在嫌夜短，教奴奴秋千院落夜沉沉。

这倒是比较吻合苏轼原诗中的“春宵一刻值千金”之意，想东坡若知冯梦龙这样改编，也不会着恼。

四

城东早春

［唐］杨巨源

诗家清景在新春，绿柳才黄半未匀。
若待上林花似锦，出门俱是看花人。①

① 上林：上林苑，始建于秦代的皇家园林，汉武帝时扩建，此时代指皇家园林。

杨巨源是唐人，他的集子里本来也有像“风流才子多春思，肠断萧娘一纸书”“晴空素艳照霞新，香洒天风不到尘”之类明丽晓畅的诗句。时下安意如式的诗词随笔多喜欢罗列这等意味的诗词，但《千家诗》的选者是宋明老儒，他们却偏爱这首也带点“说理”味道的诗。比较前面朱熹所写的诗，我们会发现有类似之处，都是借春景隐喻一些道理。写诗重“理趣”，是宋代某些诗人的特征，但是唐诗中也有少许此类的诗句，所以杨巨源这首诗就入选了。

这首诗单从字面上来说是这样的：对于诗家来说，最美的景色是早春，杨柳吐出淡黄的芽。而到了上林苑中繁花如锦的时候，到处都是看花的人，他们体味不到这早春的气息。但这仅是字面的意思，弦外当另有音。

细品之下，此诗的寓意非常耐人寻味，有人理解为杨巨源是在讲“创作理论”：意思是说要发现新东西，写出新境界，不要人云亦云，拾人牙慧。第一个用花来比喻女人的是天才，第二个就是蠢材了。等流行起来后才跟风，那就晚了。正所谓“股票涨了你知道买了，车撞墙上你知道拐了”……

而另外一层意思就是，当一个有才之士尚未成名时，无人关注，无人问津，正所谓“十年寒窗无人问，一举成名天下闻”，成功之后，鲜花荣誉纷纭而来，但一个人最需要帮助和关怀的时候却是未成名时，锦上添花者多，雪中送炭者少啊。

到底是哪一种意思呢？我觉得，两种意思都无不可，诗无达诂，一首诗能理解成多种滋味，也是一种成功。

这首小诗总体给人的感觉还是相当不错的，可见“诗忌说理”也不是绝对的，关键看说得好不好。套用一个网上的段子：“写诗说理这件事，如果干得好，就叫杨巨源；干得不好，就叫朱熹。”（当然，朱熹也偶尔有说得好的时候，这是后话，后文中再说。）

【附】冯梦龙《夹竹桃顶针千家诗山歌》将此诗末句演绎为：

沉沉春暖百花新，姐儿打扮去游春。粉容娇面，胭脂绛唇，绣鞋罗袜，藕丝绢裙。姐道：我扇子虽拿遮弗得个众人眼，出门俱是看花人。

前面介绍了，杨巨源这首诗还是从文人自身的感触出发的，充溢的是士大夫气，而冯梦龙这么一改，就完全成了小姐姐的情态了，这句“出门俱是看花人”变得春光满纸，脂香粉浓，倒也算得上是无缝衔接，毫无违和感。

五

春夜

［宋］王安石

金炉香烬漏声残，剪剪轻风阵阵寒。[1]
春色恼人眠不得，月移花影上栏杆。

① 金炉：铜香炉。 漏：古代计时的漏壶。 剪剪：风轻而寒的感觉。

王安石这首小诗，在他的集子里，本名《夜直》，也就是说在翰林学士院中值夜班时所写。《千家诗》中第七十七首洪咨夔《直玉堂作》和第七十九首白居易《直中书省》都是写这种情景。

诗中总体是写这样一个情景：夜已深，人难眠。香炉中的香都燃尽成灰，漏壶中的水也将滴完，剪剪轻风吹来阵阵寒意，春色撩人，心烦意乱，无法合眼，只好看着月照花影，移上栏杆。

此处，选诗者为了切合集中按四时编排的特色，将题目改成了《春夜》，那如果把王安石的名字换成朱淑真或者鱼玄机之类的闺中才女之属，此诗简直就不折不扣地是一首“想汉子”的思春之作。

既然本诗原题为《夜直》，作者又是以不好色著称的王安石（史载其妻曾为他买妾，却被拒绝，有宋一代，高官如王安石这样独守一妻者极为罕见），那这首诗的主旨就绝对不是思春了，“春色恼人”夜眠不得的原由，也不再是诗中常见的儿女私情，而是为国为民的忧虑烦恼。

有人说，同样一句话，一个字不差，出于李逵之口，和出于林黛玉之口，那意境有可能完全不同，信夫斯言。这也是我写评诗的文字时，经常不厌其烦地大讲诗人一生的遭际，写该诗时的生活背景等的原因。

宋代杨万里《诚斋诗话》中说这首诗和苏轼的《春宵》那首“流丽相似”，我却觉得两诗风味大有不同，当是杨万里误读了王安石的意思了。

【附】冯梦龙《夹竹桃顶针千家诗山歌》将此诗末句演绎为：

人人花下尽欣欢，偏有姐忆子情郎心转酸。千花并蕊，偏奴影单；蜂忙蝶乱，知郎在那边。日里个样凄凉，我还排遣得去，当得起个月移花影上栏杆。

前面已经说了，很多人会误解王安石这首诗，把“春色恼人”夜眠不得，理解成“想汉子”，到了这个山歌里，当然会随俗，按众人理解的意思来了。

六

初春小雨

[唐]韩愈

天街小雨润如酥，草色遥看近却无。①

最是一年春好处，绝胜烟柳满皇都。

① 天街：京城中的街道。酥：奶油制品，此处是说小雨滑润。

这首诗也是被《千家诗》选诗者改了题目的，原诗名为《早春呈水部张十八员外》，本为两首。

对于这首诗，通常选本中的解释是这样的：

> 京城大道上空丝雨纷纷，它像酥酪般细密而滋润。
> 远望草色依稀连成一片，近看时却显得稀疏零星。
> 这是一年中最美的景色，远胜过绿杨满城的暮春。

有些评家还趁机大发感慨："早春的小雨和草色是一年春光中最美的东西，远远超过了烟柳满城的衰落的晚春景色。写春景的诗，在唐诗中，多取明媚的晚春，这首诗却取早春咏叹，认为早春比晚春景色优胜，别出新意……"

对此，笔者觉得，这些评家把韩愈好好的一首诗给理解歪了。关键是对于最后这句"绝胜烟柳满皇都"的理解。上述评者都将"绝胜"二字理解为"远远胜过"，可我觉得，这样理解是不正确的。

"绝胜"这个词儿，也可以形容某个事物很美很棒，相当于现在的俗语“盖了帽儿”。比如《全唐诗》注文中说王维“得宋之问辋川别墅，山水绝胜”，就是这个词意。其他还有“江山绝胜”“风景绝胜”之类的用法，不一而足。清人诗中还有“南浦从来牵别恨，绝胜杨柳不禁攀”这样的句子。在这些用法中，都没有比较的意思，不是说谁比谁好。

清代才女顾太清，她写的词里就化用了韩愈的诗：“碧瓦指离宫，楼阁玲珑，遥看草色有无中，最是一年春好处，烟柳空蒙”。这里的烟柳和草色，就是相提并论，绝对没有“拉一派，打一派”的意思。

而且从诗意中来看，韩愈这首写早春景致的诗，如果解释成极口夸赞才露短芽的青青小草，却贬低雨中的嫩柳（当然析诗者歪曲成老柳），又有何寓意？有何情致？

殊不知，杨柳也是报春的使者，是最能体现早春信息的。杜甫有诗：“腊日常年暖尚遥，今年腊日冻全消。侵陵雪色还萱草，漏泄春光有柳条。”这柳枝也是绿得非常早的，而且这“烟柳满城”，正是当时早春小雨中的景色，什么“烟柳满城衰落的晚春景色”从何说起？而且古人说晚春景色，往往是“三春过后诸芳尽”，感慨百花谢尽的多，哪有用“烟柳”形容的？

还有，“烟柳满皇都”这一景致，隐有颂圣之意。王维在一首应制诗中就写道：“云里帝城双凤阙，雨中春树万人家。”韩愈不可能没读过这首诗，而且他是儒士作风，虽说上书给皇帝提意见，惹恼过唐宪宗，但他骨子里是非常忠的，忠得都有点愚了。他绝对不会转着弯讽刺皇上。

前面说过，这首诗本为两首，如果我们仔细看一下后面这一首，就更能证明通常选本中注解的不合情理：

> 莫道官忙身老大，即无年少逐春心。
> 凭君先到江头看，柳色如今深未深。

这首诗明显是劝张十八（张籍）：你别老是忙着工作了，也别推托自已年老体弱，没那个心劲头了，你到江头看看，柳色都多深啦，再不来，这早春的景致就看不到了！

这里再次提到了“柳色”，可见韩愈并没有抬小草贬杨柳的意思，“遥看近却无”的草色，只是配角而已，主角是“满皇都”的烟柳。

【附】冯梦龙《夹竹桃顶针千家诗山歌》将此诗末句演绎为：

山前劝酒别情哥，算来又是半年多。情人一去，有谁伴奴；春来秋去，光阴似梭。姐道：我郎呀，小阿奴奴虽是一朵野花，从弗曾经个蜂蝶采，绝胜烟柳满皇都。

山歌中，句句不离情爱，这里的“烟柳”，恐怕是烟花女子，或者说残花败柳的代称了，歌中小姐姐标榜自己虽然生长在村野，但却是清纯的处女，不同于那些风尘女。

七

元日

[宋]王安石

爆竹声中一岁除，春风送暖入屠苏。[①]
千门万户曈曈日，总把新桃换旧符。[②]

① 屠苏：屠苏药草浸过的酒。

② 曈曈：日初出时由暗而明的样子。桃符：春联的前身，用桃木板所制，相传可以避邪，春联始创于后蜀国主孟昶。

这首诗大家想必太熟悉了，是我们从小就熟背的篇目之一。此诗后来还演化成一副对联：“爆竹一声除旧，桃符万户更新。”

诗中洋溢着除旧布新的气象，幼年读时只知写新年新气象，尚领略不到王安石在诗中隐喻着推行新政，破旧立新的情怀。还有这“春风送暖入屠苏”，当时也觉得是一句闲笔，是凑话来着。现在才知道，这屠苏草浸的药酒，于除夕时家人聚饮，规矩是非常独特的。

常时饮酒，先长后幼。而这屠苏酒却恰好相反，小孩先喝，老人后喝。为什么这样呢？晋代董勋就回答过这个问题，他说：“少者得岁，故贺之；老者失岁，故罚之。”也就是说小孩儿过一年是长了一岁，值得祝贺；而老者，过一年离死就近了一天，有啥值得欢庆的。

所以唐人顾况《岁日作》一诗说：“不觉老将春共至，更悲携手几人全。还丹寂寞羞明镜，手把屠苏让少年。”而王安石的变法，正是以新代老，用年轻人一般充满“青春活力”的新制度来改变过去老朽不堪的陈规旧习。

王安石变法虽然最终失败，后世对于新法也有种种议论，甚至有人将王安石列为奸臣，《三言》小说中就有《拗相公饮恨半山堂》一篇，对王安石极尽羞辱谩骂。但就算新法有失误，王安石也不是基于一己之私而为，他的一腔抱负，勇气和决心都体现在《元日》这首诗中，至今读来仍让人意气风发。

窃以为，《千家诗》既然是按时令编排，王安石此诗当置于卷首才对。元日嘛，一年之始。但可能选诗者也对王安石有偏见，于是王安石的政敌——程朱理学一派“程大掌门”那首《春日偶成》却居首位。

【附】冯梦龙《夹竹桃顶针千家诗山歌》将此诗末句演绎为：

> 都来腊尽一年多，短命冤家撇子奴。薄情短幸，风流半途；怜新弃旧，前情尽辜。姐道：我侬恨杀子冤家，也去重寻个，总把新桃换旧符。

辞旧迎新，一般都是激昂向上的格调，但情场却是例外。由来听得新人笑，有谁可怜旧人哭，却是一桩伤心事，经冯梦龙这样一“改编”，诗情迥异。

八

上元侍宴

[宋]苏轼

淡月疏星绕建章，仙风吹下御炉香。①
侍臣鹄立通明殿，一朵红云捧玉皇。②

① 建章：汉武帝时所建的宫殿，诗中常用来代指皇宫中的殿宇。
② 鹄立：鹄即天鹅，立姿端正，这里形容大臣们站得很整齐严肃。

这是一首典型的应制诗，也可以称为“马屁诗”。因为这样的诗无一例外都是大拍皇帝的马屁，感谢皇帝的英明领导，感谢皇恩浩荡的。

然而，这在古代却是读书人必须要做的功课，不然正像《红楼梦》中宝姐姐担心的那样，“将来金殿对策……”迎接皇帝的顶级面试时可怎么办呢？

应制诗大多呆板乏味，味同嚼蜡。但苏轼这诗虽是马屁，却是精致的马屁，艺术性很高的马屁。

“上元”，即是元宵节之时。群臣和皇帝一同饮宴庆贺。先看“淡月疏星绕建章”一句，建章是汉武帝时建造的形象工程之一，唐诗中常以汉代唐，苏轼诗中也沿用了这一习惯，用之代表宋时的宫殿。对此句，岳麓书社出的《千家诗》一书中注为：“时值清晨，只余淡淡的月色，稀疏的晨星……”大谬！

皇帝元宵节开宴，会在早上吗？谁家元宵节早上聚餐？而且查《东坡全集》，这首诗原名是：《正月十四夜扈从端门观灯三绝》——白纸黑字铁板钉钉地表明此诗说的就是夜里（另外，严格地说此诗写的并非元宵节，而是正月十四）。

评诗者大概是受了“淡月疏星”四字的影响，觉得只有到了清晨才会有淡月疏星的景象呈现。殊不知苏轼用这四个字，正是为了从侧面表现地上花灯如海，灯火辉煌。所以虽是将近十五月圆之时，月光也显得淡淡的了。而从另一方面说，“镜头”不能太“聚焦”在月亮星星上，淡月、疏星、仙风、红云在此诗中都是配角，真正的主角是代表皇帝的“玉皇”，群臣如鹄鸟（天鹅）一般簇拥的皇上才是压轴的人物。

这诗是应制诗不假，但苏轼的才气还是能淋漓尽致地表现出来，“通明殿”，是传说中玉帝的宫殿，此处借用这一名称，却同时给人以灯火通明的感受。“一朵红云捧玉皇”，可谓光彩祥瑞、雍容伟丽，无论谁当皇帝，见到这句，估计也会“龙颜大悦”。

这首诗在后世的话本小说中广为流传，明代剧本《荷花荡》第三折、小说《水浒传》《金瓶梅》等都引用过这首诗中的句子，由此可见，此诗还是有生命力的。

九

立春偶成

[宋]张栻

律回岁晚冰霜少，春到人间草木知。①
便觉眼前生意满，东风吹水绿参差。②

① 律回：古人将十二个月与十二音律相对应，立春是由“吕”到“律”，故称律回。岁晚：指一年之末。因立春往往在阴历腊月时。

② 参差：长短不齐的样子。

张栻是南宋“中兴”贤相张浚（注意：和秦桧前所跪铁像之张俊并非同一人）的长子，在当时，张栻也是有名的理学先生，和朱熹、吕祖谦并称为“东南三贤”。然而时至今天，他的名气并不响，其诗也没有几首广为流传的。但《千家诗》的选者对于理学先生是相当推崇的，他们的诗，矬子里拔大个儿，好歹都要选进来。

张栻这首诗，虽然基于《千家诗》的广泛影响力，也混了个“脸熟”——人们对于“律回岁晚冰霜少，春到人间草木知”这一句还是有些熟悉的，但是这两句其实读来也很平白。“律回岁晚冰霜少”，说季节变了，冬天冰雪减少了，标准的平铺直叙。“春到人间草木知”还有那么点诗意，不过在张栻之前，苏轼就先写过“春江水暖鸭先知”，唐人中更有“梅柳渡江春”（杜审言）、“春风柳上归”（李白）等句子，所以这一句也算不上格外出彩的警句。

“便觉眼前生意满”，绝句的第三句一般要起到转折或推进气氛的作用，这一句大体还算称职，就是“生意满”三字容易联想到比较俗气的“生意如春意，财源似水源”这一类的文字，但这可以说是笔者有意吹毛求疵，算不上什么硬伤，可最后一句却实在无法令人称道了，《沧浪诗话》云：“诗难处在结尾。”有了前面几句的铺垫，最后这一句的收束应该是或强劲有力，或别出心裁，或耐人寻味。“东风吹水绿参差”，这样一句“相貌平平”的句子，放在最后，实在压不起秤来啊？

所以说，这首诗也就是个刚及格的水平，之所以入选，还是沾了选诗者是理学“粉丝”的光。

【附】冯梦龙《夹竹桃顶针千家诗山歌》将此诗末句演绎为：

山前别子我郎回，思忆子情郎常皱眉。危栏独倚，天空鸟飞；眠思梦想，此情为谁。小阿奴奴立在门前，要等郎船到，只见东风吹水绿参差。

前面苏轼等人，本性滑稽疏放，也还罢了，张栻是理学先生，恐怕泉下有知，必然恼怒不已，不过冯梦龙先生这段山歌，还算比较“正襟危坐”的，连接吻镜头也没有，要知足啊。

一〇

打球图

[宋] 晁说之

阊阖千门万户开，三郎沉醉打球回。①
九龄已老韩休死，无复明朝谏疏来。②

① 阊阖：传说中的天上的宫门。这里指皇宫正门。三郎：唐玄宗的昵称。
② 九龄：张九龄，他和韩休都是当时的贤臣。谏疏：劝谏皇帝的奏章。

晁说之，小时候我一直把他误当作“苏门四学士”之一的晁补之。不过，晁说之和晁补之也不是一点关系没有，他们是堂兄弟关系。宋代晁家是个相当知名的文学世家，和他们同一辈分的还有晁冲之、晁咏之等，都是当时的名士。

晁说之生于宋仁宗嘉祐四年，卒于高宗建炎三年，年七十一岁。他是宋代制墨名家。编过《墨经》三卷。

这首诗是作者观看了宋代画家李公麟所画的《唐明皇打球图》后所作。诗意大家都知道，无非是感叹唐明皇后期的放纵骄逸。

“阊阖”，指宫中的大门，“三郎”是唐明皇的小名，也是唐明皇有时喜欢让人叫的“昵称”。九龄指张九龄，是开元时的名相，韩休也是个刚直的谏臣。《新唐书》中说，唐明皇一放纵游乐，就暗中问左右：“韩休知否？”结果这韩休消息也非常灵通，不一会劝谏书就呈上来了，唐明皇因此十分郁闷。身边亲信说：“韩休入朝，皇上就心中经常不痛快，把他轰走算了！”唐明皇说：“我虽不高兴，但天下安定了。大臣萧嵩常顺着我说话，我事后想想，总觉得不安心，睡不着觉。韩休虽常诋忤我，我知道他是为了天下社稷，回去睡得安稳。”

晁说之感慨：像张九龄、韩休那样的贤臣再也没有了，皇帝看不到谏书，为所欲为，天下危矣，社稷危矣！

然而，单从诗面上说，晁说之的“选点”似乎有问题。相传这个《唐明皇打球图》是表现这样一个情景：

据唐人封演《封氏闻见记》记载，打马球本是唐太宗时从吐蕃人那里学来的。唐中宗李显时，吐蕃派使者迎接金城公主入藏，带来很多马球高手。吐蕃使者要求与唐朝赛一场马球，一开始唐中宗派的球手，都被打败。此时还是临淄王的李隆基（即后来的唐明皇）带着驸马杨慎交等三人“持杖飞马”而上，与吐蕃十人对击，把吐蕃球手打得大败。

可见，此时唐明皇打球时，尚未登上皇位，而且通过打马球，一扫吐蕃威风，大长国人志气，比起中国足球队那个窝囊样不知强了多少倍。晁说之在此处发挥，似乎有些不当。打马球，也绝不是唐明皇后来断送盛唐的症结所在。其实人家元稹的《连昌宫词》中说得才叫透彻：“开元之末姚宋死，朝廷渐渐由妃子。禄山宫里养作儿，虢国门前闹如市。弄权宰相不记名，依稀忆得杨与李……”

然而，且慢嘲笑晁说之迂腐呆笨，对史实半通不通，就乱发议论。要知道，在晁说之生活的时代，当时可也有一个酷爱“打球”的天子。是谁？就是宋徽宗啊，高俅就是凭着一身球技当上大官的啊！所以嘛，这首诗也不可随便嘲笑，晁说之是借古讽今来着。诗中矛头隐隐直指皇帝宋徽宗，也是十分大胆的。

一一

宫词

[唐]王建

金殿当头紫阁重，仙人掌上玉芙蓉。①

太平天子朝元日，五色云车驾六龙。②

① 仙人掌：汉武帝时用铜铸成仙人，手托承露盘，承接玉露。据称，饮此露可长生不老。玉芙蓉：用红玉磨制的芙蓉状的承露盘。

② 五色云车：谓皇帝所乘的五彩缤纷的车。驾六龙：皇帝的车以六匹马来驾。龙，指高大的马，“马八尺以上为龙”（《周礼·夏官》）。

王建是中唐时的诗人，和韩愈、白居易是同一时代人，他还有一首比较知名的诗，就是“中庭地白树栖鸦，冷露无声湿桂花。今夜月明人尽望，不知秋思落谁家”。但在旧时，他赖以成名的，就是这宫词百首。

《宫词》，顾名思义是写宫中之事，但一般人难以窥知禁城之内、后宫之中的事情，只不过寥寥数语罢了，大多数靠猜测。但据《唐诗纪事》一书记载，王建写这一首宫词时，曾经听宫里的宦官王守澄讲过不少的宫闱秘事，所以王建写这一题材时，并非闭门造车，还是有真材实料的。

当然，宫中之事，向来为皇家忌讳，真正的一些隐私之事，王建也不敢堂而皇之地写在这里面，在描写宫中生活时，还是不失时机地来颂圣一番，比如：“新秋白兔大于拳，红耳霜毛趁草眠。天子不教人射杀，玉鞭遮到马蹄前。”虽然写得十分生动，但也宣扬了天子仁厚，有好生之德这样的情调。

当然，这里面也真实地写出了宫女的苦闷寂寞，像“宫人早起笑相呼，不识阶前扫地夫。乞与金钱争借问，外头还似此间无”，又如“树头树底觅残红，一片西飞一片东。自是桃花贪结子，错教人恨五更风”，都是乐中见哀，怨而不怒，写出了宫女内心中的酸楚之情。

不过，选《千家诗》的宋明老儒，对这些小女子的心态不会多加体贴，反而选了本篇这样一首最能体现天子威仪的诗。这首诗写金碧辉煌的皇宫气象，写君临天下的皇帝威仪，对于以后将要金殿对策，憋着劲想把学得的“文武艺”货与帝王家的学童们来说，还是很有实用意义的。

平心而论，王建这首诗的气势还是相当不错的，虽然这是宫词中的第九十一首，但是作为先声夺人的开场诗也足够能撑起场面的。

所以，像后世有些人写宫词中，常或有意或无意地模仿王建这首诗，如孟蜀时代的花蕊夫人的《宫词》，开篇就是“五云楼阁凤城间，花木长新日月闲。三十六宫连内苑，太平天子住昆山”。虽然看上去字句只有“太平天子”四字相同，但诗势相似。然而，到金国时，金章宗有一首《宫中》绝句，又承袭了花蕊夫人的诗势：“五云金碧拱朝霞，楼阁峥嵘帝子家。三十六宫帘尽卷，东风无处不扬花。”

究其根源，王建的这百首《宫词》，是这类诗的滥觞之作，当无太多疑问。

一二

廷试

[宋]夏竦

殿上衮衣明日月，砚中旗影动龙蛇。①
纵横礼乐三千字，独对丹墀日未斜。②

① 衮衣：帝王所穿的龙纹礼服，借指皇帝。
② 丹墀：古时宫殿前的石阶，因其以红色涂饰，故名丹墀。

夏竦这个人，是宋真宗到仁宗年间的人物，在文坛群星璀璨的北宋初年，他的名字现在给淹没在晏殊、欧阳修、范仲淹等一系列大佬之中，虽然不至于泯然无存，但也称得上知名度不高。

可在当年，夏竦是以诗文之才起家的，一开始他只是因为父亲尽忠而死，给照顾了个侍卫跟班，不甘心屈居下僚的他拦住宰相李沆的马头，献上诗句，李沆见他写的诗中有“山势蜂腰断，溪流燕尾分”这两句时，不禁击掌叫好，随即把此诗藏在袖中，翌日在宋真宗面前展示，大谈夏竦的文才，于是真宗封了他一个金坛县主簿，虽然官如芥豆，却正式进入了仕途。

本篇这首诗，相传也是夏竦的逞才之作，据《青箱杂记》中说，夏竦年少时应试制科，“廷对策罢，方出殿门”，有一个老官（翰林侍读学士杨徽之）看他仪表不凡，就说道：“我阅人多矣，看人很准，你他日必然富贵，愿乞诗一首，写写今日之事。”夏竦不假思索，乘兴挥毫，就写下了本篇这首诗。《东轩笔录》中也记载过此事，只是将诗录为：“帘内衮衣明黼黻，殿前旌旆杂龙蛇。纵横落笔三千字，独对丹墀日未斜。”

这首诗既写皇宫的威仪富丽，又写出自己的才思敏捷，颂圣之余又有自荐，这在当时是读书人毕生的梦想，按照宋代的科举规矩，到了廷试这一环节，已经不再有被黜落之虞，所以应试者都已吃了定心丸，已是功名在身了，这一场只是展示才华，争取更高的荣誉罢了。大多数人心里都是喜滋滋的，可谓："等了好久终于等到今天，梦了好久终于把梦实现。"

不过，虽然当时的文人都夸赞夏竦笔墨淋漓，才气纵横，但我们今天却没有多少感觉，因为我们离那个情境太远，已经陌生。

而且，夏竦的人品也大有问题，在宋史上被视为奸臣一类，所以有些本子的《千家诗》就没有选这一首，因为夏竦的诗作也多为应制诗之类（大家翻他的诗集，会看到带"奉和御制"字样的诗一大堆），加上人品不佳，所以后世诗名不彰。

一三

咏华清宫

［宋］杜常

行尽江南数十程，晓风残月入华清。
朝元阁上西风急，都入长杨作雨声。①

① 朝元阁：华清宫内的一座宫殿。 长杨：秦代旧宫名。植有垂杨数亩。

杜常是北宋人，和王安石、苏轼他们同一时代。他是杜太后的族孙。杜太后是宋太祖赵匡胤和宋太宗赵匡义的妈，当年逃荒时，杜氏用一根扁担两个箩筐，挑起两个未来的小皇帝奔走在大道上，被世外高人陈抟老祖看到，感叹道："谁说当今无真主，两个皇帝一担挑！"

不过杜常并不是靠祖荫当上官的，人家也是正儿八经的进士出身。元丰三年以太常寺官职发遣到陕西秦、凤等地执管提点刑狱的事务，这首诗大概就写于此时。所以这第一句"行尽江南数十程"，有的本子是"东别家山十六程"，这倒符合实情实景，杜常从开封到陕西不会绕江南转一圈的。

这首诗连用好几个地名：江南、华清（宫）、朝元阁（在华清宫内）和长杨（秦代旧宫，汉时扩建，南朝陈后主亦有长杨殿），却远不如李白的那首"峨眉山月半轮秋，影入平羌江水流。夜发清溪向三峡，思君不见下渝州"更流畅自然。而且到了宋代，唐代的这个"皇家顶级洗浴中心"，早已破败不堪（后来唐室视此为不祥之地，不再来此），华清宫、朝元阁、长杨宫什么的统统成为废墟遗址，杜常这样写，还是犯了宋人的通病，对着书本空发议论而已，并非由实事实景而发。"晓风残月"一词也不是他原创。柳永那个“杨柳岸，晓风残月”远比他早。

总而言之，此诗可圈可点之处甚少，写得非常平庸。历代诗集中像这种档次的，可谓车载斗量，多极了。依我看，咏华清宫的诗，当然还是小杜这三首最好：

过华清宫绝句三首

长安回望绣成堆，山顶千门次第开。
一骑红尘妃子笑，无人知是荔枝来。

新丰绿树起黄埃，数骑渔阳探使回。
霓裳一曲千峰上，舞破中原始下来。

万国笙歌醉太平，倚天楼殿月分明。
云中乱拍禄山舞，风过重峦下笑声。

此外，张祜也有佳作：

华清宫四首（选二）

天阙沉沉夜未央，碧云仙曲舞霓裳。
一声玉笛向空尽，月满骊山宫漏长。

水绕宫墙处处声，残红长绿露华清。
武皇一夕梦不觉，十二玉楼空月明。

我觉得，杜常这首诗，比不过以上唐人所写的诗，这首诗挤进《千家诗》，不免有滥竽充数之嫌。然而，纵然挤入《千家诗》，这首诗还是没有多少人能记得起来。这就像当年的“秦池”酒一样，纵然拼了血本当上了CCTV黄金广告段的标王，却难以像茅台、五粮液一样得到市场认可，最终还是以黯然收场告终。

柳汀放棹图　宋代
佚名
团扇　绢本　设色
纵 23.2 厘米　横 25.4 厘米
中国台北“故宫博物院”藏

一四

清平调

［唐］李白

云想衣裳花想容，春风拂槛露华浓。①
若非群玉山头见，会向瑶台月下逢。②

① 云想衣裳：意为由云想到贵妃的衣服，花想到贵妃的脸。包含了云像衣裳，花像容貌的意思，但更富有韵味。露华：露水的光泽。

② 群玉山、瑶台：是以西王母为领导的众女仙居住的地方。

太白这首诗，在《唐诗鉴赏词典》之类的书中讲得已是非常透彻，此处就不赘述了。不过，一般来说，用花喻美人，用仙女喻美人都是前人用俗了的老套，但李白写来，却浑融自如，如盘走珠，别有情致，实在是仙才。

太白之诗，看似不经意随兴写出，但别人的笔下就算再怎么细心模仿，却也出不了这个味道。韦庄后来仿效“金似衣裳玉似身”，还算马马虎虎，到了宋人向子諲词中成了“花想容仪柳想腰”，则大有东施效颦之感。

这首诗写于宫中，当时的李白，并非是参与机密大事的翰林学士，只是翰林供奉，又称翰林待诏而已。翰林学士有皇帝的私人秘书性质，尤其是安史之乱后，翰林学士的权力更大，称为内相。李白所担任的并非这一角色，而是扮演皇帝的“御用清客”这一角色。《红楼梦》中的贾政还有一群写诗、下棋、画画逗乐的文人，皇帝哪能没有？玄宗时的翰林待诏们，算卦的、耍杂技者、下棋的、画画的、唱歌的、念佛者、炼丹的，吹拉弹唱，三教九流，无所不有。

李白在这里，地位并不高，虽然写这三首《清平调》赢得了玄宗皇帝的赞美，但其“皇家清客”的身份不会有所改变，什么杨贵妃磨墨、高力士脱靴是绝对不可能有的事，只是后世人乱编罢了，当然此事还堂而皇之地写进了《新唐书》，但经有识者考证，也属误传。尽信书不如无书，《新唐书》里的事，也不是百分百都真实。

李白在翰林院待得挺郁闷的，通过他的《翰林读书言怀呈集贤诸学士》就可以知道，他愤愤然地说：“青蝇易相点，白雪难同调。”李白和那些同事很合不来，而且显得很受气的样子，一点也没有“龙巾拭吐、御手调羹”的傲气和阔气。但是，话说回来，幸好李白没有一直在翰林院待下去过侍候皇帝的生活，那样唐诗宝库中可要损失掉不少太白的佳作了。

长江积雪图（局部） 宋代
佚名
长卷 绢本 设色
全图纵 28.8 厘米 横 449.3 厘米
美国火奴鲁鲁艺术学院藏

一五

题邸间壁

[宋]郑会

茶蘼香梦怯春寒，翠掩重门燕子闲。[①]
敲断玉钗红烛冷，计程应说到常山。[②]

① 邸：旅馆。此诗题于旅舍的墙上。
② 常山：浙江省常山县。

郑会是南宋末年的诗人，以前的诸多诗词选本上都把人家标成是“生平不详”。但现在查到郑会大致的生平经历是这样的：郑会，字文谦，一字有极，号亦山，贵溪（今属江西）人。少游朱熹、陆九渊之门。宋宁宗嘉定四年（1211）进士。十年后，升礼部侍郎。到了宋理宗宝庆元年（1225），由于不忿奸相史弥远专政，就称病回家。他的集中有这样一首诗，似是抒发此时的情怀：

乱叶不停风衮衮，狂澜既倒浪滔滔。
碧潭深处无人见，归尽浮云月正高。

郑会从此退隐田园，享寿八十二，在古时算是相当长寿的了。郑会的诗，有一种隐逸之气、不平之气，我觉得在宋诗中是相当不错的。这读诗，有时也像谈恋爱，有的对眼，有的不对眼，郑会虽然也曾“少游朱熹、陆九渊之门”，但他的诗一点也不迂腐，很对笔者的胃口，所以忍不住要介绍几首和大家分享：

分宁县斋

日高窗下枕书眠，带得吟情到梦边。
过鸟触翻枝上雪，飞鸦惊破树头烟。
百年世事聊供笑，千里乡心最可怜。
亦有门前数竿竹，短琴横膝不须弦。

这首诗不像一般的宋诗那样堆砌典故，雕琢字句，“短琴横膝不须弦”一句虽然暗用了陶渊明的典故，但也不露痕迹。所以，将此诗杂入唐人大历诸才子集中，也不见逊色的。

郑会还有一些小诗，极具情致，读来饶有趣味：

梅花

江梅谷寻树槎牙，雪片飘零梅片斜。
半夜和风到窗纸，不知是雪是梅花。

静夜时分，风吹雪片，风吹梅瓣，花如雪片，雪如花瓣，梅如雪，雪如梅，这等情景，读来满纸诗意盎然。

斋中独坐

香杀柑花麝不如，晚窗重理读残书。
饥乌只道无人在，偷觑盆池一个鱼。

这首诗也很有意思，诗人在书斋中独坐读书，此时柑花正放，香气怡人，在这一片静谧之中，一只饥饿的乌鸦，悄悄落下来，窥伺池中养的那头鱼，想找机会叼起来吃掉。此情此景，可谓静中有动，以动衬静，和古诗中常用的“蝉噪林逾静”之类的手法有相通之处。

此外，诸如“小栏干上夕阳红，古树根头雪未融。落尽梅花人易老，主张杨柳是春风”（《竹月亭》）；“斫藕敲瓜酒面凉，片云如墨不成章。东风忽遣雨西去，相对两乌行夕阳”（《夏日吴园》）等小诗也耐人咀嚼，不落俗套。明代徐渭的题画诗“东篱蝴蝶闲来往，看写黄花过一秋”，大概也是借鉴了郑会诗中的“无钱可买东风醉，自写唐诗过一春”。

《千家诗》所选的郑会这首诗，写得也不错。郑会自己于旅途之中题诗于客邸之壁，却借家中妻子对自己的思念来写相思之情。

荼蘼开于春末，正所谓“又是春残也，如何出翠帏”？重门深掩，燕子闲懒，玉钗敲断，红烛冷残，心头的寂寞自不待言，家人惦念着远行人，每天为他计算着行程，大概此夜正说着：“该到了常山这个地方了吧？”

不过这种手法，并非郑会独创，清代浦起龙《读杜心解》中就评赞杜甫《月夜》诗是“心已驰神到彼，诗从对面飞来”，后来此手法为众诗人所惯用。白居易就有诗：“邯郸驿里逢冬至，抱膝灯前影伴身。想得家中夜深坐，还应说着远行人。”王建也有诗：“家人见月望我归，正是道上思家时。”杜荀鹤也有：“想得故园今夜月，几人相忆在江楼。”李商隐那首“何当共剪西窗烛，却话巴山夜雨时”，更是回环曲折，将意思更递进了一层。

然而，郑会这首诗虽然袭用了前人的意境，但画面感强，宛如一张工笔仕女春愁图，相比之下，那些唐人的诗，往往是“写意”型的，纯在意胜，笔法远不似这般细腻。

【附】冯梦龙《夹竹桃顶针千家诗山歌》将此诗末句演绎为：

栏杆月上两更天，别郎容易见郎难。朝来书信，约我重谐凤鸾；眼前不见，教我泪痕怎干。挑起子个红灯，重把书上归期仔细看，计程应说到常山。

这首诗因为本来就写的是情感，所以没有太“歪曲”，只不过原诗是惦念着行程，这里却是期盼着情郎快些到来的心情，随着科技的进步，这种情感现在已经消失，直接发个微信：你到哪了，发个位置过来！

奇峰万木图　宋代
佚名
团扇　绢本　设色
纵24.4厘米　横25.8厘米
中国台北“故宫博物院”藏

一六

绝句（其三）

［唐］杜甫

两个黄鹂鸣翠柳，一行白鹭上青天。
窗含西岭千秋雪，门泊东吴万里船。

杜甫的这首诗我们应该说是再熟悉不过了，好多人还是学龄前儿童时就熟背过。杜诗中对仗用得出神入化，这首诗其实并不算最高明精妙的，但是“黄”对“白”、“翠”对“青”、“西”对“东”、“千”对“万”，对得非常“标准”，当成给初学童蒙们作示范的“教科诗”，是十分理想的。

此诗家喻户晓，评说的人也非常多。但我看有些人犯了胶柱鼓瑟、索引成癖的毛病，类似于刘心武评红楼，比如有人这样说：“在盛唐诗普及的当时，只有李白杜甫两人的诗各领风骚，诗坛上李杜和鸣的诗篇，便是当时文人中竭力效仿的对象。这‘两个黄鹂’相鸣是李杜二人在当时文坛所处的局面。”

殊不知，杜甫当时诗名低微，中唐后经元稹等大力鼓吹地位才有所抬高，今天我们觉得盛唐时的著名诗人就是“李杜”，但当时没这样的概念。

还有人说，诗中的“窗含西岭千秋雪”一句也大有“深意”：“以中国传统文化的观念，西方代表着死亡，东方代表着生机。……那时，杜甫已经隐约看到了身后百年的归宿，也感觉到了一生不得志，难酬志愿的结局。所以，诗人用‘千秋’来表达了自己百年后所希望达到的‘雪’的洁白境界。”

这样解诗，纯属穿凿附会，对我们理解老杜的诗并无好处。笔者觉得，如果想深入理解这首诗，倒不如将和此诗一起写下的其他三首《绝句》（本诗为第三首）拣出来读一读。

这组诗写于严武还镇成都，杜甫也重回草堂之时（此前严武入京，蜀中大乱，老杜逃到梓州）。经历了蜀中之乱，又找到了安稳和依靠，老杜的心情是十分喜悦的。一起写下的另外三首是：

其一

堂西长笋别开门，堑北行椒却背村。
梅熟许同朱老吃，松高拟对阮生论。

【注】行椒：成行的椒树。朱老、阮生：杜甫在成都结识的朋友。此诗写草堂前的环境。

其二

欲作鱼梁云覆湍，因惊四月雨声寒。
青溪先有蛟龙窟，竹石如山不敢安。

【注】鱼梁：筑堰拦水捕鱼的一种设施，用木桩、柴枝或编网等制成篱笆或栅栏，置于河流中。但因为这里的水势险恶（“青溪先有蛟龙窟”），所以有“竹石如山不敢安”之说。

其四

药条药甲润青青，色过棕亭入草亭。
苗满空山惭取誉，根居隙地怯成形。

【注】此诗写老杜所种的药圃的情形。

我们看，这四首绝句，写的都是老杜草堂周围的环境。是一时随性而写，所以连诗题也没有起，索性就命名为“绝句”。这些诗中还就这第三首诗好一些，其他都不是很好，写得既生涩难懂，又了无诗意。翁方纲《石洲诗话》中也不得不承认：“如‘苗满空山’一联，更无人理会矣。”

网上曾有一个网名“直隶萧沉”的朋友，他说过一段话，极为精辟，他说：“一首好诗，并不是好句子连着好句子一路走下去，这中间必要有‘傻大笨粗’的句子，那时再出现好句子，才让人一下子感到好得不得了。好句子是用一大堆平俗的句子‘养’出来，不是横空出世。”

赞一个，说得很有道理，“文章本天成，妙手偶得之”。纵然是诗圣老杜，也不会好诗连好诗，全是最精彩的。同时，就算是诗圣，也不会句句玄机，字字深意，让后人探究起来花个十年八年的也摸不到门槛。其实，唐人本来就不是这样的脾气。

【附】冯梦龙《夹竹桃顶针千家诗山歌》将此诗末句演绎为：

玉皇许我结姻缘，分明是玉女金童做对眠。眼前虽好，他时怎圆；欲图长久，须是改迁。姐道：郎呀，我听你学子个姑苏台上西施去，门泊东吴万里船。

“门泊东吴万里船”，本和情爱事无关，但冯梦龙先生手段高，于是山歌里这样说：小姐姐要和情郎私奔，坐的就是这条船。呵呵。

一七

海棠

[宋]苏轼

东风袅袅泛崇光，香雾空蒙月转廊。[①]
只恐夜深花睡去，故烧高烛照红妆。

① 空蒙：形容景物迷茫。

一般来说，宋诗要逊色于唐诗，但这也不能一概而论。如果是出于苏东坡这样的大才子手中的诗，和唐诗争锋，又有何惭？

古人云："昼短苦夜长，何不秉烛游？"而惜花心切，秉烛赏花，其中多少留恋，多少惆怅。这种情境并非苏东坡首创，李白的《春夜宴桃李园序》中流露过这样的情调，唐人也有两首与之类似的诗：

惜牡丹花

[唐]白居易

惆怅阶前红牡丹，晚来唯有两枝残。
明朝风起应吹尽，夜惜衰红把火看。

花下醉

[唐]李商隐

寻芳不觉醉流霞，倚树沉眠日已斜。
客散酒醒深夜后，更持红烛赏残花。

然而，苏轼这首诗和上述二诗比起来却毫不逊色，白居易的诗，“衰败”的气味极浓，白居易晚年写诗，常张口就是“命压人头”“白须千万茎”之类的词儿，这首《惜牡丹花》诗中也是“残”“衰”气甚浓，情虽真切，但意境不美。李商隐所作比白居易要典雅端丽，不过终归还是落在了“残花”二字上，惆怅寥落的气味较浓。

而苏轼这首诗，优雅风趣中透着融融情致，一改上面的颓败之气，反倒有盛唐气象。这倒有点像《笑傲江湖》中令狐冲斗封不平时的情形一样——“气宗的徒儿剑法高，剑宗的师叔内力强……这可不是颠倒来玩了么？”

“海棠春睡”这一典故，据说来自杨贵妃醉酒未醒，唐明皇看到她娇媚之态后说：“直海棠睡未足耳”。苏轼这首诗巧妙地融入这一典故，将海棠摄人心魄的娇媚描绘得楚楚动人，高烛照红妆，如灯下观美人，一派旖旎温馨之感，一改前人惜花叹花的愁情惨意。

后来南宋葛长庚有词道：“倚遍琼干，烧残银烛，花又争知。”这是反苏轼诗意而作。从道理上来讲，当然花是无知无觉的，然而，这样来写，很煞风景。就像板起脸对向流星许愿的纯情女孩说：“流星不过是天上的石头嘛，对它许愿根本没有什么用。”

所以，苏轼这首诗广为流传，而葛长庚的词却少有人提及。

另外，此诗在《东坡全集》中是这样的：“东风袅袅泛崇光，香雾霏霏月转廊。只恐夜深花睡去，高烧银烛照红妆。”也有的版本最后一句是“更烧高烛照红妆”，不过无所谓，苏东坡这首诗纯以意胜，不在字斟句酌，不是“有好句无好篇”，甚至只有一两字警人的那种。正因如此，才称得上是上乘之作。

一八

清明

[唐]杜牧

清明时节雨纷纷，路上行人欲断魂。
借问酒家何处有，牧童遥指杏花村。

小杜这首诗，并不见于他的《樊川集》中。但刘克庄编《后村千家诗》时就将此诗收入，标为杜牧所作。联想到刘克庄对杜牧的《樊川集》考订甚精，他将此诗标为小杜所作大概也是有来历的。或许当时去唐不远，刘克庄能看到小杜手书此诗的真迹？

这些已无从得知，但就算从风格上来看，也酷似“神俊气活”、七绝写得潇洒流畅的小杜。小杜晚年曾焚掉不少诗，或许其中就有这首吧。好在刘克庄能拣出来，让我们能读到这首好诗。

这首诗大家熟悉得很，也不用我多费口舌来细解。但需要强调的是，此诗的意境现代人领会起来不免打了折扣，古人没有汽车、火车之类的现代化交通工具，千里万里都靠骑马甚至步行，旅途之中的辛苦我们现在难以体会。

清明时节，正是家人团聚在一起踏青、祭祖之际，而路上的行人却孤身单影，冒雨行路。此时逢一牧童，得知前面杏花深处有一酒家，可以歇脚避雨，饮酒进餐，那一种温馨之感，也许只有古人才能体会吧。

笔者有段时间迷上长途骑自行车旅行，一次旷野之中，车胎被扎，只好推着前行，正彷徨无措之时，忽见前面有一村镇，一小屋前挂着破旧车胎，写着“补胎打气”字样，不禁大喜。我想，此诗中的意境，这种情形下倒可以领略一二吧。尽管我的事儿情景太俗，了无诗意。

清代有位妄人，竟然鸡蛋里挑骨头，说小杜的《清明》诗不够简练，要删成这样的五绝更佳：“清明雨纷纷，行人欲断魂，酒家何处有，遥指杏花村。”其实这一改，意境大坏，没有了“借问”的铺垫，没有了“牧童”的形象，诗意变得不明：谁遥指杏花村？诗人自己还是同行人？“酒家何处有”是原本就知道还是询问后方知？同时，去掉了“牧童”这个点睛角色，诗的图画感也大打折扣。

顺便说一下，顾随先生的《驼庵诗话》中曾说，把王维的“桃红复含宿雨，柳绿更带朝烟。花落家童未扫，莺啼山客犹眠”一诗改成“桃红含宿雨，柳绿带朝烟。花落家童扫，莺啼山客眠”更“好得多”。我觉得也未必，每句去了一字，没有了六言时读起来的那种舒缓静谧的感觉不说，生生将“花落未扫”，变成了扫掉，大坏原意。

还有人以《清明》这首诗玩断句游戏，改成：“清明时节雨，纷纷路上行人，欲断魂。借问酒家何处？有牧童，遥指杏花村”。意思虽然大致不差，但“纷纷路上行人”一句，大坏诗意，路上行人如此多，和黄金周的游客一般，那后面的“断魂”“杏花村”中的温馨可喜都大打折扣，用围棋中的术语就是“兄弟打架”，也就是思维不连贯，自相矛盾，自己和自己冲突。

【附】冯梦龙《夹竹桃顶针千家诗山歌》将此诗末句演绎为：

> 妆台前插柳是清明，二八娇娘去踏青。寻芳拾翠，千人万人；奴归独自，迷却路程。日落西山，不知啰哩是奴家里，牧童遥指杏花村。

古代女子很少出门，也只有上元观灯、清明踏青这样的时候。这里用清明出游时迷路来引出“牧童遥指杏花村”一句，略显生硬，有凑泊之意，不如其他歌有趣。

一九

清明

[宋]王禹偁

无花无酒过清明，兴味萧然似野僧。
昨日邻家乞新火，晓窗分与读书灯。①

① 乞新火：因清明前一天是寒食，此日禁火，所以要重新取得火种。

这首诗一说为宋初诗人魏野所作，真正的作者到底是谁？我们先看一下魏野的生平：魏野人如其名，一生在山野中隐逸。其实他和林逋类似，都是宋初的隐士。只不过林逋会炒作，弄出个什么“梅妻鹤子”，一如现在的标题党，而魏野一生低调。

宋真宗有次路过魏野的家乡时，曾让身边的亲随宦官去传话召见他，结果魏野听到皇帝派人来了，不但没有喜出望外，反而像躲贼一样，关了门跳墙跑了。

魏野有不少好诗句，司马光曾称赞过他咏啄木鸟的诗“千林蠹如尽，一腹馁何妨”，意思是说如果树林中再没有了虫子噬树，那我（啄木鸟）就算饿肚子又有何妨呢？此德此节，和后人在药铺中所题“但愿世间人无病，何烦架上药生尘”一样，都是为人称道的。

魏野有《晨兴》一诗：

夜长乞待得晨兴，耽睡童犹唤不应。
烧叶炉中无宿火，读书阁下有残灯。
临阶短发梳和月，傍岸衰容洗带冰。

料得巢禽翻怪讶，寻常日午起慵能。

其中这一联“烧叶炉中无宿火，读书阁下有残灯”，类似本诗中这句“昨日邻家乞新火，晓窗分与读书灯”，但比较二诗，气味还是有所不同的，魏野此诗是偶尔起兴，要看晨景，并非全是为了刻苦读书，本心是恬淡的。从“寻常日午起慵能”一句，透露出他平常是很懒的，天天睡到太阳晒屁股。而王禹偁的《清明》这首诗，虽然也是写寒俭清贫的情境，但其中“乞火读书”的情节，却透出一股“名不显时心不朽，再挑灯火看文章”的决心。

所以，我赞同把这首诗归于王禹偁名下。王禹偁早年家贫，二十九岁时，登进士第，从此踏上仕途，也算是成功人士。旧时《千家诗》的读者大多是学子，当然要以励志为主，所以此诗的主人应该是王禹偁。

这首诗中所描写的感触，现在的读者恐怕也难有共鸣，清明前一天是寒食，一律禁火，这个习俗现在我们不时兴了，再说如今也早已不用灯烛照明来读书，从邻居家借火点灯这样的情景实在是太陌生了。现在古装剧中的人物，也都是怀里掏出一火折，啪的一声就打着了，不逊于打火机，其实古时哪有这样方便，王禹偁诗中所写的才是真实历史镜头。

【附】冯梦龙《夹竹桃顶针千家诗山歌》将此诗末句演绎为：

村前村后结私情，且喜今宵好事成。谯楼无礼，看看五更；昏天黑地，郎要早行。小阿奴奴只推肚痛，要烧个姜汤来吃口，东间壁晓窗分与读书灯。

小姐姐很黏人，不放情郎走，要他烧姜汤给自己喝。一反原诗中刻苦学习单身狗的状态。

二〇

社日

[唐]王驾

鹅湖山下稻粱肥，豚栅鸡栖半掩扉。①
桑柘影斜春社散，家家扶得醉人归。②

① 鹅湖山：江西铅山县西北，现有鹅湖书院。豚栅鸡栖：就是猪圈鸡窝。
② 桑柘：桑树和柘树，叶子都可养蚕。

这首诗的作者，同样充满争议。有说是张演，有的说是张蠙。现在依从《唐诗鉴赏词典》中的说法，算是王驾所作。

此诗描写的是当年春社时的热闹景象，所谓春社，是古时的一个节日，大概在立春后五十天，春分左右。这天人们要祭祀土地神，全村老少聚在一块大吃大喝一番。陆游的《游山西村》中的“箫鼓追随春社近”一句中，提到的“春社”就是指的这个节日。

说来也怪，这首诗虽然作者不明，但存疑的三个作者全都是晚唐诗人，看来晚唐之时，中原板荡，但江南之地还是没有受影响的。韦庄在《秦妇吟》曾提到：“奈何四海尽滔滔，湛然一境平如砥。避难徒为阙下人，怀安却羡江南鬼。”就是说天下大乱，江南却风景独好，人民安居乐业。

此诗中，读不出一丝晚唐衰气，倒像是盛唐时的光景：稻肥禾壮，猪满圈，鸡满窝，门户半掩就阖家出动，直喝到傍晚大醉而归。只可惜的是，这样的日子，实在是太少了。“兴，百姓苦；亡，百姓苦。”更多的情景却是：“运锄耕劚侵星起，陇亩丰盈满家喜。到头禾黍属他人，不知

何处抛妻子。”（张碧《农父》）

【附】冯梦龙《夹竹桃顶针千家诗山歌》将此诗末句演绎为：

灯前独坐等郎归，情郎酒醉烂如泥。良辰美景，花枝酒杯；玉楼人醉，金勒马嘶。姐道，弗是我郎一个能贪酒，家家扶得醉人归。

意境出自唐代的《醉公子·门外猧儿吠》：“门外猧儿吠，知是萧郎至。刬袜下香阶，冤家今夜醉。”

二一

寒食

[唐] 韩翃

春城无处不飞花，寒食东风御柳斜。
日暮汉宫传蜡烛，轻烟散入五侯家。[①]

① 五侯：有两种说法，一说西汉时汉成帝曾封其舅王谭等五人为关内侯。二说是汉桓帝时，封徐璜、单超、具瑗、左悺、唐衡这五个宦官为侯。诗词中一般借指权贵。

寒食节是为了纪念春秋时晋文公手下的“忠臣兼孝子”介子推而设。当年介子推于患难中辅佐晋文公，功成后却不愿接受封赏，带老母去山中隐居。晋文公找不着他，就想放火把他赶出来，没想到介子推脾气倔强，坚决不出去，于是母子二人都烧死了。为悼念介子推，晋文公于是下令在介子推忌日禁火寒食，形成寒食节。

韩翃，是“大历十才子”之一，当时安史之乱初平，天下还是纷乱不定。他长期在平卢节度使侯希逸等藩镇手下效命。有关他和柳氏破镜重圆的传奇故事，我的《长安月下红袖香》一书中有详述，不再重复。

这首诗是韩翃的成名诗，韩翃原来一直在藩镇手下混，没有正儿八经的朝廷编制，而唐德宗正是读了他这首诗后，才欣赏并起用他的。当时下旨加封“知制诰”（为皇帝起草诏书的官）一职时，大臣查名册发现有两个叫韩翃的，唐德宗特意注明：“给那个写‘春城无处不飞花’的韩翃。”

所谓“日暮汉宫传蜡烛，轻烟散入五侯家”，是说皇宫中钻得新火之后，先燃烛分送“五侯”权贵之家（第十九首中提过，古人取火不易），以示恩宠。古时皇帝赐物，并非只赐十分贵重的东西，有时将几碟点心、一件袍子相赐，也是很值得大臣夸耀的恩宠。有人说这句有“只许州官放火，不许百姓点灯”的意思，说是皇帝许给“五侯”寒食节也能生火的特权，其实并非如此。如果“五侯”家根本不用寒食节“熄火”，那皇帝传蜡烛干吗？“五侯”家连蜡烛也买不起吗？

不过这首诗确实有讽刺之意，“五侯”一词，不免让人联想到汉桓帝当年，封徐璜、单超、具瑗、左悺、唐衡这五个宦官为侯的前朝故事。而唐德宗时，宦官势力也很大，德宗设置了护军中尉一职，由宦官来统领当时最重要的神策军。所以，这首诗有讽谏皇帝对宦官恩宠过度之意。

有读者说了，那唐德宗为什么中意这首诗，难道他读不懂诗中的讽刺？我觉得，唐德宗一定也读懂了诗中的意思，但他任用宦官，也是无奈之举。当初唐德宗曾将神策军交给大臣白志贞，哪知此人既不“白”又不“贞”，不但贪污饷银，还招了不少无赖商贩在军中挂名充数，这些人平时冒领津贴，根本不参加训练，战时更找不着人，于是泾原兵叛乱时，神策军居然杳无踪影。唐德宗只好在一百多个手执刀剑的宦官保护下，逃出大明宫，而没逃出的诸王、公主有七十七人惨遭屠杀。这样的情形下，换你当皇帝，你重用谁？

其实皇帝本身的能力衰落后，不可避免地将大权旁落在后妃、宦官、权臣手中，落在后妃、宦官手中还好点，如果落在权臣手中，那就像东汉末年曹家当权、后周大将赵匡胤篡位一样，更是万分的危险，改朝换代就在眼前。

唐德宗又何尝不知道这些，他读到这首诗，心中的感慨是超过我们现在某些人的简单想象的。唐德宗在历史上并不算明君，但他也不是弱智皇帝。别看有的网友指点江山、激扬文字，很是神气，把他弄到唐德宗的位置上，恐怕更弄得一塌糊涂。读透史书后常会有这样的感慨：千万不要小瞧古人的智慧！也不要把古人想得太简单了。

【附】冯梦龙《夹竹桃顶针千家诗山歌》将此诗末句演绎为：

归来窗上月光斜，个样有信行个情郎，教我那放他。把名香满爇，高烧绛蜡；山盟同设，恩情转加。姐道：郎呀，个星香烛辉煌，才是我搭你两人心里火，莫要放个轻烟散入五侯家。

一入侯门深似海，还是远离为好。

雪涧盘车图　宋代
佚名
页　绢本　设色
纵 23.5 厘米　横 21.7 厘米
中国台北"故宫博物院"藏

二二

江南春

［唐］杜牧

千里莺啼绿映红，水村山郭酒旗风。[1]
南朝四百八十寺，多少楼台烟雨中。

① 郭：外城名“郭”，山郭即指山城。

小杜这首诗，中学课本里早就讲烂了，评的人太多，诗中的好处我就不在此剥皮拆骨般地剖析了。其实有时好诗，总有些“妙处难与君说”的难处。真正品诗，是品一种味道，如同一盏好茶留在口中的余香一样，回味良久，难以言喻。

在这里，还是说一些和此诗相关的“题外话”，明代杨慎在《升庵诗话》中曾评说：“千里莺啼，谁人听得？千里绿映红，谁人见得？若作十里，则莺啼绿红之景，村郭、楼台、僧寺、酒旗，皆在其中矣。”

这未免太过小气了，对于这种意见，清代何文焕在《历代诗话考索》中驳得很对：“即作十里，亦未必尽听得着，看得见。题云《江南春》，江南方广千里，千里之中，莺啼而绿映焉，水村山郭无处无酒旗，四百八十寺楼台多在烟雨中也。此诗之意既广，不得专指一处，故总而命曰《江南春》……”

其实古典诗词中的数字绝对当不得真，按杨慎这脾气，李白的“白发三千丈”，简直就是妖怪嘛。当然也有呆瓜做出另类“解释”，比如《五言千家诗》的选注者王相，就解释说：“若以茎计之，应有三千余丈。”他意思是说，如果计算头发一根根长度的总和，三千丈也是可能有的嘛。——呆气十足，这等锱铢必较的小家子气，和盛唐人的气度格格不入。

还有一例，宋代有个叫王祈的人，写了两句咏竹的诗，很是得意，就跑去读给苏东坡听："叶垂千口剑，干耸万条枪。"苏东坡听了笑道："好则好矣，只是十条竹竿共一片叶也。"

其实，苏东坡本性诙谐，他当然也知道诗中的数字是当不得真的，不过见王祈不知天高地厚，就借此取笑他一下罢了。王祈诗中的这种"BUG"，其实著名的大诗人也常犯，比如老杜的《古柏行》中就写道："孔明庙前有老柏，柯如青铜根如石。霜皮溜雨四十围，黛色参天二千尺……"

这两句后来就被《梦溪笔谈》的作者沈括挑出毛病来了，我们知道沈括是著名的数字家、科学家，他一算，好嘛，粗也就"四十围"、高却是"参天二千尺"，比例严重失调，于是笑道："四十围乃是径七尺，无乃太细长乎？"

其实，诗不是工程图纸，里面的数字不可进行科学推算，"参天二千尺"和"飞流直下三千尺""扶摇直上九万里"等，都不可较真。有这样一则趣事足以作为注解："黄金如粪土，朋友值千金。"这句话听起来似乎是句很正常的谚语，但民国学者金岳霖先生打趣说，从这句话可以推出"出卖一个朋友，可得千两大粪"的结论。可不是吗，一个朋友等于一千两黄金，而黄金等于大粪，这种"数学推论"是不可用于文学的，不然必将得出啼笑皆非的结论。

对此，鲁迅先生在《诗歌之敌》中曾有精辟的论述："诗歌不能凭仗了哲学和智力来认识，所以感情已经冰结的思想家，即对于诗人往往有谬误的判断和隔膜的揶揄。"

除了这一段公案，还有人瞎评论，说"南朝四百八十寺"一句，是讽刺唐朝皇帝佞佛，这也是无稽之谈。小杜在此提到佛寺，是强调历史沧桑，我们看能保留长久的古迹，往往是佛塔之类，一则佛塔之类多用砖石结构，防朽防火，二是古人多数迷信，对于佛寺佛塔还是常有敬畏之心的，不敢乱拆乱毁。

凭吊江南的古迹，穿越时空的烟雨，这正是此诗浓郁醇洌的韵意。这和《千家诗》五言绝句中所选“咫尺愁风雨，匡庐不可登。只疑云雾窟，犹有六朝僧”的意境是一样的。后人如果误以为是在挖苦讽刺，不免太刻板无趣。

小杜曾有“青苔寺里无马迹，绿水桥边多酒楼”“九华山路云遮寺，青弋江村柳拂桥”等众多诗句，看来他自叙“倚遍江南寺寺楼”并非虚言。由此也可看出，他对佛寺之类并无恶感，绝非韩愈那样恨不得拆尽天下佛寺才好。

有人说“诗无达诂”，但诗也不是想怎么解释就怎么解释，想怎么理解就怎么理解，我觉得品诗不要读歪，尽量能和作者当时的情怀共鸣，才能真正欣赏到好诗骨子里的风情。

二三

上高侍郎

[唐]高蟾

天上碧桃和露种，日边红杏倚云栽。[①]
芙蓉生在秋江上，不向东风怨未开。

① 碧桃：重瓣的桃花，相传为仙人所种。

这首诗的原题为《下第后上永崇高侍郎》，此处给简化了，由此可见《千家诗》“少儿读物”的某些特征。诗题简化后，对儿童或学识浅的人来说，易读了些，但有个坏处，就是掉失了不少信息。如本诗改题后，不能一眼就看出这是高蟾应试不中后给住在长安永崇坊（大雁塔正北不远）里的高侍郎所写的自荐诗。

高蟾是晚唐诗人，他家境贫寒，但笔下气势雄伟，倜傥不凡。为人甚有侠气——“虽人与千金，非义勿取。”他连考了十年，也没有考中，曾自叹：“颜色如花命如花。”

这首诗写于又一次榜上无名之后，诗题中的“高侍郎”，《千家诗》旧书注为高骈，错。高骈从未主持过科举“工作”，而且在乾符二年（875）这样的时候，高骈正在成都杀人呢，根本没在长安。《唐才子传》作“马侍郎”，我们知道，草体的“高”和“马”二字相近，发生形讹的现象并不稀奇。至于到底是姓“高”还是姓“马”，如今已难以查考。

晚唐科举日渐腐败，于是形成必须要有权贵举荐才能高中的现象。一般的寒门子弟，想要金榜题名，已是越来越难。其实在盛唐时，王维不也是陪玉真公主弹琴喝酒后才换得“解头”吗？

杜牧也是由太学博士吴武陵极力向主考官崔郾推荐后才高中的。当时有好多人嫉妒得眼发红，纷纷找崔郾说杜牧的坏话，说他“不拘细行”——道德品质不合格。崔郾道：“已许吴君矣，牧虽屠沽，不能易也。”意思说，我早许诺人家了，就算杜牧是杀猪的，也得让他当第五名。当然杜牧绝非杀猪的粗人，就是当状元也完全够格。

还有一个叫卢储的学子，被尚书李翱的女儿看中，李翱溺爱女儿，于是将他点为状元，并招为爱婿。奇怪，这样真实的浪漫故事，怎么没有人写成戏文呢？

但浪漫的故事总发生在少数人身上，好运气的没有这样多，而且这些人的身世也都相当高贵：王维是太原王氏名门；杜牧的祖父是前朝重臣，表兄是当朝驸马；卢储也是“海内四姓”之一的范阳卢氏。唐代末年，曲江的杏花宴，越来越成为名门子弟预订的酒席。普通的寒门士子们送的“行卷”很多根本到不了贵人的案上，据说主考官府上看门的老媪根本不买灯烛，每晚就用这些“行卷”的卷轴点火，多少心血凝成的文字就这样无望地化为灰烬。

好在高蟾的这首诗，高侍郎还是看到了，第二年，他保荐了高蟾，高蟾终于得中了，从此青云有路，后来官至御史中丞。

这首诗的诗意大家都明白，就是用天上碧桃和日边红杏，比喻那些有背景的榜上题名者，而自己像一朵秋江上的莲花，虽然东风不照顾她，却高洁自守，不怨不艾。

《北梦琐言》曾评说，此诗“盖守寒素之分，无躁竞之心，公卿间许之”。其实说是“不怨”，其中还是透着不满的，只不过诗意寄兴深微，有雅量高致之感。相比之下，杜荀鹤的《投江上崔尚书》就显得直露浅躁了：“闭户十年专笔砚，仰天无处认梯媒。”而落第学子胡曾的诗更尖锐：“上林新桂年年发，不许平人折一枝。”堪称一针见血，毫不留情。但是这样的诗让“当路子弟忌之”，引起了贵族阶层的强烈不满，所以《北梦琐言》指出，这正是高蟾能得中，胡曾、罗隐等“褊躁”的才子终生沉沦的原因。直到今天，也是如此，个性过强的人，很难在公司中得到重用，凡事敦厚含蓄点的才能是职场达人。

然而，应该说，这样的科举制度本来就是不公平的，当权门子弟们将曲江、杏园渐渐变成他们的私人会所，雁塔题名成为他们小范围的沙龙时，大唐江山已是将溃的险堤。权贵们冷笑着对胡曾、罗隐这样的书生关紧长安的大门时，可想到其中有一个下第举子，他不会像高蟾这样“淡定”地伫立在秋江上，他攥紧了拳头：“我花开后百花杀！”他会带着冲天的杀气回到长安，杀！杀！杀！——“内库烧为锦绣灰，天街踏尽公卿骨。”他，就是黄巢。

附：高蟾的诗我很喜欢，有些句子相当好，忍不住摘几句：“世间无限丹青手，一片伤心画不成。”“人生莫遣头如雪，纵得春风亦不消。”“野水千年在，闲花一夕空。近来浮世狭，何似钓船中。”

二四

绝句

[宋]僧志南

古木阴中系短篷，杖藜扶我过桥东。[①]
沾衣欲湿杏花雨，吹面不寒杨柳风。

① 短篷：有篷的小船。藜：一种茎质坚硬的植物，常作手杖用。

少林武僧功夫过人，而古往今来的文僧也为数不少，能诗者所在多有。然而，古人评论道，有些诗僧一味模仿俗家，具有为人诟病的“酸馅气”（太过迂腐）和“蔬笋气”（指太过寡淡），这都是僧家写诗之忌。不过本篇作者僧志南虽是和尚，这首诗却写得不枯不淡，绝无上面所说的瑕疵，也没有诗僧们常见的僧佛气、禅偈气。

这首诗的点睛之笔，当在后一联：“沾衣欲湿杏花雨，吹面不寒杨柳风。”“杏花雨”一词，前人也用过，南唐潘佑有一首诗句就是“深院帘垂杏花雨”。而“杨柳风”一词用得更多，此处就不举了。僧志南这首诗的妙处是并非生造工整的对句，而是捕捉住春雨“沾衣欲湿”、春风“吹面不寒”的特色，将春景写得细致入微，一派新春气息。活泼泼，盎盎然，欣欣然，跳动着春的脉搏。

僧志南是南宋时的诗僧，有时也写作释志南。一般选本多注生平不详，而《诗人玉屑》（宋魏庆之撰）中记载，他曾得到过朱熹的大力赞赏和推荐：

晦庵（朱熹）尝跋其卷云：“（志）南诗清丽有余，格力闲暇，无蔬笋气。如云云，余深爱之。”后作书荐至袁梅岩，袁有诗云：“上人解作风骚话，云谷书来特地夸。杨柳杏花风雨外，不知诗轴在谁家！”（注：诗中第一句所说“风骚”，是说《诗经》《离骚》，并非卖弄风骚的意思，不然志南一个秃头和尚，有何风骚之处？而“云谷”是指朱熹书院所在地，借指朱熹。）

我们看，朱熹很喜欢僧志南的这首诗，并推荐他投奔一个叫袁梅岩的人，袁也夸赞了他一番。由此可以窥见，僧志南也是个喜欢热闹，热衷于和士人们来往的和尚。僧志南的其他事迹，目前的资料难以找到更详尽的，近年来从日本发现了一本古书，叫《中兴禅林风月集》，记载了不少南宋诗僧的著作，明确指出僧志南为“武夷僧”。看来和朱熹活动的地方相近，两人有过密切交往。

由此也可以看到《千家诗》选注者的特殊偏好，那就是太“粉”程朱了，僧志南这首诗是好诗，但凡和程朱沾边的诗，肯定优先入选，联系到上一篇中说科举选士要有人保荐汲引才行，不禁感叹，原来这诗歌入选与否，也和“背景”有关啊。当然，这里不是说僧志南这首诗不好，而是我又突然为有些本身也相当好，但没有被选入大众选本的好诗抱不平。

【附】冯梦龙《夹竹桃顶针千家诗山歌》将此诗末句演绎为：

家乡迢递信难通，私忆子情郎病转凶。恹恹憔悴，减却旧容；眼昏鼻塞，头儿似空。小阿姐道，我侬做成个样相思病，怕杀子吹面不寒杨柳风。

这句感觉有点生扭，杨柳风本就是轻柔，吹面不寒，本来就不怕好不？要是改成“我侬做成个样相思病，任尔东西南北风”还差不多。

二五

游园不值

[宋]叶绍翁

应怜屐齿印苍苔，小扣柴扉久不开。[①]
春色满园关不住，一枝红杏出墙来。

① 怜，有版本作嫌。陆游诗“柴门虽设不曾开，为怕人行损绿苔”，堪为此句注脚。

这首诗也是我们从小就背熟的，诗意就不用多解释了。此诗最精彩的也是后两句——“春色满园关不住，一枝红杏出墙来。”其实“红杏出墙”这样的意境，唐人诗中早就写过，如：“杳杳艳歌春日午，出墙何处隔朱门”（温庭筠《杏花》）；“一枝红艳出墙头，墙外行人正独愁”（吴融《途中见杏花》）；“独照影时临水畔，最含情处出墙头”（吴融《杏花》），等等，都写出了杏花出墙时的娇态。

而陆游的《马上作》一诗中的两句更为相似：“杨柳不遮春色断，一枝红杏出墙头。”当然，正如钱锺书先生所说，叶绍翁“春色满园关不住”一句比陆游的“杨柳不遮春色断”更为新警。看来名家的诗也不见得处处好过无名小卒。叶绍翁的名气比陆游要差多了，但就诗论诗，这两句更为生动，要强过陆游。

后人谈及“红杏出墙”，往往引申到已婚的女人偷情。有人甚至觉得叶绍翁如果得知后人把自己的诗“发挥”成这样，会气得“再死一回”。这首诗中或许没有隐含这样的意思，不过杏花在古诗文中早就有“作风不正派”的名声。唐人薛能有《杏花》一诗说：“活色生香第一流，手中移得近青楼。谁知艳性终相负，乱向春风笑不休。”清代李渔在《闲情偶寄》中提到杏花时也说：“种杏不实者，以处子常系之裙系树上，便结累累。予初不信，而试之果然。是树性喜淫者，莫过于杏，予尝名为风流树。”

正所谓“淫者见淫”，纯真的小学生朗朗而读时，是不会想到这些的，只有我们这些成人才有了这些成人思维，汗一个！古语云：“童子智少，愈少而愈完；成人智多，愈多而愈散。”仿此语，可改为“童子智少，愈少而愈纯；成人智多，愈多而愈浊”。

【附】冯梦龙《夹竹桃顶针千家诗山歌》将此诗末句演绎为：

风流小姐出妆台，红袄红裙红绣鞋。后园月上，情人可来；无踪无影，只得把梯儿展开。小阿姐儿三寸三分弓鞋，踏上子花梯伸头只一看，分明是一枝红杏出墙来。

这可谓是对“红杏出墙”成人版思想的鲜活注脚，写得细腻生动，活灵活现。

二六

客中行

［唐］李白

兰陵美酒郁金香，玉碗盛来琥珀光。
但使主人能醉客，不知何处是他乡。

李白这首诗，写得流畅自然，一气呵成。这也是白诗的特色。此诗我们极为熟悉，不过有几点还是需要探讨的。

第一，诗中的兰陵，一般认为是山东临沂的苍山县。有了李白这首现成的诗歌广告，于是山东兰陵集团就生产起“兰陵美酒”来。但不少人质疑，因为唐诗中说起兰陵，往往指的是江苏常州。如王维的《同崔傅答贤弟》“扬州时有下江兵，兰陵镇前吹笛声”；李嘉祐的《送陆士伦宰义兴》“阳羡兰陵近，高城带水闲”；陈羽的《送辛吉甫常州觐省》“西去兰陵家不远，到家还及采兰时”等诗句，都不是指山东的兰陵。而且袁枚《随园食单》有《常州兰陵酒》一篇说：“唐诗有‘兰陵美酒郁金香，玉碗盛来琥珀光’之句。余过常州，相国刘文定公饮以八年陈酒，果有琥珀之光。”

第二，这里的“郁金香”，并非指现在常见的郁金香花。郁金是指一种产于我国南方的姜科植物，《唐本草》云：“郁金生蜀地及西戎。苗似姜黄，花白质红，末秋出茎心而无实，其根黄赤。”因为郁金气味芳香，入口辣。李白可能是以此比喻美酒的香醇。有人解析此诗，说“兰陵美酒”是用郁金香草浸后而成的，也未必。很可能和下一句“琥珀光”一样，都是借来形容美酒的味和色。

读了李白这首诗，我们不禁为传说中的兰陵美酒垂涎欲滴。那么，李白当年品尝的酒是不是真的就具有绝佳滋味呢？也未必，我们知道，李白笔下常说些“大话”，像天姥山只是一座海拔不足千米的小山，到了李白笔下，就成了“天姥连天向天横，势拔五岳掩赤城”，慕名去寻访的人无不大失所望，哪有什么“熊咆龙吟殷饮泉”“栗深林兮惊层巅”？所以，真喝到李白当年的“兰陵美酒”，未必会觉得强过如今的茅台和五粮液。

要知道唐朝时没啤酒，也没现在的高浓度白酒，按沈括在《梦溪笔谈》里记载的几种唐酒造法，成品酒的酒精含量当在3%到15%之间，近似现在的熟啤、干啤或者加饭酒。蒸馏技术要等元朝后才流行，到了明代，才有和现代类似的白酒。有些人逢古必崇，认为古人造的东西，就一定好过现在，这也是一种误解。

二七

题屏

[宋]刘季孙

呢喃燕子语梁间，底事来惊梦里闲。[1]
说与旁人浑不解，杖藜携酒看芝山。[2]

① 底事：什么事。
② 芝山：江西鄱阳县北的一座小山。

此诗作者刘季孙，字景文，想必大家对他比较陌生。不过提到另外一首苏轼的《赠刘景文》“荷尽已无擎雨盖，菊残犹有傲霜枝。一年好景君须记，正是橙黄橘绿时”，大家可能就有点印象了。

刘季孙是北宋大将刘平之后，他和苏轼、黄庭坚、张耒、晁补之等关系都非常好，苏轼曾在元祐五年（1090）十一月，特意写了一封奏折，推荐刘季孙，称他是功臣之后，提到刘平当年孤军抗击西夏最后英勇战死的事迹，强调刘季孙是忠臣唯一在世的儿子，才干也很出众，等等。苏轼的推荐还是起了作用的，刘季孙不久被升为知州，不过当时刘季孙都五十八了，又过了两年，就去世了。

刘季孙性格豪迈，有武将之风，死后家无余财，仅有书画万卷。张耒有诗说：“将军好书如郄縠，文史随船三万轴。”（《送刘季孙赴浙东》）郄縠是春秋时的儒将，看来刘季孙颇有将门虎子之风，不似寻常手无缚鸡之力的酸腐文人。

本篇原题为《题饶州酒务厅屏》，写于刘季孙早年任饶州酒务一官时。宋时官府垄断酒业，个体酒户只能从官办的酒厂批发酒来零售，刘季孙就管这事，类似现在的烟草专卖局局长。《石林诗话》中曾记载：王安石为江东提举刑狱时，巡查到此处，将要评估刘季孙的工作成绩。来到厅前，见屏风上题着这首诗。读罢大声称赞，一问左右，说是刘季孙所写，于是召他来谈诗论文，酒务方面的情况倒一句没提。等王安石回到旅驿，有不少此地的学子聚在门前，请求派一个主管教育的官，王安石马上就点刘季孙来主持。一时传为佳话。

刘季孙的这首诗，看似悠闲恬淡，但“说与旁人浑不解”一句，透出郁郁不得志的无奈，而“杖藜携酒看芝山”，则透着百般无聊。“燕雀安知鸿鹄之志哉？”刘季孙找不到知心的朋友，于是只好携酒登山消遣了。以刘季孙的文武全才，却出任小小的一介酒务俗吏，实在是太委屈他了！不过，刘季孙的诗却读不出筋骨尽露的浅躁之气，不是那种哭哭啼啼或跳脚大骂的风格，而是襟抱开阔，气度雍然。

宋人很推崇这种气度，不喜欢罗隐那样尖锐直切的。正如宋代严羽《沧浪诗话》中所说：“其末流甚者，叫噪怒张，殊乖忠厚之风，殆以骂詈为诗，诗而至此，可谓一厄也。”这也是王安石读懂了诗中的寓意后，对他极为推许的原因。

前面我们看过一首王安石的诗：“金炉香烬漏声残，剪剪清风阵阵寒。春色恼人眠不得，月移花影上栏杆。”仔细品味下，你会发现和此诗中的意境有相通之处，都是借风景婉曲地表达心中的郁闷情绪。英雄惜英雄，才士重才士，所以王安石才对刘季孙格外照顾。

【附】冯梦龙《夹竹桃顶针千家诗山歌》将此诗演绎为：

来迟去慢姐心烦，等待郎来就捻介个酸。低头谢罪，望娘恕宽，只为乡亲拉去，游山路长。姐道：郎呀，你后生家掉子花扑扑个正经弗去干，到跟子个杖藜携酒看芝山。

丫鬟安慰小姐姐，情郎不来，也许是游山玩水去了，于是小姐姐抱怨情郎正事不干，“杖藜携酒看芝山”。此处也不甚恰当，杖藜携酒，有老气横秋之态，不像年轻人。

二八

漫兴（其五）

［唐］杜甫

肠断春江欲尽头，杖藜徐步立芳洲。[1]
颠狂柳絮随风舞，轻薄桃花逐水流。

① 芳洲：长满花草的水中小岛。

老杜这一首诗，是《漫兴九首》中的一首。这组绝句写于杜甫住到成都草堂后的第二年。其时为唐肃宗上元二年（761），安史之乱尚未平息，江淮大饥，四海动荡，难得安稳。杜甫这组诗，虽然写的是大好春光，但他心怀愁绪，正所谓“人当适意时，春光亦若有情；人当失意时，春色亦成无赖”（清仇兆鳌语）。诗中处处都是恼春烦春之情，可谓是“感时花溅泪，恨别鸟惊心”的绝好注脚。

不同的人，不同的时刻，看到同样的情致，心情是完全不同的。如果这“颠狂柳絮随风舞，轻薄桃花逐水流”的景象被林黛玉看到，她肯定是哭得梨花带雨般给柳絮写：“飘泊亦如人命薄，空缱绻，说风流。”给桃花写：“明媚鲜妍能几时？一朝飘泊难寻觅。”绝不会把“颠狂”和“轻薄”加在她们头上。

而老杜是个大男人，加上此时心情烦躁，所以看什么都生气，于是连柳絮也成了“颠狂”的，桃花也成了“轻薄”的。有的《千家诗》注本上说老杜是以“柳絮”和“桃花”来形容“国事败坏”“小人当政”，比如有人这样说：“在诗人笔下，柳絮和桃花人格化了，像一群势利的小人，它们对春天的流逝，丝毫无动于衷，只知道乘风乱舞，随波逐流。”这样的评法纯粹是无稽之谈，又犯了胶柱鼓瑟的毛病。此类观点评诗时误导了读者，还算罢了，要是赶上“文字狱”的时代，就怕这样的人凡事牵强附会，不知要弄得多少颗人头落地。

其实，通读了《漫兴九首》后，你会发现，此时的老杜，心情烦躁到极点，看啥也不顺眼。比如第一首中称大好春光为“无赖春色”，嫌花开得不是时候，莺叫得烦人（“花开深造次”“莺语太丁宁”），第三首中又嫌人家燕子口中衔的泥弄脏了他的琴书（“衔泥点污琴书内”），等于见谁和谁急，这时候你就算端着笑脸给老杜送盏茶，他肯定也是一袖子给你胡噜到地下，当时他就这精神状态。

其实，老杜平时对燕子也好，桃花也好，都是挺喜欢的。老杜有诗：“岸花飞送客，樯燕语留人。”“暂语船樯还起去，穿花贴水益沾巾。”这里的燕子仿佛就是他的知心朋友一般。对于桃花，老杜平时也是喜爱有加，他的草堂落成之后，曾写诗向县令萧实要了一百棵桃树苗：“奉乞桃栽一百根，春前为送浣花村。河阳县里虽无数，濯锦江边未满园。”（《萧八明府实处觅桃栽》）其实在《漫兴》这组诗的第二首中，老杜刚刚还埋怨风折断了他的桃花树：“手种桃李非无主，野老墙低还似家。恰似春风相欺得，夜来吹折数枝花。”可是这第五首中，反过来就骂起“轻薄桃花”来了。

所以，这一组诗初读之下似乎颠三倒四，不可理喻，其实正恰当地反映了老杜当年焦首煎心的真实情态。诗题为“漫兴”，有兴之所至随手写出之意。不事雕琢，尽其本色，是唐人的优点，更是这首诗的亮点。所以不要以“探秘”“索隐”般的眼光去读，盛唐人还没有那么多花花肠子来绕着弯说话。

二九

庆全庵桃花

［宋］谢枋得

寻得桃源好避秦，桃红又见一年春。[1]
花飞莫遣随流水，怕有渔郎来问津。[2]

① 桃源：桃花源记中的典故。写一群人为避秦朝战乱来到一个安静的地方隐居，寄托了陶潜理想中的社会。

② 问津：津指渡口，此处是说桃源之地，不愿外人来寻找。

这首诗，一开始在《千家诗》中也看过，但给我留下深刻印象的却是《红楼梦》中袭人所抽的花签。在“寿怡红群芳开夜宴”那一回中，袭人抽了一支桃花签，上书“武陵别景”四字，又题了“桃红又见一年春”这样一句诗。

《红楼梦》中，整首诗被曹雪芹借来讽刺袭人，句句贴切刺骨：“寻得桃源好避秦”，是说袭人在贾府败落后先找自己的安乐窝了；“桃红又见一年春”，是讽刺她再嫁蒋玉菡犹如两度春风。蔡义江先生在《红楼梦诗词曲赋评注》中曾说，如果把“渔郎”换成“优伶”，就像是专门讽刺袭人而写的了。

不过，诗的原意与此大异。此诗是南宋爱国诗人谢枋得所写，宋亡后，他隐居武夷山，自称其居处为“庆全庵”，顾名思义，有战乱时庆幸尚能全生的意思。诗人希望，此处就像可以躲避暴秦的桃花源，可以避开元朝统治者的迫害。这“花飞莫遣随流水，怕有渔郎来问津”两句，看似写得清丽幽美，但了解了当时的背景后，你会感到，背后是深深的惶恐和担忧。

此前，在抗击蒙古的战火中，谢枋得的妻子与女儿都自尽完节，谢枋得的两个兄弟，三个侄子也先后牺牲。只剩下谢枋得孤零零的一个人，隐姓埋名，流亡在福建建阳一带的山野之间，以卜卦、贩履和教书为生。然而，元朝统治者最终还是发现了他的踪迹，公元1288年的冬天，大雪纷飞，元朝官吏强迫谢枋得北上大都，要他为新朝效力。然而，谢枋得到了大都后，问明宋朝太皇太后谢氏的坟墓和宋恭宗所在的方向，恸哭礼拜后就坚持绝食。在绝食五天后，谢枋得终于为国尽节。

知道了这些，我们就不会把这首小诗看成是闲情逸致类的东西了，桃花的红，也不再是娇艳的明媚，这背后隐藏着乱世血光，还有谢枋得“义高便觉生堪舍，礼重方知死甚轻”的一颗赤心。

三〇

玄都观桃花

［唐］刘禹锡

紫陌红尘拂面来，无人不道看花回。
玄都观里桃千树，尽是刘郎去后栽。

三一

再游玄都观

［唐］刘禹锡

百亩庭中半是苔，桃花净尽菜花开。
种桃道士归何处，前度刘郎今又来。

这两首诗是刘禹锡的名作，且大有关联，所以就放在一起评说了。

第一首原诗名为《元和十年自朗州至京，戏赠看花诸君子》，按照通行的解说，其背景是：以王叔文为首的革新派失败后，刘禹锡和柳宗元等八位支持革新的大臣被贬为司马这样的九品芝麻官，坎坷蹭蹬十年后，刘禹锡才被召回京城。

此时他游了玄都观后，写下第一首诗。诗中“玄都观里桃千树，尽是刘郎去后栽”一句，大有讽刺意味，表达了对当权者的不满，于是又遭到报复，他被贬到更为偏远的广东连州。但十四年后，不屈不挠的刘禹锡重又回到京师，以胜利者的姿态写下了“前度刘郎今又来”的豪言。这就是第二首诗的由来。

关于这两首诗的解释，不外如此。这些故事，大家想必早已熟知，中学课本中应该就讲过。在这里我们想发掘一些更深刻的背景故事：

一、“二王、刘、柳”到底是不是进步的革新派？

以王伾和王叔文为首的“革新派”，在历史上声名狼藉，口碑很不好。史书载王叔文志大才疏，虽然围棋下得不错，但气量狭窄，见识短浅。王伾更是相貌丑陋的小人，据说王叔文和王伾贪污纳贿，任人唯财，门口挤满送礼的——“昼夜车马如市”。甚至有人怕送不上礼，于是像现在高考时订下考点附近酒店一样，争相给王府附近的饼铺、酒馆送上一千文钱的住宿费，临时住下来，以便能第二天清早，头一个送上厚礼。王伾特意做了个大木箱子，盛满纳贿得来的金银宝贝，晚上夫妻俩都要拿出来看一遍，后来干脆在箱子上铺了被褥，睡在上面心里才舒坦。

二王及柳宗元、刘禹锡等人，对待政敌也是很凌厉的，他们贬了御史中丞武元衡，罢了侍御史窦群，驱韩皋为湖南观察史。《旧唐书》说他们：“任喜怒凌人，京师人士不敢指名，道路以目，时号二王、刘、柳。”

“二王、刘、柳”虽然有一系列的“革新措施”，后人也常赞许他们限制藩镇势力和打击宦官，但要知道，二王等人也和宦官李忠言、后妃牛昭容勾结在一起，他们和宦官俱文珍之间的斗争，难说不是宦官内部狗咬狗的斗争。至于削藩，他们的政敌干得更漂亮，历史上对“元和天子”及群臣削藩的功绩无不赞叹。

二、贬斥刘禹锡的皇帝、政敌是什么人？

小时候误认为贬斥刘禹锡的皇帝一定是个败家亡国的昏君，可后来却知道，当时的天子是让唐王朝一度又焕发出盎然生机的唐宪宗。史书中夸其为“承十一叶之基运，荡六十年之妖气”，可以很负责任地说，安史之乱后，唯一杰出的皇帝就是唐宪宗了。唐宪宗李纯和武元衡、裴度等（这些都是刘禹锡的政敌）定策削藩，兵发西川捉刘辟，师出镇海擒李锜，雪夜入蔡州活捉吴元济。这些穷凶极恶的藩镇纷纷授首，唐王朝重现了难得一见的中兴气象，有人称为"九世纪中的一抹初阳"。

李商隐《韩碑》曾赞道："元和天子神武姿，彼何人哉轩与羲。"张祜诗中也夸："万古元和史，功名将相殊。"就连刘禹锡自己听说了平定蔡州的奇迹后，也写下了"忽惊元和十二载，重见天宝承平时"这样的诗句。

真实的历史往往很吊诡，非黑即白、非忠即奸的脸谱化分法是很荒唐的，正如王安石和司马光都是品德高尚、学识广博的士子，却一生成为政敌一样。所以，我们也不要把刘禹锡、柳宗元的政敌都想象成白鼻子奸臣。

此外，还要点明的是，刘禹锡写了第一首《戏赠看花诸君子》后，引起当时皇帝和权臣们的反感确是事实，但对他的"报复"也并不算多残酷。刘禹锡本来是朗州（湖南常德）司马，乃是芝麻小官，现改为连州刺史，则是地方行政一把手。用现代的情形来"汇兑"一下，大致相当于由局级干部提升为地级市的市委书记。官职升了不少，只不过就是地域偏远了点。

再就是，刘禹锡写第二首诗时，皇帝已走马灯般地换了好几位，宪宗—穆宗—敬宗—文宗。当年的政敌几乎死绝，如今刘禹锡重来京师，大有物是人非之感。"前度刘郎今又来"，当然有胜利宣言的意味，但也并不是单纯地耀武扬威，其中包括了对人世沧桑的感叹。

正如金庸小说中写的故事：《九阴真经》的作者黄裳，苦练武功后，想找仇家报仇，但吃惊地发现仇家全死光了，杀死他们的不是刀剑，而是时间。因为黄裳沉迷于钻研武功，不觉过了七八十年，那些人全都老病而亡。刘禹锡身体健壮，熬死了唐朝五代皇帝，也熬死了所有的政敌，于今尘归尘，土归土，刘禹锡心中，想必也不尽是胜利的喜悦吧。

同一时段的刘禹锡还写下过这样的诗句："二十余年作逐臣，归来还见曲江春。游人莫笑白头醉，老醉花间有几人。"可以和《重游玄都观》

一诗相印照。

另外，按《千家诗》的体例，从二十八到三十一这四首诗，都应该是写桃花的，但这四首诗，没一首是单纯写桃花的，我觉得要选桃花诗，还不如选上崔护的“人面桃花”那一首，只不过那是爱情诗，《千家诗》旧时是面对小学生的，那首诗的情调有点“少儿不宜”。

友松图（局部） 明代
杜琼
长卷 纸本 设色
全图纵 29.1 厘米 横 92.3 厘米
北京故宫博物院藏

三二

滁州西涧

［唐］韦应物

独怜幽草涧边生，上有黄鹂深树鸣。
春潮带雨晚来急，野渡无人舟自横。

韦应物的这首诗深受人们喜欢，在我印象中，不知见过多少次此诗被写成书法作品悬挂在酒店、会馆中。也难怪，这首诗可谓有声有色，有动有静，似一幅幽美的图画，用“诗中有画”来形容并不过分。

后来，宋朝的寇准将此诗的最后一句拆成：“野水无处渡，孤舟尽日横。”寇老西儿宰相做得好，但这两句不见得比韦应物的原诗更生动出色。宋徽宗曾以这两句诗当题目考皇家画院的那些画家，其中的“诗情画意”其实还都是从人家韦应物那里得来。

这首诗第一句，有的版本作“独怜幽草涧边行”，明代诗人杨慎在《升庵诗话》中认为：“‘行’字胜‘生’字十倍。”有人也觉得“行”字能表现诗人在草地上徘徊徜徉的举止。可以把诗人的主体加进来，让这句诗的层次与内容更丰富。

当真如此？其实不然，真正了解韦应物特色的人，是不会觉得“行”字比“生”字好的。因为韦应物的诗风，就是强调一种清幽淡雅的气息。宋代周紫芝的《竹坡诗话》曾说：“古今诗人多喜效渊明体者，如和陶诗非不多，但使渊明愧其雄丽耳。韦苏州云……非唯语似，而意亦太似，盖意到而语随之也。”就是说，仿效陶渊明的诗人太多，他们只是华丽雕饰上“强过”陶渊明，所谓“使渊明愧其雄丽耳”，是正话反说，其实是揶揄那些对陶诗“画虎不成反类犬”的人。周紫芝说，学到陶诗精髓的，只有韦应物，其诗语似神也似。

《红楼梦》中宝钗评诗时提过“韦苏州之淡雅”，韦应物的诗最突出的特色就是“雅”和“淡”，而且他的清雅恬淡和王维、孟浩然等不完全一样。王、孟生活在盛唐，诗中有一种安适静谧的氛围，而韦应物是中唐时人，其诗冷幽凄清，读后令人仿佛置身于柳宗元《小石潭记》中所描写的环境：“坐潭上，四面竹树环合，寂寥无人，凄神寒骨，悄怆幽邃。”所以读韦诗，很有这种“其境过清”的感觉。像“山空松子落，幽人应未眠”“此心良无已，绕屋生蒿莱”“落叶满空山，何处寻行迹”等等，都是清幽冷寂之极。

既然清幽是其特色，那这首诗中，动感的“行”字就不如安静的“生”字，同时，这“野渡无人舟自横”一句，包含着《庄子》中的“虚舟”“不系之舟”的典故，道家崇尚自然，不赞同人力的干预，所以这首小诗中，人的“镜头”还是不出现为好。

其实韦应物的七言好诗不多，他的五言是最为人所推崇的。但那些恬淡之极的五古，正像精致的素斋一样，有些人吃着总觉得没有大鱼大肉过瘾。

另外，还有评者又说，树上黄鹂是小人，幽草则是君子。这样的说法在古时就被批驳过了，如王士禛《唐人万首绝句选·凡例》云：“宋赵章泉、韩涧泉选唐诗绝句，其评注多迂腐穿凿。如韦苏州《滁州西涧》一首‘独怜幽草涧边生，上有黄鹂深树鸣’，以为‘君子在下，小人在上’之象，以此论诗，岂复有风雅耶？”

遗憾的是，现在笔者还见有的《千家诗》注本中这样说：“诗人通过写景寄托对政局的忧虑，涧边幽草、深树黄鹂，喻指小人充斥，贤者不得用；晚雨来急，喻政局岌岌可危；无人舟横，指朝中无贤能宰相，以致朝政坏乱……”

无语，这样的人适合去编《罗织经》，而不是来评诗。

三三

花影

[宋]苏轼

重重叠叠上瑶台，几度呼童扫不开。[1]
刚被太阳收拾去，却教明月送将来。

① 瑶台：玉石雕砌的台，传说中西王母的居处。此处指院中的石阶。

这首饶有趣味的小诗，作者也有争议。起因是这样的：有人查遍了《东坡七集》并未发现此作，而在谢枋得的《叠山集》中却发现了此诗，于是便欲“正名”为谢枋得所作，我觉得这有些过于唐突。

无论是《东坡七集》或者《叠山集》都经过后人辗转抄录编纂，遗漏诗作和窜入他人诗作的情况并不罕见，谢枋得是个十分崇敬苏轼的人，他的外号“叠山”，就是从苏轼的一首七律诗中的首句“溪上青山三百叠”而来，相传《千家诗》曾经过谢枋得的编订，喜欢苏轼诗作的他，极有可能特地将这首诗推荐在《千家诗》的选本中。

还有一个感觉就是，这首诗太像苏轼的风格了，我们可以拣出苏轼另一首家喻户晓的诗来比较一下：“若言琴上有琴声，放在匣中何不鸣？若言声在指头上，何不于君指上听？”和这首诗中呼童扫花影的“天真”举动如出一辙，同样也是在貌似无理、貌似调侃的语气中隐喻了发人深思的道理。

苏轼的诗有诙谐、灵动的特点，有时充满童趣，语言也颇有几分“打油诗”的特色。他曾说：“吾虽不善书，晓书莫如我。苟能通其意，常谓不学可。”他还曾对自己刚出生的儿子说：“人皆养子望聪明，我被聪明误一生。惟愿孩儿愚且鲁，无灾无难到公卿。”

苏轼这个人才华横溢，他的诗风格往往出奇出新，并非用“豪放”两字就能一概而论。他自己曾说过这样两句话：“出新意于法度之外，寄妙理于豪放之外。”（《书吴道子画后》）虽然这两句原本不是说他自己，但这里“请君入瓮”，将此语拿来形容东坡先生的诗，也十分恰当。

单说这首诗：有人说诗中的“花影”，是形容朝廷中当政的小人，难以驱去，赶不尽，除不绝。这样解诗不免呆板无味。如果真是形容小人，那苏轼的水平也太差劲了，“明月花影”，这是何等雅致的景物，用来形容小人，一点攻击力也没有。大家见骂人时，谁把对方骂成“花影”？像刘禹锡《聚蚊谣》，把小人形容为蚊子，罗隐把尸位素餐的昏官形容为木偶，这才叫讽刺。

那么此诗中的寓意又是什么呢？我觉得，此诗寓意深远，其中有着一种非常复杂的感情。常言道：“如影随形。”有形就有影，有因就有果，世间的种种琐事，正像花影一样萦绕在花前，挥不尽，抛不去，只要有日月轮回，只要还停留在这世上，你就躲不开赶不走这永远跟着你的影子，不管你喜不喜欢它。

东坡喜欢禅，我觉得这首诗中颇有禅意。

三四

北山

［宋］王安石

北山输绿涨横陂，直堑回塘滟滟时。①
细数落花因坐久，缓寻芳草得迟归。

① 北山：南京紫金山。横陂：池塘的斜坡。直堑：直的水沟。回塘：弯曲的水塘。滟滟：水面波光闪动的样子。

王安石是出了名的“拗相公”，个性中有着固执的一面。但他的诗却往往恬淡融和，类似于无心世事的隐士，有些清丽柔婉的句子，甚至都有点像闺中女子的手笔了。前面我们说过，像“春色恼人眠不得，月移花影上栏杆”这样的句子，出于鱼玄机、朱淑真之类的才女口中，也不觉有龃龉凿枘之感。

“北山输绿涨横陂，直堑回塘滟滟时”，北山，指南京的钟山（紫金山），“陂”，指池塘。这两句是说，钟山的涧水灌满了池塘，笔直的沟渠，迂曲的池塘，波光荡漾。“输绿”这种修辞手法，王安石诗中特别喜欢用，比如我们熟知的“春风又绿江南岸”“两山排闼送青来”，都是这类。

钱锺书先生曾指出王安石在另一首诗中“除却春风沙际绿”一句，是“得意话再说一遍”。如今看来，王安石的得意话何止说了一遍？钱先生还说，王安石的“得意话”其实在唐诗中早已有之，比如丘为有诗“东风何时至，已绿湖上山”；李白的“东风已绿瀛洲草”等等都早于王安石。当然，后人写诗，不可能完全脱离前人，王安石的“春风又绿江南岸”，意境广阔自然，还是有其独到之处的。

这首小诗虽然称不上绝佳，但也是十分的细腻柔美。不过单看“细数落花因坐久，缓寻芳草得迟归”，这样的行止，似乎只有一个艳装仕女才配，不像王安石这样一个被罢相后的老头心态。

这首诗，是王安石二次罢相之后所作，当时新法失败，王安石不得不带着一腔遗憾闲居南京老家中。诗中这样安闲静好的心情，王安石或许曾拥有过，但绝不是他当时心情的全部面貌。史载，王安石听说保守派将新法尽数废除。连免役法这样没有丝毫问题的政策也被废除时，愤慨地说：“亦罢至此乎？”（新法被废到这样的程度啊！）不久，六十五岁的王安石就在郁闷中病逝。

【附】冯梦龙《夹竹桃顶针千家诗山歌》将此诗末句演绎为：

横山头上白云飞，姐忆子情郎弗见归。只见萋萋芳草，王孙路迷；夜深月落，子规又啼。姐道：小阿奴奴只道情郎撇子我，再是缓寻芳草得归迟。

芳草，在此处都给喻为路边野花了，想“陌上花开缓缓归”一句，要是落在冯梦龙手中，肯定也没好下场。

三五

湖上

［宋］徐元杰

花开红树乱莺啼，草长平湖白鹭飞。
风日晴和人意好，夕阳箫鼓几船归。[①]

① 箫鼓：箫声和鼓声。

徐元杰的这首诗，我觉得平平无奇，和《红楼梦》中香菱初学诗时的“习作”差不多一个水准。“花开红树乱莺啼，草长平湖白鹭飞”，排列景物，既不新奇，也不生动。“风日晴和人意好”，则过于浅白直露，收尾的“夕阳箫鼓几船归”一句也是软塌塌的，没有什么警人之处，实在算不上一流的好诗。

而且徐元杰是宋理宗时人，当年南宋王朝危如累卵，北方铁骑随时可能 “提兵百万西湖上，立马吴山第一峰”，而此时的徐元杰却还有闲情逸致以这种优哉游哉的口气品西湖风景，不禁让人想起另一首咏西湖的诗：“山外青山楼外楼，西湖歌舞几时休？暖风熏得游人醉，直把杭州作汴州。”

徐元杰死得早了些（传为人下毒害死），没有看到几十年后，蒙古铁骑就踏上了西湖岸边，所谓“风日晴和人意好”，无非是南宋小朝廷的回光返照罢了。或许“夕阳箫鼓几船归”已伏下后来衰亡败落的诗谶？

细查徐元杰的生平，又发现他师从朱熹的门人陈文蔚，看来《千家诗》的选诗者，确实和朱熹非常“亲”，只要是能和朱熹沾上边的，就算是徒子徒孙什么的，也都格外照顾。

【附】冯梦龙《夹竹桃顶针千家诗山歌》将此诗末句演绎为：

迟迟春暖百花飞，思忆情郎心里痴。春光将暮，红轮坠西；绿杨陌上，行人渐稀。姐道：我独坐高楼，眼睁睁介望，只见夕阳箫鼓几船归。

取“梳洗罢，独倚望江楼。过尽千帆皆不是，斜晖脉脉水悠悠。肠断白蘋洲”之意。

柳塘呼犊图　宋代
佚名
团扇　绢本　设色
纵 24.9 厘米　横 26.6 厘米
中国台北“故宫博物院”藏

三六

漫兴（其七）

［唐］杜甫

糁径杨花铺白毡，点溪荷叶叠青钱。①
笋根稚子无人见，沙上凫雏傍母眠。②

① 糁径：散落路面。点溪：点缀水溪的意思。青钱：比喻出水的嫩荷叶。
② 稚子：此处指笋芽。“稚子”也有幼小的孩子之意。凫雏：小水鸭。

这首诗和第二十八首《漫兴》是同一组诗，在谈那首诗时说过，老杜写这组《漫兴九首》时，心情糟糕到极点，看什么都不顺眼，而这首《漫兴》却是唯一心境相对比较平和的。

老杜的诗句，精于锤炼，像“糁径杨花”“点溪荷叶”，就比直说“杨花糁径”“荷叶点溪”要好，古诗中常用这一类倒装句，老杜更是此中高手，最著名当属那一联：“香稻啄余鹦鹉粒，碧梧栖老凤凰枝。”

杨花满地，似铺白毡；荷叶尚小，状如青钱。笋芽伏在笋根处无人看到，凫雏依着母凫在沙滩上睡眠，好一幅安静平和的图画啊！这在安史之乱的刀光剑影中，是难得的一方净土。就连老杜一家，在战乱之中，也是“幼子饿已卒”，如今离乱之中，暂居草堂，虽然窘迫，但总算有了个安身歇脚的地方，所以老杜面对此情此景，他狂躁的心情也渐渐平静，没有像其他八首那样敲着拐杖大发牢骚。

清代学者浦起龙在《读杜心解》中曾评说此诗：“微寓萧寂怜儿之感。”确实如此。但《唐诗鉴赏辞典》中左成文先生评道：“我们从全诗看，‘微寓萧寂’或许有之，‘怜儿’之感，则未免过于深求。”

对此，笔者并不赞同。要知道老杜也是有血有肉有感情的普通人，他面对“凫雏傍母眠”的情景，不念及自己的幼子（老杜不计划生育，孩子有一大帮），那才不是正常人的思维呢。不见得老杜有“诗圣”之称，心中就全是国家大义，何况老杜诗中屡屡提及“稚子敲针做钓钩”“恒饥稚子色凄凉”“娇儿恶卧踏里裂”等等。正所谓：“无情未必真豪杰，怜子如何不丈夫？”

秋塘凫雁图　宋代
佚名
团扇　绢本　设色
纵 24.7 厘米　横 25.1 厘米
中国台北“故宫博物院”藏

三七

春晴

［唐］王驾

雨前初见花间蕊，雨后全无叶底花。
蜂蝶纷纷过墙去，却疑春色在邻家。

晚唐王驾这首小诗，写得十分生动有趣，堪称一流好诗。前两句写落雨前已见花蕊初成，正期待花开时，却被一场风雨打落无遗。后人做诗，弄出不少的臭规矩，什么诗中同一个字不重复出现等等。我们看王驾这两句，“雨”字、“花”字都出现了两次，也没有什么不好。要是搁在迂腐的后人手中，想必会故意雕琢成类似“日前初见枝间蕊，雨后全无叶底花”这样子，以求对仗“工稳”，殊不知反失嘹亮自然的成色，这正是唐音和宋音的区别。唐人风范，就是磊磊落落，潇洒流畅。

此诗最有情致的是后两句：“蜂蝶纷纷过墙去，却疑春色在邻家。”诗人看见寻不到花朵的蜂蝶纷纷飞过墙头去了邻居家，不禁怀疑邻家会是春花烂漫的好景。其实，雨落万家，邻居家的花木也难得幸免，只不过，隔着高高的墙，却有无限的憧憬和猜想。

这后两句，之所以动人，正是暗合了一个人们习惯性的心态，那就是自己所得的往往不珍惜，属于别人的却往往觉得好。世间万事，莫不如此，我们去外地旅游，也不要询问当地人对景点的感受，当地人大多都说，没有什么看头的，其实也未必然。他们天天生活在美景中，有时候，“处芝兰之室，久而不觉其香”，我们去看看还是觉得挺新鲜的。

诗为什么能动人，正是能优美地写出众人“心头有，口上无”的道理，此诗即为一例，这种诗不是那种强说理、硬说理的文字，所以很是吸引人。

【附】冯梦龙《夹竹桃顶针千家诗山歌》将此诗末句演绎为：

归来日落乱云遮，姐忆情郎眼也花。黄昏时候，还未见他，隔墙好酒，人人要赊。姐道：只听得间壁姐儿房里，像是郎说话，却疑春色在邻家。

防火防盗防闺蜜。

妆靓仕女图　宋代
苏汉臣
团扇　绢本　设色
纵25.2厘米　横26.7厘米
美国波士顿艺术博物馆藏

三八

春暮

[宋]曹豳

门外无人问落花，绿阴冉冉遍天涯。
林莺啼到无声处，青草池塘独听蛙。

曹豳，豳字读“bīn”，主要用作地名。而“豳”字的字意，可能是丢失了，不过从字形上讲山里面两头猪（豕），恐怕也是和农家生活有关的意思。《诗经》里有豳风，共有诗七篇，其中多描写农家辛勤力作的生活情景，是我国最早的田园诗。曹豳是南宋末年宋宁宗时的进士，官后来也做得比较大，当过浙东提点刑狱，最后以宝章阁待制的身份退休。

曹豳这个人，是南宋一个不大知名的诗人。不过南宋著名诗人刘克庄对他的诗非常欣赏，称赞他：“古风调畅流丽，得元（稹）白（居易）遗意；律诗精切帖妥，拍姚（合）贾（岛）之肩，非若小家数。”相传《千家诗》的编纂曾经过刘克庄之手，从选入这首旁人不大熟知的诗句来看，这个说法是有道理的。

然而，曹豳的这首《春暮》却并没有太多打动人心的感觉，或许有些人也欣赏“林莺啼到无声处，青草池塘独听蛙”这样的意境，不过，蛤蟆自古以来形象就不好，《墨子》中就说：“虾蟆、蛙黾，日夜恒鸣，口干舌擗，然而不听。今观晨鸡，时夜而鸣，天下振动。多言何益？唯其言之时也。”意思是说：“蛤蟆、青蛙，它们白天黑夜叫个不停，叫得口干舌疲，可是没有人去听它的。今晨看到那雄鸡，在黎明按时啼叫，天下振动，多说话有什么好处呢？只有在切合时机的情况下说话才有用。”

所以说嘛，曹豳这句“青草池塘独听蛙”，在美感上逊色不少。这首写景诗，我觉得并不是特别出众，安恬静美处不及王维，清悠淡远处逊于孟浩然，空冷幽寂难比韦应物，实在说不上是一流好诗。

也许像有人说的那样，曹邺在“门外无人问落花”隐喻了无可奈何的心情，“绿阴冉冉遍天涯”暗藏了伤感叹息，“林莺啼到无声处”是惋惜知己不再，“青草池塘独听蛙”是比喻小人喧嚣，但如果真是这种晦涩之极的写法，类似庙里的神签拆解，也无趣得很。

曹邺集中的诗，我觉得有一些，比这首要好很多，推荐给大家看几首：

凤凰山

凤去寥寥今几年，至今人唤凤凰山。
只愁有凤无人识，却指凡禽误世间。

题括苍冯公岭二首（其二）

村南村北梧桐树，山后山前白菜花。
莫向杜鹃啼处宿，楚乡寒食客思家。

杨柳

春至风花各自荣，就中杨柳最多情。
自从初学宫腰舞，直至飘绵不老成。

此外，曹邺还有一首《上竿诗》写得极好：

又被锣声送上竿，者番难似旧时难。
劝君著脚须教稳，多少旁人冷眼看。

这一首诗写尽世情，多少位高权重者，多少钱堆北斗者，其实都是给送上高竿的人物，有道是，登高必跌重，一片锣声，站上高竿，万人瞩目，但风险也是极大的。历来纡金曳紫之辈，虽然风光，但一旦失势，也有夷族之祸，正所谓："财大祸也大。"这首诗写得极为形象，按《千家诗》选者的口味，也是说理诗，不知道为什么没入选。

【附】冯梦龙《夹竹桃顶针千家诗山歌》将此诗末句演绎为：

家家月上照窗纱，姐儿心里乱如麻。情人一去，何日到家；夜深独坐，长吁短嗟。姐道：郎呀，鸳鸯枕上个打呼声，小阿奴奴还且听弗惯，那再教我青草池塘独听蛙。

这首山歌倒是印证了我前面文中所剖析的意思，"青草池塘独听蛙"并无清幽之情境，反而有聒噪之嫌。

三九

落花

[宋]朱淑真

连理枝头花正开，妒花风雨便相催。
愿教青帝常为主，莫遣纷纷点翠苔。[①]

① 青帝：掌管春天的神，又称东君、东皇。

朱淑真是位知名度相当高的才女，她的《断肠集》不知感动过多少同样在深闺中惆怅无限的女子。不少人对央视《红楼梦》中的这一幕记忆犹新：苦命的香菱，于深夜里对着滴泪红烛正在读这本《断肠集》。然而，此时却传来夏金桂的一声狮吼，她悚然一惊，忙丢下诗集去服侍那个悍妇。蜡烛红泪点点，滴在这“断肠”两个字上。

《千家诗》编选者大概是一些老儒，他们选的诗，士大夫气浓，头巾气冲，重男轻女意识浓，对于才女们的诗几乎不选。但奇怪的是，他们不选李冶、薛涛、鱼玄机，也不选李清照，却偏偏选了两首朱淑真的诗。这让一贯喜欢八卦的笔者不禁相信起原来一直不大相信的传闻——朱淑真是朱熹的侄女。前面一再说过，《千家诗》选编者最“粉”程朱，只要和程朱有关系的，优先录入。

不过朱淑真的作为，可和程朱那一套截然相反，她曾“娇痴不怕人猜，和衣睡倒人怀”，也曾“月上柳梢头，人约黄昏后”，做出一系列放纵大胆、惊世骇俗的举动。

《千家诗》的旧本原注说：“花正开而芳姿艳丽于连理枝头，如少年夫妇燕婉和谐也，花开而遇嫉妒之风雨相催，百花摇落如夫妇不幸，中道分离乖阻也，安得青帝常主四时，使连理花常开并蒂，而无风雨纷纷之摇落也。”但对于朱淑真来说，她对“连理枝”的态度，前后是大不一样的。

这首诗想必是作于朱淑真的少女时代，何以见得？因为这首诗中还句句怜惜“连理枝”来着，此时的朱淑真，心中的“连理枝”应该不是她未来嫁的老公那样子。少女时的朱淑真，对将来的另一半要求挺高的，她有首《秋日偶成》诗这样写道：“初合双鬟学画眉，未知心事属他谁。待将满抱中秋月，分付萧郎万首诗。”

哪知期望越大，失望越大。据载，朱淑真后来嫁了个庸俗不堪的商人，明《尧山堂外纪》中称“其夫村恶，籧篨戚施，种种可厌”，对于这几句的注解，不妨借柏杨先生笔下的文字来诠释：

“巧妇嫁了拙夫，真是人间最大的不公平，人人见了都要跺脚，盖深惜之也。像‘断肠’诗词的作者朱淑真女士，以一代才女，竟嫁了个不识之无的庄稼汉，死后她的丈夫把她的诗稿词草，一把火烧掉，其愚如猪，虽把他碎尸万段，不能消心头之恨，跟那种男人同床共枕，简直是奇耻大辱……”

所以，后来朱淑真写的诗，就不惋惜“连理枝”了，她恨死“连理枝”了，后来她又写了这样一首诗：

愁怀

鸥鹭鸳鸯作一池，须知羽翼不相宜。
东君不与花为主，何似休生连理枝。

相爱的人在一起，婚姻是快乐天堂；不爱的人在一起，婚姻是恐怖地狱。有情人相伴，是喜结连理；无情人厮守，是刑械桎梏。

四〇

春暮游小园

［宋］王淇

一从梅粉褪残妆，涂抹新红上海棠。
开到荼蘼花事了，丝丝天棘出莓墙。①

① 天棘：即天门冬，一种藤本植物，叶退化成针状，故有丝丝天棘之说。

王淇，字菉猗。现在看起来他的字怪怪的，其实古代的读书人并不觉得怪僻。因为这是取自《诗经》：“瞻彼淇奥，菉竹猗猗。”《神雕侠侣》中程英暗恋杨过，就一遍遍地吹这一曲《淇奥》，这是古人形容美男子的话，不过现在好多女孩子家也叫王淇。

话有些扯远了，王淇的生平事迹湮没在久远的历史中，只有只字片语——“与谢枋得有交”，谢枋得集中还存有《代王菉猗女荐父青词》这样一篇文章，看来谢枋得和他是有交情的，而且王淇的年龄似乎要大于谢枋得。王淇的诗流传于世的，只是《千家诗》中收录的两首。由此也透露出一个信息：世人所传《千家诗》是经过谢枋得编选的说法，并非是空穴来风。要是没有谢枋得，谁知道宋代还有一个诗人叫王淇?

王淇虽然只剩下两首诗，但均为佳作。这首诗没有怪意的雕琢，从初春写到初夏，梅花开，海棠红，荼蘼落，天棘出，却并不是寡淡无味的流水账。

“一从梅粉褪残妆，涂抹新红上海棠”，用了拟人的手法，春天仿佛是一个绝代佳人，梅花是她的初妆，洗去梅花妆后（初春过后），玉面上又晕染了海棠的娇红。但是，这并非此诗最出色之处，诗中最点睛的一句是“开到荼蘼花事了”。这一句，平平淡淡，似乎没有什么新奇精巧的，但细品之下，会感到无限无尽、无可奈何的心绪，全由此句带出，绵绵不绝，无法收拾。

诗中没有大发韶光将逝，青春不再的哀叹，但一切尽在不言中。从初春到暮春的片片回忆，让我们不得不想起那些不知不觉中溜走的好时光。正像我有时独坐小院中，默念一年前的今日，二年前的今日，十年前的今日……心中总有说不出的滋味，那些远去的岁月，是你生命的印记，惋惜也好，遗憾也好，终归再也握不住了。所以，荼蘼的花语是“悲伤的回忆”。

不少人读到“开到荼蘼花事了”一句时，都不免为之动容，心中百味杂陈。王菲有两首歌，一名《开到荼蘼》，一名《花事了》。歌中唱道：“心花怒放，却开到荼蘼。”听了令人伤感不已。《红楼梦》中写大观园众女儿行酒令时掣花签，麝月抽到的那支，上面正是一枝荼蘼花，题着“韶华胜极”四字，还有一句旧诗“开到荼蘼花事了”，后注“在席各饮三杯送春”。看了此签，宝玉心中顿生凄楚的凉意，为了不扫大家兴，他忙藏了此签，用话岔开。

开到荼蘼花事了，让人思念起前尘今世。往事知多少？无论你多么留恋那一切，可是，我们再也回不去了，对不对？

【附】冯梦龙《夹竹桃顶针千家诗山歌》将此诗末句演绎为：

回头看见子介个有情郎，我弗枉今朝烧个炷香。他衣衫齐整，年貌正芳，眉来眼去，两下挂肠。姐道：郎呀，你若肯访奴时，奴家弗是无记认，丝丝天棘出门墙。

和“吹花误唾郎，感郎千金顾。妾家住虹桥，朱门十字路。认取辛夷花，莫过杨梅树”同一机杼，只不如是山歌版。

四一

莺梭

[宋]刘克庄

掷柳迁乔太有情，交交时作弄机声。[①]
洛阳三月花如锦，多少工夫织得成？

① 掷柳迁乔：是说黄莺在柳枝上飞来跳去，不时跑到高大的树木上。交交：鸟叫的声音。

刘克庄是南宋有名的诗人，编过《后村千家诗》，是《千家诗》所依据的“参考书”之一。刘克庄精力旺盛，写的诗数量极多。如果他生在现在，那可是超级写手。但是现在网上有些写手，是被金钱驱动着没命地写，甚至吃饭坐车也拿着笔记本猛敲，而人家刘克庄，并没有这些物质诱惑。

刘克庄写诗，胃口奇佳，一首往往不过瘾，一写就是一套，他集中的组诗少者四五首，多者达一二百首，如《端嘉杂诗二十首》《梅花百咏》《杂咏二百首》等，让那些捻着胡子半天吟一句诗的人，看也看呆了。

但刘克庄写的太多，就有人批评他有连章累牍、叠床架屋之感。他还有一个为人诟病的缺陷，就是喜欢填嵌典故、玩弄技巧。钱锺书先生曾批评道：“他的作品给人的印象是滑溜得有点机械，现成得似乎店底的宿货。”当时的诗人方回也说他“饱满四灵，用事冗塞，小巧多，风味少”。但是，公正地说，刘克庄的诗虽然不是超一流，但有些还是不错的，以上也有点太“高标准，严要求”了。

我们看这首绝句，把黄莺在树间飞来飞去，比喻成织锦的飞梭，它们的叫声就像拨弄纺机的声音，所以称之为“莺梭”。诗中刘克庄说春天的繁花，都是黄莺织成的，这比喻非常新奇有趣。

前面说过，有人讥讽刘克庄的诗是“小巧多，风味少”，这评语也不甚恰当。不可否认，刘克庄此诗还是“小巧”之作，但风味还是有一些的。像唐人贺知章诗“碧玉妆成一树高，万条垂下绿丝绦。不知细叶谁裁出，二月春风似剪刀”，我觉得和此诗差不多的味道，如果说刘克庄的诗是小巧，那贺知章的诗也不外如此。

【附】冯梦龙《夹竹桃顶针千家诗山歌》将此诗末句演绎为：

墙门阁落里，结识子个有情人，汗巾相赠表奴心。针针线线，是奴缉成；丝丝缕缕，是奴寄情。我郎弗要拿渠来轻抛弃，也不知多少工夫织得成。

也并非在多少工夫，主要是情丝织成吧。

四二

暮春即事

[宋]叶采

双双瓦雀行书案，点点杨花入砚池。①
闲坐小窗读周易，不知春去几多时。

① 瓦雀：瓦上的鸟雀。砚池：砚台中的墨池。

叶采这个人，在诗坛上没有多大的名气。流传的诗作也不多。叶采，字仲圭，一字平岩，福建邵武人。据《邵武县志》载："初从蔡渊受《易》，已而往见陈淳，淳以其好猎高妙而少循序，痛砭之。自是屏敛锋芒，渐趋着实。宝庆初为秘书监。尝论郡守贪刻之害，理宗嘉纳之。"

从这一点资料看，叶采官至秘书监，虽说宋理宗曾"嘉纳之"，但也并非是有大权的官儿（秘书监一职负责国家典籍图书）。另外，还透露出一个重要信息：叶采是朱熹的徒孙。笔者现在得出了规律，《千家诗》中大凡不大知名的诗人，多半是和朱熹有关的人，不是徒子徒孙，就是亲故。

何以见得？上面说了，叶采受教于陈淳，而陈淳是南宋理学大家，朱熹最得意的弟子，他们俩关系好像颜回之于孔子。从资料中还得知，叶采年少时也是飞扬跳脱的性格——"好猎高妙而少循序"，结果被陈淳痛扁了一回，把人家的锋芒锐气全扼杀了，从而变成一个老老实实的道学先生，唉！

不过这首诗，还是有些情趣的，"双双瓦雀行书案，点点杨花入砚池"，写出屋檐上的雀影投到书案上，窗外的杨花吹进墨池里，还是活泼泼有生机在的。第四句“不知春去几多时”，这样的感叹也令人颇有同感，只可惜第三句“闲坐小窗读周易”，带了些头巾气，前面曾提到过，“儒生气象，一毫不得著诗；儒者语言，一字不可入诗”，这首诗不免有此弊病。别的不说，从贾宝玉看见劝人读书的《燃藜图》就倒了胃口来看，他读到此诗第三句，恐怕也要皱起眉头的。

当然，话说回来，这种情感，写入诗中，未必上佳，但叶采这种独坐寒窗、孜孜不倦地研究学问，不觉时光流逝，不为春光所扰的精神，也是值得敬佩的。南怀瑾先生曾说：“有两种东西必须要学——佛学与《易经》。……夜里读《易经》，保险睡不着觉。刚刚读啊读，看出一点名堂，便想弄个清楚，继续看下去，等告一段落再睡，结果一段接一段，不知不觉大已经亮了。真是‘闲坐小窗读周易，不知春去几多时’，一整个春天何时溜走了都不知道，这个味道很好。”

虽说是“朝飞暮卷，云霞翠轩；雨丝风片，烟波画船，锦屏人忒看得这韶光贱”，但如果把时光都用在打情骂俏，思春伤春上，也难说都值得称颂吧。从世俗的意义来说，叶采诗中所写的形象，确实是“三好学生”的典范，所以旧本《千家诗》中选了这样的诗也是能够理解的。其实就算是今天，身为父母和家长的，如果你有一个儿子或女儿，你是希望他（她）“闲坐小窗‘做功课’，不知春去几多时”，还是像杜丽娘一样思春难耐，相思成疾？

【附】冯梦龙《夹竹桃顶针千家诗山歌》将此诗末句演绎为：

成双捉对蜜蜂飞，巴巴里个情郎弗见归。粉憔脂悴，魂劳思迷；莺声才歇，子规又啼。姐道：一日三秋，只觉日子能长远，不知春去几多时。

前面说了原诗作者叶采是认真学习的好学生，但山歌里就不同了，是杜丽娘一样的思春难耐、相思成疾。

四三

登山

［唐］李涉

终日昏昏醉梦间，忽闻春尽强登山。
因过竹院逢僧话，又得浮生半日闲。

前面说过，《千家诗》喜欢把原标题简化，这首诗在《全唐诗》中名为《题鹤林寺僧舍》，这座寺在江苏镇江。关于李涉，有一则著名的故事。故事大家想必也都熟知，不详细说了，就是遇到一伙文化素质极高的强盗，听到李涉的大名后，居然不行凶劫财，却要求留下一首诗。李涉于是赠给他们这样一首诗："暮雨潇潇江上村，绿林豪客夜知闻。他时不用逃名姓，世上于今半是君。"强盗大喜，竟反而赠给他不少钱物。这伙大唐豪贼，一不劫财、二不劫色，却劫诗，留下千古佳话。

不过李涉虽有才华，却不被朝廷所容。他一生仕途不顺，曾有诗道："十年蹭蹬为逐臣，鬓毛白尽巴江春。"这首诗也能反映出他消沉郁闷的心情。诗人于终日沉醉中，忽然听到春光将去，于是强打精神，要看一看这无法挽回的春色。然而，"年年欲惜春，春去不容惜"，无可奈何花落去，诗人只好躲进寺院中，听高僧大讲"世事无常，无常皆苦"之类的道理，最终自我宽解道：有闲真富贵，受用一日，便得一日便宜。如今这半日登山赏玩之乐，焉知不是浮生中所得的半日便宜？

我觉得这首诗，正好可以和上面叶采的诗参照来读。叶采诗中是一幅积极进取的气息，春光虽好，春光虽速，叶采全然不顾，一心陶醉在读书做学问中，"不知春去几多时"，根本没有在意春来春去。而李涉这首诗，最后虽强用"又得浮生半日闲"来宽解，但春去匆匆的脚步牵扯在心中，留下几多纠缠，几多怅惋。从读者角度来说，“又得浮生半日闲”这样的句子，更能引起共鸣。有时候，我们忙里偷闲，好容易于匆忙如梭的现代生活中找得半日舒心得意的时光，也会随口涌上来这一句：“又得浮生半日闲。”

人生短短，如白驹过隙。浮生半日之闲，亦属难得啊。

有关此诗，还有这样一个小故事，聊供一笑：

元代名士莫子山有一次外出，遇到一位庸俗无文的寺中住持。这人毫无学识，却胡乱解禅。并强求莫子山布施，铜臭气熏人。莫子山挥笔写道：“又得浮生半日闲，忽闻春尽强登山。因过竹院逢僧话，终日昏昏醉梦间。”

【附】冯梦龙《夹竹桃顶针千家诗山歌》将此诗末句演绎为：

> 时光过子姐心酸，独自个行来到后园。东风庭院，梨花杜鹃；芳心一点，有谁见怜。姐道：我木香棚下，寻个伴儿，讲句衷肠话，又得浮生半日闲。

《水浒》上曾说：“丈夫心事有亲朋，谈笑酣歌散郁蒸。只有女人愁闷处，深闺无语病难兴。”此间也可以感觉到，诗中的男人可以游山拜寺，找高僧作心理按摩。女子却只能在后园里找个伴说说闲话解闷。

四四

蚕妇吟

[宋]谢枋得

子规啼彻四更时，起视蚕稠怕叶稀。①
不信楼头杨柳月，玉人歌舞未曾归。②

① 子规：杜鹃。蚕稠怕叶稀：蚕太多，怕叶子吃光了，饿了蚕。
② 玉人：指美人，这里指歌女舞女。

谢枋得是位才高德重的爱国诗人，但实话实说，就诗论诗，这首《蚕妇吟》写得却非常一般，根本没有超越前人。这首诗是说蚕妇的辛苦，意为：蚕妇于深夜之时起床来照看蚕宝宝，生怕蚕因为桑叶不够，被饿死了或者饿瘦了不能吐丝。她可曾想到，同样的时刻，那些高楼上欢宴的歌女们，同样也没有归来入睡？

谢枋得这样的对比，没有多大意思，将蚕妇和歌女对比，起不到辛辣的讽刺效果，要知道，歌女们也是苦命人，她们这个时候没入睡，也不是自己纵情享乐，陪人欢笑的生涯也不轻松。所以说，谢枋得这首诗写得如隔靴搔痒，殊无意味。

同样写蚕妇，北宋张俞的写法更一针见血："昨日入城市，归来泪满巾。遍身罗绮者，不是养蚕人。"此诗的矛头堪称"稳准狠"，直接对准不劳而获之人。这看似平易的二十字比谢枋得这首诗要强了不只一点半点，就算是晚唐杜荀鹤和来鹄写的《蚕妇》，我也觉得比谢枋得这首诗要强一些：

粉色全无饥色加，岂知人世有荣华。
年年道我蚕辛苦，底事浑身着苎麻。

——杜荀鹤

晓夕采桑多苦辛，好花时节不闲身。
若教解爱繁华事，冻杀黄金屋里人。

——来鹄

另外，就诗的手法来看，也因袭了叶绍翁的这首诗："抱儿更送田头饭，画鬓浓调灶额烟，争信春风红袖女，绿杨庭院正秋千。"叶诗写农家女子一脸烟灰，抱着儿子给田头劳作的男人送饭，对比同一时刻富家小姐在庭院里惬意地荡秋千，远比谢枋得这首诗更有说服力。

【附】冯梦龙《夹竹桃顶针千家诗山歌》将此诗末句演绎为：

苔满阶沿人迹稀，姐儿房里等人痴。孤灯惨淡，玉漏正迟；看看月落，邻鸡又啼。姐道：我一夜五更直守到大天亮，玉人歌舞未曾归。

山歌其实比原诗更合理，蚕妇才不管玉人歌舞到几时，闺中怨妇才会埋怨自家丈夫一直看玉人歌舞，乐不思蜀呢。

四五

晚春

[唐]韩愈

草树知春不久归，百般红紫斗芳菲。
杨花榆荚无才思，惟解漫天作雪飞。①

① 榆荚：即榆钱成熟后的样子，因又轻又薄，所以会随风飘舞。无才思：这里指杨花和榆荚开不出鲜艳的花来。

对于晚春这首诗，也是议论纷纷，争议颇多。焦点在后面这两句“杨花榆荚无才思，惟解漫天作雪飞”，这个说：此诗是劝人勤学，不要像杨花那样白首无成；那个道：此乃讽刺庸人无才，做不出好文章，却也附庸风雅；更有人以为是赞赏杨花虽无芳华，却有情趣和勇气。

《唐诗鉴赏辞典》中，为此诗做赏析的周啸天先生也觉得是：“从韩愈生平为人来说，他既是‘文起八代之衰’的宗师，又是力矫元和轻熟诗风的奇险诗派的开派人物，颇具胆力。他能欣赏‘杨花榆荚’的勇气不为无因。他除了自己在群芳斗艳的元和诗坛独树一帜，还极力称扬当时不为人重视的孟郊、贾岛，这二人的奇僻瘦硬的诗风也是当时诗坛的别调，不也属于‘杨花榆荚’之列？由此可见，韩愈对他所创造的‘杨花榆荚’形象，未必不带同情，未必是一味挖苦。甚而可以说，诗人是以此鼓励‘无才思’者敢于创造……”

我的理解，和以上的说法有些不同。本诗是组诗中的一首，这组诗在《全唐诗》中名为《游城南十六首》，其中有一首诗道：“断送一生惟有酒，寻思百计不如闲。莫忧世事兼身事，须著人间比梦间。”流露出浓浓的消沉意味。我一直觉得，如果想了解组诗中其中一首的意思，那么组诗中其他的诗句是最有参考价值的。因为，写于同一时刻的诗句，其情怀应该是一致的。

这首诗写于韩愈的晚年，当时他已是五十多岁，人生的坎坷风波早已经历太多，已是“如今尝尽愁滋味，欲说还休，欲说还休，却道天凉好个秋”的年纪了。此时的韩愈面对将逝的春光，虽有惋惜之情，却不会像小儿女一般情思缱绻，惆怅不已了。而“不慕春光，不染凄凉”的“杨花榆荚”，无知无识，无愁无情地飞来飞去，正好代表了他饱经沧桑，看淡一切人世炎凉的胸怀吧。

《红楼梦》中的林妹妹在《葬花吟》一诗中也写道：“柳丝榆荚自芳菲，不管桃飘与李飞”。应该是由韩愈此诗而来。世上的人儿也像花木一样，有的女子艳如桃李、妩媚动人，却也多愁善感，红颜薄命。有的女子大大咧咧，丑陋平庸，却傻呵呵地乐观自在。晚春之时，娇艳明媚的花瓣落了一地凄凉，而杨花榆荚不怕风吹，反而自得其乐地到处轻舞飞扬。天公造物，故有此心耶？

【附】冯梦龙《夹竹桃顶针千家诗山歌》将此诗末句演绎为：

归家一向信音稀，往日恩情化子灰。红楼十二，知他向谁；叮咛千万，如今尽虚。姐道：郎呀，你好像风卷杨花无常性，惟解漫天作雪飞。

山歌将杨花比作轻浮之人，相比于原诗的意境来，可谓流俗，当然山歌就是俗文化，也怪不得。

四六

伤春

[宋]杨万里

准拟今春乐事浓，依然枉却一东风。①
年年不带看花眼，不是愁中即病中。

① 乐事浓：高兴的事多。东风：这里是代指春光。

杨万里是中小学课本中的常客，我们对他十分熟悉。不过，熟悉的往往是他的名字，他的生平经历，课堂上一般讲得不详细。笔者最初的印象，以为他是个落拓江湖的山村老儒，因为他常写一些小的情趣或风景，如什么“儿童急走追黄蝶”啦，“小荷才露尖尖角”啦之类的，像是常年隐居在乡村的口气。

然而，实际上杨万里二十六岁就中了进士，之后宦海沉浮四十余年，经历了宋高宗、宋孝宗、宋光宗三朝，担任过吏部员外郎这样的重要职务。只不过后来和当权者政见不合，年老后退隐田园达十六年（那些“乡村季风”味的大概是此时写的），直至去世。

杨万里诗作极丰，相传写了二万首，现存还有四千多首，与尤袤、范成大、陆游合称南宋“中兴四大诗人”。依钱锺书先生的观点是：“杨万里的主要兴趣是天然景物，关心国事的作品远不及陆游的多而且好，同情民生疾苦的作品也不及范成大的多而且好；相形之下，内容上见得琐屑。”（《宋诗选注》）

不过，杨万里的爱国热情比陆游一点也不差，晚年时家人担心他因国事而激动，于是一切时事“新闻”都不说给他听，当时没有网络和电视，杨万里倒也无从得知。不想开禧二年（1206）五月七日，一族侄从外而至，不知道这回事儿，于是大谈韩侂胄出兵北伐之事，年已八十岁的杨万里闻罢痛哭失声道："奸臣妄作，一至于此！"当晚就无法成眠，次日清晨，又不肯进食，留书云："韩侂胄奸臣专权无上，动兵残民，谋危社稷。吾头颅如许，报国无路，惟有孤愤！"竟因此气死了。

杨万里的诗类似盆景微雕，有一种"虽小却好，虽好却小"的情趣。而且平易自然，非常适合初学者阅读，所以《千家诗》中选了杨万里三首诗，现在的中小学课本也有不少杨万里的诗。

这首诗，和苏轼《寒食帖》的意境有些相似："自我来黄州，已过三寒食。年年欲惜春，春去不容惜。今年又苦雨，两月秋萧瑟……"诗中说，原本打算好好地赏玩一下今年的大好春光，怎奈世间不如意事，十者常七八。不是有愁心事烦扰，就是卧病难起，不免依旧将春光辜负了。其实，这样的事情，我们也往往有感触，计划好的一件件赏心乐事，到头来，却会有种种意想不到的不如意之处。

写到这里，不禁又想起《红楼梦》中第七十六回，中秋家宴上贾母说的一番话："往年你老爷们不在家，咱们越性请过姨太太来，大家赏月，却十分闹热。忽一时想起你老爷来，又不免想到母子夫妻儿女不能一处，也都没兴。及至今年你老爷来了，正该大家团圆取乐，又不便请他们娘儿们来说说笑笑。况且他们今年又添了两口人，也难丢了他们跑到这里来。偏又把凤丫头病了，有他一人来说说笑笑，还抵得十个人的空儿。可见天下事总难十全。"

是啊，我们面对好事蹉跎的时刻，总不免感叹"天下事总难十全"，也会对"年年不带看花眼，不是愁中即病中"这样诗句有所共鸣。

【附】冯梦龙《夹竹桃顶针千家诗山歌》将此诗末句演绎为：

飞花满地怨东风，姐为伤春减旧容。带围宽摺，金钏又松；长吁短叹，如痴似聋。姐道：我侬年少青春那了无快活，不是愁中即病中。

《探清水河》中唱道：“青春要是过去，何处你找少年？”愁病之根由此而起。

荷汀水阁图
佚名
团扇　绢本　设色
纵22.9厘米　横24.1厘米
中国台北“故宫博物院”藏

四七

送春

[宋]王令

三月残花落更开，小檐日日燕飞来。
子规夜半犹啼血，不信东风唤不回。

笔者在写《唐才子评传》时，就曾对诸多英姿勃发的才子迈不过二十七岁这道槛而唏嘘不已。像王勃、刘希夷、李贺等都是在二十七岁左右魂归大荒。到了宋代，又出了一个同样才华横溢，同样坎坷蹭蹬的才子——王令。

王令五岁时，就父母双亡，于是寄身于叔父篱下。成年后长期为人当塾师糊口，他一生布衣，贫病相煎，房子坏到“瓦坠散地梁架虚”的程度，门窗也破烂不堪，以致猪狗都随意入内卧着（“时时犬彘入自居”），也难怪人家猪狗，王令这房子本来就不像人住的地方嘛。有天好容易找来一个泥瓦匠，但人家见他管不起饭，活也没干完，就溜走了。

王令虽然连泥瓦匠的一顿饭也管不起，但他写诗却不像孟郊、贾岛那样寒酸窘迫，他诗中的口气非常大，钱锺书先生在《宋诗选注》中评道：“词句跟李觏的一样创辟，而口气愈加雄壮，仿佛能够头昂天外把地球当皮球踢着似的，大约是宋代里气概最阔大的诗人了。”可惜天妒红颜，亦妒才子，如果王令也活个七八十岁，其名气当和苏轼、陆游在伯仲之间，更遑论秦七黄九。

王安石当年曾对王令非常欣赏，并将其妻妹嫁给他这个穷光蛋。王令死后，王安石悲痛不已，挥泪写诗道：“布衣阡陌动成群，卓荦高才独见君。杞梓豫章蟠绝壑，骐骥騕褭跨浮云。行藏已许终身共，生死那知半路分。便恐世间无妙质，鼻端从此罢挥斤。”

“鼻端从此罢挥斤”，用的是庄子文中的典故：说是郢人在鼻尖上用白粉涂上薄薄一层，有个叫匠石的人能抡起大斧，猛地一挥，将白粉削掉，而鼻子却丝毫不伤。后来宋国的宋元君得知此事，想亲眼看看。哪知匠石说：“对不起，现在没法表演了，因为郢人已经去世，我失去了表演绝技的唯一伙伴了！”王安石在诗中用此典故，可见他和王令之间的心意是何等默契相通。

有时候，不禁感慨，命运像一只无形的大手，捉弄天下苍生。像王令这样的才俊，却一生饱受命运的折磨，结合王令的身世，再读《送春》这首诗，心中平添一份凄凉。“子规夜半犹啼血，不信东风唤不回”，“不信”二字，读来令人怆然，世间多少事，我们不愿信，不愿面对，我们不服输，不想妥协！然而东风一去总无情，这是无法挽回的命运，“天地不仁，以万物为刍狗”，子规啼血的哀鸣，东君冷然而对，无动于衷。

“不信东风唤不回”，东风是唤不回来的，我们都逃不开冥冥中的翻云覆雨手。

【附】冯梦龙《夹竹桃顶针千家诗山歌》将此诗末句演绎为：

病中日夜望郎归，短命冤家不知啰哩偎。困人天气，相思病危；朝朝悬望，音乖信稀。姐道：郎呀，你侬个样心肠，就是铁能介硬，不信东风唤不回。

东风无力百花残，奈何，奈何，奈若何！

四八

三月晦日送春

［唐］贾岛

三月正当三十日，风光别我苦吟身。
共君今夜不须睡，未到晓钟犹是春。

这是《千家诗》中有关春天诗作的最后一首，所以选了这个“三月晦日送春”的题材。所谓“晦日”，是指旧历每月的三十日，古人认为过了阴历三月，就不再是春天了。所以白居易有“人间四月芳菲尽”这样的感叹。而我们现在的阳历，往往会比阴历早上一个月，“人间四月天”反而是春光灿烂的时刻。

这首诗写得十分凄婉无奈。残春将去，无计可留，只有长夜不眠，再痴情满怀地和春天多厮守一刻。“未到晓钟犹是春”，天还没亮，钟还没有响，现在还是春天，此情可谓痴绝。读到这里，不禁想起《神雕侠侣》中杨过于十六年后在绝情谷等候小龙女时的情景：

> 眼见太阳缓缓落山，杨过的心也是跟着太阳不断地向下低沉。当太阳的一半被山头遮没时，他大叫一声，急奔上峰。身在高处，只见太阳的圆脸重又完整，心中略略一宽，只要太阳不落山，三月初七这一日就算没过完。

贾岛是著名的苦吟派诗人，诗也写得充满伤感无奈。北宋的宋祁也写过一首《三月晦日送春》：“倏忽韶光第九旬，无花何处觅残春。长绳万尺非难具，谁与天边绊日轮。”相比之下，这首诗因袭李商隐“从来系日乏长绳，水去云回恨不胜”的诗意，只不过略微变通了一下，说是万尺长绳也不难找，但是谁又能系住太阳，不让它运转呢？（古人觉得只要日月不转，时间就停住了。）这其中的惜春之意，就远不如贾岛此诗更出于肺腑。

宋代才女朱淑真，有一首词，借鉴了贾岛这首诗的意境：

清平乐

风光紧急。三月俄三十。拟欲留连计无及。绿野烟愁露泣。

倩谁寄语春宵。城头画鼓轻敲。缱绻临岐嘱付，来年早到梅梢。

朱淑真于三月三十日，也是“留连无计”，只听城头画鼓轻敲，一夜将尽，东方渐白，春天终于要走了，她只好叮嘱道：“明年时，‘春’你可要早来啊！”殷殷之情，较之贾岛，细腻处更有过之。

最后需要说明一下的是，此诗原题名为《三月晦日赠刘评事》，所以“共君今夜不须睡”一句，“君”当指朋友——一个姓刘的，官居评事一职。《千家诗》把题目简化了后，有些注本不明来历，以为“君”是指春天，所以自作多情地说“诗人把春拟人化”云云，应属误读。

春天的诗结束了，下一首就是初夏的时光了。笔者写到此处，心下也有一丝怅惘。

四九

客中初夏

［宋］司马光

四月清和雨乍晴，南山当户转分明。
更无柳絮因风起，惟有葵花向日倾。

司马光自小就聪明过人，“司马光砸缸”的故事，如今家喻户晓。而且此故事并非像有些名人（如徐文长）的故事一样纯属后人编造附会，这件事在宋代当时，就闻名于“京、洛间”（开封到洛阳间），并有人将此故事画成图画四处宣扬。

司马光虽然没有列入“唐宋八大家”之一，但我觉得他绝对不弱于“八大家”中的苏洵、苏辙、曾巩这样的小角色。别的不说，单说那一部积十九年精力而成的《资治通鉴》，就让历代文人叹服。清代学者王鸣盛说：“此天地间必不可无之书，亦学者必不可不读之书。”如今天涯论坛上的网络写手们，写宋代以前的历史时，无不参考这本书，一本《资治通鉴》给了我们无尽的营养。

司马光并不以诗见长，关键是他其他方面太牛了，正像一个武学高手，以内功雄厚、掌法精妙称霸武林，没听说过他剑法高明，但一般人和他比比剑，能递上招儿吗？他的诗也是相当不错的，非一般人可比。像这首写半夜失眠的《不寐》一诗，在宋诗中就当属上乘之作：“四远寂然群动收，只余严鼓度坊楼。无由更续三更梦，何处飞来一点愁。”

可惜的是，司马光和王安石这一对同样德操高尚、文才出众的人，政治上却是掐到生命最后一刻的死敌。因反对王安石变法，司马光闲居洛阳达十五年之久，当时司马光已是五十多岁，他在洛阳筑了一个“独乐园”，中有一堂，聚书五千卷，名为读书堂。司马光在此投竿钓鱼，挽袖采药，浇花砍竹，自得其乐。从他写的《独乐园》一诗中，可以帮助我们遥想当年的情景：“独乐园中客，朝朝常闭门。端居无一事，今日又黄昏。”

书归正传，《千家诗》中所选的这首诗，在司马光集中名为《居洛初夏作》。正是司马光闲居洛阳时的诗作。诗中的柳絮当是隐喻政坛上那些得志的小人，而始终向阳的葵花则是比喻自己。（古时的葵花并非现在的向阳葵，但都有向阳的特点。）笔者有时候很反感评诗时什么也往政事上拉，但对司马光这首诗却不否认。

司马光和李商隐、苏轼等人的性格是有所不同的，司马光“闲居”洛阳，其实也没闲着，整天忙乎着编集历代阴谋阳谋大全的《资治通鉴》呢。而且司马光复相后就急不可待地把新法尽废，气死了王安石。所以说，居洛阳时，司马光的脑子里是不会忘记政事的，他笔下的诗有政治方面的喻意是很自然的，像写春游的这样一首诗：“人物竞纷华，骊驹逐钿车。此时松与柏，不及道傍花。”也是用松柏比喻自己，“道傍花”比喻一时得志的“革新人物”。

本篇这首诗写得“意气风发”，和《春游》诗中委屈抱怨的情调大不相同，所以推断此诗写成的年代，当是1085年。这年旧历三月份，宋神宗去世，哲宗即位，因他年仅十岁，实际掌权的是高太后。高太后一向厌恶新法，于是召司马光回京主政。四月底，司马光就离开了洛阳。所以这首《客中初夏》（原名《居洛初夏作》），正是写于司马光离开洛阳前。正所谓“境由心生”，良有以也。

五〇

有约

［宋］赵师秀

黄梅时节家家雨，青草池塘处处蛙。
有约不来过夜半，闲敲棋子落灯花。

赵师秀是浙江永嘉人，他和当时的几位同乡合称为“永嘉四灵”，开创了诗坛中的“江湖派”。这“永嘉四灵”分别是徐照、徐玑、赵师秀和翁卷。之所以有这样的称谓，是因为正好他们四人的字都带有“灵”字：徐照字灵晖，徐玑字灵渊，赵师秀字灵秀，翁卷字灵舒。

古人常称“麟、凤、龟、龙”为四灵，但钱锺书先生却将他们比喻成杜甫诗中的二寸长的小鱼——“白小”，并不无嘲笑地说“四灵”的诗要“大伙儿合起来才凑得成一条性命”，如果用武林人物做比喻，永嘉四灵就好比那种打架总要一起上的小角色，没有独当一面的勇气和霸气。

也许是江南的山水太过秀气，四灵的诗常写一些琐碎的小境界，当时的诗人方回就批评“四灵”说：“所用料不过‘花、竹、鹤、僧、琴、药、茶、酒’，于此几物一步不可离，而气象小矣。”

是啊，盛唐人物一举手便是“平沙万里绝人烟”“千里莺啼绿映红”，而南宋末年的赵师秀等人的眼界便只是青草池塘间的蛤蟆了，只比井中的蛤蟆略强一点。

不过话说回来，诗歌也不可以全是一个风格，“永嘉四灵”的诗也有玲珑细腻的特点，细品之下，也饶有风味。这首诗写黄梅时节，飘雨的日子，古时没有网络也没有电视，于是约人下棋解闷。然而，直到夜半，朋友依然没有来，这个夜晚就在“闲敲棋子落灯花”的等待和期盼中过去了。

古人曾说诗情在灞桥风雪驴子上，我觉得在寻人不遇、约人不至这样的等候中，也催发了不少的好诗："松下问童子，言师采药去""小扣柴扉久不开"是写寻人不遇；"今夜故人来不来，教人立尽梧桐影"，则是约人不至。

这样的滋味，如今却渐渐难以尝到了，一个微信或电话，就省下了不少"浪费"掉的时间，但无形中也"删除"了不少古人才有的诗情。再也没有了"无人知所去，愁倚两三松"的怅惘，也没有了"王孙竟不至，芳草自萋萋"的失落……

时间就是金钱，我们已没有古人那样"奢侈"，可以用掉大把的时间。所以，此诗中的意境也会离我们越来越淡远。

【附】冯梦龙《夹竹桃顶针千家诗山歌》将此诗末句演绎为：

倾盆梅雨湿窗纱，掩转子房门日又斜。画眉人远，相思病加；黄昏将傍，心如乱麻。今夜里冷冷清清，只有梅香来作伴，闲敲棋子落灯花。

山歌里改得情境不错，原诗中俩大老爷们约会，其实并没有太多的诗情画意。

五一

初夏睡起

[宋]杨万里

梅子流酸软齿牙，芭蕉分绿上窗纱。
日长睡起无情思，闲看儿童捉柳花。

此诗原题为：《闲居初夏午睡起》，相比删节版的题目，倒没有提供给我们更多的信息。从杨万里的生平中推断，此诗当是他年老后退隐田园那十五年中写的。

有的朋友可能说，你说的不对。杨万里退隐田园时已六十五岁，古人牙齿保健方面做得极差，六十五岁的老头儿早没牙了，哪来的“梅子流酸软齿牙”？确实如此，但细找起来，杨万里这首诗，看似生动自然，其实破绽多多，清代王端履《重论文斋笔录》卷九中就指摘此诗说：“梅子留酸，芭蕉分绿，已是初夏风景，安得复有柳花可捉乎？”

其实饱读旧诗的人不难发现，杨万里这首诗表面上似乎是实情实景，但实际上却是一堆前人的章句拼凑而成，像“梅子流酸软齿牙”一句，得自韩偓《幽窗》中的“齿软越梅酸”，而“芭蕉分绿上窗纱”也和杨炎正的《诉衷情》词“露珠点点欲团霜，分冷与纱窗”相似，诗中的最后一句，杨万里曾自以为很得意，周密《浩然斋雅谈》记载道：“诚斋（杨万里）亦自语人曰‘工夫只在一捉字上’。”然而，白居易的诗中早就用过这个“捉”字，诗意也相近：“谁能更学孩童戏，寻逐春风捉柳花。”

所以说，杨万里这首诗虽然读起来也不错，但并非是超一流的好诗，钱锺书先生曾评过：“譬如赏月作诗，他们不写自己直接的印象和切身的情事，倒给古代的名句佳话牢笼住了，不想到杜老的鄜州对月或者张生的西厢待月，就想到‘我欲乘风归去，又恐琼楼玉宇，高处不胜寒’或者‘本是分明夜，翻成黯淡愁’。他们的心眼丧失了天真，跟事物接触得不亲切，也就不觉得它们新鲜，只知道把古人的描写来印证和拍合……六朝以来许多诗歌常使我们怀疑：作者真的领略到诗里所写的情景呢？还是他记性好，想起了关于这个情景的成语古典呢？”

这或许是宋诗的一大缺点，有时想想也没办法，前人都说得太经典了，让后人怎么说呢？

【附】冯梦龙《夹竹桃顶针千家诗山歌》将此诗末句演绎为：

花扑扑个娇娘心易邪，眼前弗见俏冤家。乍晴乍雨，春光又赊；没情没绪，胭脂懒搽。姐道：我遇子个样时光，教我那哼过，闲看儿童捉柳花。

同样是看儿童捉柳花，原诗为老头，山歌是少女，心境大不同也。

五二

三衢道中

[宋]曾几

梅子黄时日日晴，小溪泛尽却山行。
绿阴不减来时路，添得黄鹂四五声。

曾几是南宋人，小时候我曾把此诗作者看成是曾巩，错了。曾巩是北宋人，和苏轼、王安石、司马光他们是同一时期的人物，而曾几是南宋时人，是大诗人陆游的老师。

曾几写的诗数量不少，其弟子陆游称“治经学道之余，发于文章，雅正纯粹，而诗尤工”，然而，曾几的诗除了《千家诗》中的这一首外，其他的多不流传。我仔细在他的《茶山集》中找了找，还是有一些不错的句子的，如“心似死灰飞不起，技如寒日短中长”，比喻新奇。“雁足曾无一字收，有时书到却生愁。故人叠叠半黄壤，今我萧萧全白头”，感慨真挚动人。更有一些诗通俗浅易，在宋诗中算是另有风味：

把酒思闲事，春愁谁最深。
乞钱羁客面，落第举人心。
月下低眉立，灯前抱膝吟。
凭君劝一醉，胜与万黄金。

钱锺书先生曾夸曾几的诗“轻快”，《千家诗》中所选的这首诗，也算是一首轻快之作。诗人于梅子黄时行于三衢（今浙江衢州市）道中，没有遇到本当是淫雨霏霏的天气，此为一“快”；水路走完后，弃舟登岸，山路两边绿荫蔽日，又是一“快”；而山行路上，黄鹂之声悦耳，又当是一“快”。整首诗的气氛顺畅惬意，明快流丽，出于自然，绝无扭捏作态之处，这是此诗打动人心的关键。

读罢此诗，我觉得和李白的《朝发白帝城》有一比，何以见得？这两首诗同样是写旅途的快意心怀，格局上也有相似之处，都是一路写来，流畅轻快。只不过曾几这里是“小溪泛尽却山行”，而太白却是“轻舟已过万重山”，气魄上远不及太白，而“添得黄鹂四五声”相比“两岸猿声啼不住”，曾几也露出寒窘之态：黄鹂本来就娇声细气的，哪里抵得上太白这边猿声凄厉，这还罢了，曾几诗中还只有“四五声”，太白这边却是啼个不停（啼不住），“胜负”一目了然。

呵呵，上面的比较，纯属娱乐。李白和曾几这两首，各有各的境界，不能这样拿来相比。不过宋人的气度小可见一斑。

【附】冯梦龙《夹竹桃顶针千家诗山歌》将此诗末句演绎为：

花开花谢姐心惊，个样寂寞空房，教我哪坐身。闷来闲步，苍苔满庭，绿荫将暗，微风欲曛。姐道：我就走尽子花园，也无啥闹热处，单是添得黄鹂四五声。

原诗是轻快之作，山歌则是郁闷之情了。

五三

即景

［宋］朱淑真

竹摇清影罩幽窗，两两时禽噪夕阳。[①]
谢却海棠飞尽絮，困人天气日初长。

① 时禽：应季节而出现的鸟。

《千家诗》中，女性诗人除了朱淑真，一个也不选，朱淑真的诗却“破例”选了两首，理由前面已经猜测过，不能不怀疑朱淑真可能真是朱熹的侄女，或者是编《千家诗》的人确实相信这件事。

因为作者是一位多愁薄命的才女，所以读起来也觉得诗中景致格外婉转细腻，这也许是人们常说的“晕轮效应”吧。比如这第一句“竹摇清影”什么的，要是出于苏轼之口，我就会联想到什么“宁可食无肉，不可居无竹”之类的，想着想着，就跑到“笋炒肉”甚至“东坡肉”上去了，而这句诗既然是朱淑真的，头脑里自然是一片“凤尾森森，龙吟细细”——《红楼梦》中潇湘馆一般的画面。

“谢却海棠飞尽絮，困人天气日初长”，海棠开于晚春，海棠谢尽，柳絮不飞，已是春残也。正所谓“一朝春尽红颜老，花落人亡两不知”。朱淑真此时并不算老，但心情却老了，因为嫁了个不如意的丈夫，在旧时，这一生的希望就算完了。夏日里的困人天气，困的不只是精神，更是心情。看不到希望，心事渺茫，怎么样才能打发那些百无聊赖的时光？

朱淑真还有一首比较著名的词，也写于这样的时刻，也写出这样的心情：

谒金门

春已半，触目此情无限。十二阑干闲倚遍，愁来天不管。

好是风和日暖，输与莺莺燕燕。满院落花帘不卷，断肠芳草远。

诗和词相比，诗比较含蓄，而词比较透彻。我觉得朱淑真诗中的意思，完全可以用她自己的这首词来解说，别人就不用多嘴多舌了。

【附】冯梦龙《夹竹桃顶针千家诗山歌》将此诗末句演绎为：

声声百舌叫春忙，小阿姐房中思忆子郎。蜂歌蝶舞，野花正香；迟迟春昼，教奴怎当？手托香腮不觉昏迷子，正是困人天气日初长。

这一次山歌和原诗是同步共鸣的，意境完全一致。

五四

初夏游张园

[宋]戴复古

乳鸭池塘水浅深，熟梅天气半晴阴。[①]
东园载酒西园醉，摘尽枇杷一树金。[②]

① 乳鸭：小鸭子。熟梅：梅子成熟时。
② 一树金：形容金黄色的枇杷挂在树上的样子。

前面说过，曾几是陆游的老师，这里的戴复古却是陆游的学生，中间就缺个陆游（陆游诗在七言律诗中才有），要不“老、中、青”三代就齐了。这首诗，《千家诗》原本中也标为“戴敏”，不去细考了，反正戴敏是戴复古的父亲，好歹都是他们戴家的。

再说了，这首诗本身也很烂，根本不值得抢来抢去。所谓“初夏游张园”，据清人的《三台诗话》说，当时有两个张家，一名张子修，一名张汝言，都是有钱人，各有一处精美华丽的园林，因名之“东西张园”。诗中戴复古（或是戴敏）乘船游了东园游西园，喝得大醉，还摘了一大堆枇杷。

戴先生喝得高兴，玩得高兴，但这诗写得没啥味道，仿佛小学生写记叙文——我到什么什么地方去玩，吃了什么，看了什么，玩得好高兴啊！然后就结束了。哪有一点值得咀嚼品味的东西？

本诗的遣词用字也很平平无奇，毫无妙言警句可摘。依我看，这首诗连《红楼梦》中香菱初学诗时的水平也赶不上，和贾环的“红粉不知愁，将军意未休”那种诗水平相当。

《千家诗》中选了三首有关黄梅天气的诗，说到此处我们都看过了。旧时北方的书呆子们不开地理课，也没有人给他们讲梅雨季节的成因，于是对南方黄梅时节的天气到底是晴是雨争论不休。有人以第五十首赵师秀的诗为依据说："黄梅时节家家雨"，但另一人搬出第五十二首曾几的诗说："梅子黄时日日晴"来反驳，正吵个不停时，有人出来和稀泥说，别吵了，戴复古的诗说了："熟梅天气半晴阴"，算一半下雨，一半晴天好了。

我们现在当然知道，黄梅时节多雨是正常的，少雨是不正常的，不过这一则趣事反映了旧时《千家诗》对于读书人的影响是何等的深，他们的知识结构不少都是基于这些诗的。

【附】冯梦龙《夹竹桃顶针千家诗山歌》将此诗末句演绎为：

长长短短侪在阿奴心，我听你恩情海样深。新人虽有，难比旧人；今春恩爱，尤胜旧春。姐道：郎呀，我朝暮送新，只为要博个郎个好，摘尽枇杷一树金。

山歌这里的"一树金"，不是比喻了，而是真钱。但殊不知"爱情不是你想买，想买就能买……"

五五

鄂州南楼书事

[宋]黄庭坚

四顾山光接水光，凭栏十里芰荷香。[①]
清风明月无人管，并作南来一味凉。

① 芰荷：菱角和荷花。

黄庭坚是宋代诗人中我比较喜欢的，最喜欢他那句“笔者十年灯”，于是拿来做了网名兼笔名。黄庭坚是“苏门四学士”之一，实际上他只比苏轼小八岁，两人半师半友，经常在笔墨间开些没上没下、没大没小的玩笑。

黄庭坚的字是北宋四家之一，“苏、黄、米、蔡”中的“黄”就是他。他的词可和秦观争雄，人们常以“秦七、黄九”并称。黄庭坚的诗影响也很大，和苏东坡并称“苏黄”，而且引来很多人效仿，成为一个声势浩大的江西诗派。宋徽宗时，吕本中作《江西诗社宗派图》，以黄庭坚为祖师爷，下列陈师道、潘大临、谢逸、洪刍、洪炎、晁冲之、潘大观、何觊、王直方等二十五人。

不过，江西诗派门人弟子众多，却也给黄庭坚带来一些负面影响，因为这些“门人弟子”学黄庭坚时，往往是画虎不成反类犬，导致人们对“江西诗派”也有了偏见，甚至连黄庭坚也一并瞧不起了。正像全真派弟子如赵志敬之类被高手打得满地找牙，不免让不明内情的人小瞧了曾压倒群雄、独步天下的全真派武功。其实文学门派和武学门派都是如此，创派祖师都是百年难遇的奇才，弟子们一代代传下去，不见得都有这样的天分。

对此，诗人元好问是非常清楚的，他曾写诗说：“论诗宁下涪翁（黄庭坚）拜，未作西江社里人。”等于说我佩服王重阳，但却不愿意进重阳观拜赵志敬那样的家伙为师。

黄庭坚被选入《千家诗》的两首诗（后面还有首七律），都是一流的好诗。“四顾山光接水光，凭栏十里芰荷香”，此情此景，堪入图画，端的是诗情画意，比较上一首戴复古那烂诗，什么“乳鸭池塘水深浅，熟梅天气半晴阴”，意境不知高出多少倍。

“清风明月无人管”，似脱胎于李白《襄阳歌》中的“清风朗月不用一钱买”，而此时此刻，清风明月当是实情实景，“无人管”，透出洒脱自在的意味。

“并作南来一味凉”，“味”字锻炼极精，很有滋味。一方面，可以照应前句“芰荷香”的香气，另一方面，旧时中药常用“味”来做量词，这凉风“一味”，不啻于一服清凉剂，医得心中多少烦闷。

黄庭坚和苏轼在政治上是一派，仕途也一样坎坷。此诗是他被贬鄂州时所作，“清风明月无人管”，而自己身遭官场倾轧，何时方休，欲如清风明月一般“无人管”，亦不可得矣。秋凉一味，可医得心中之病？此诗初读似惬意，细想却有凄凉之意。有一种“如今尝尽愁滋味，欲说还休，欲说还休，却道天凉好个秋”的感觉。总之，余韵不尽，滋味无穷，这才叫好诗，像上一首诗中戴复古那样胡吃海塞，醉醺醺地乱摘枇杷就叫诗，殊为可笑。

五六

山亭夏日

［唐］高骈

绿树阴浓夏日长，楼台倒影入池塘。
水晶帘动微风起，满架蔷薇一院香。

这首非常清丽动人的小诗，只看情调，一般人可能误以为作者是贾宝玉那样的富家公子。焉知作者却是一名嗜血成性、杀人如麻的武将。高骈是将门之后，他爷爷就是在唐宪宗时平定西蜀叛乱的大将高崇文。高骈为人阴狠，屠杀四川当地不服他的兵将，连同他们的家眷都赶尽杀绝，刚出生的婴儿都活活摔死，十分残忍。他在晚唐时拥兵自重，消极抵抗黄巢，唐朝的灭亡有一大半和他的“不作为”有关。

此处谈诗不谈史，所以就不多讲了。这首诗看似平易，但千年来众口传诵，是何原因呢？我觉得主要胜在自然浑成，巧于剪裁。诗中写的是实情实景，真实自然，不是抄书成诗的那种，这种诗就好比纯天然无添加剂的食物，滋味自然可口。而且，诗中对景物的描写也是有取舍的，第一句“绿树阴浓”就点出了夏日的气息，《红楼梦》里描写大观园夏日中午时的景象，就写“烈日当空，树阴匝地”。接下来的池塘、水晶帘、微风、蔷薇，字字都写出夏日中的清爽幽静之乐。古人没有空调，于盛夏之时，能得如此一处所在，实在是太令人神往了。

《千家诗》旧注本（明末王相注）是这样解释此诗的：“绿树当夏之时而浓阴稠密，楼台倒影于池塘，微风吹动水面，波光荡漾，其文如水晶之帘纹，回首院中，蔷薇满架，香风袭袭，馨馥满庭，岂非夏景清和之淑景乎。”

这里将水晶帘解释成水波上的縠纹，似乎有些牵强。虽然《唐诗鉴赏辞典》中唐永德先生也因袭了这一说法，但是我觉得这个解释不甚合理。唐诗中出现“水晶帘”的地方很多，比如：“却下水晶帘，玲珑望秋月”“水晶帘下看梳头”“ 水晶帘外金波下”等等，不胜枚举。

所谓“水晶帘”，并非是水晶制成，而是用玻璃做的，当时将玻璃称为琉璃，由于多为西域传来，所以也十分珍贵难得。法门寺地宫出土文物中，就有几颗完全无色透明、效果如同水晶的“琉璃水晶珠”，说白了就是玻璃球，但当时却是作为宝物贡奉到地宫中的。

水晶帘是唐代富贵人家常用的，刘禹锡《刘驸马水亭避暑》一诗中写豪门中夏日的景致时也说：“千竿竹翠数莲红，水阁虚凉玉簟空。琥珀盏红疑漏酒，水晶帘莹更通风。赐冰满碗沉朱实，法馔盈盘覆碧笼。尽日逍遥避烦暑，再三珍重主人翁。”所以，我觉得，这首诗中的“水晶帘”就是指玻璃珠串成的帘子，即古诗中常说的“珠帘”。

如果是老杜那种没钱的寒酸文人，此诗中的“水晶帘”可能是比喻水波，而高骈拥兵一方，土皇帝一般，还是用得起几挂水晶帘的。而且，从诗歌艺术上讲，上一句已讲了“楼台倒影入池塘”，对于篇幅短小，字字如金的绝句来说，再喋喋不休地写池塘水波，有点过分了，“镜头”转到微风下轻扬的水晶珠帘，联想起珠帘后的美人暗影，这才更加富有诗情画意，也为此诗更添一种幽雅气象。

所以，“尽信书，不如无书”，大家不要被明末抄书为生的老儒王相所误，以讹传讹，把诗句都理解歪了，闹出郢书燕说的笑话来。

【附】冯梦龙《夹竹桃顶针千家诗山歌》将此诗末句演绎为：

凉风阵阵过池塘，捉我里个情郎吹进房。重重帘幕，微风送香；游蜂浪蝶，纷纷过墙。姐道：郎呀，便添得一个人人那了能闹热，好像满架蔷薇一院香。

满架蔷薇一院香，倒是更适合山歌中的情景。

五七

田家

[宋] 范成大

昼出耘田夜绩麻，村庄儿女各当家。
童孙未解供耕织，也傍桑阴学种瓜。

范成大是南宋“中兴四大诗人”之一，他晚年时退隐石湖，故又有人称其为范石湖。《四时田园杂兴》六十首（分成“春日”“晚春”“夏日”“秋日”“冬日”五组，每组十二首）是他的招牌诗。此诗就是其中之一。我小时候还对其中另外一首印象十分深刻：“新筑场泥镜面平，家家打稻趁霜晴。笑歌声里轻雷动，一夜连枷响到明。”

《红楼梦》里，贾政带众清客参观稻香村时，就有清客说：“此处若悬匾待题，则田舍家风一洗尽矣。立此一碣，又觉生色许多，非范石湖田家之咏不足以尽其妙。”连清客这种三脚猫水平的都知道范成大的田园诗好，可见其影响之广。

后来居然有了这样一个传说（见于《柳亭诗话》），说范成大之所以用心写田园诗，是因为宋孝宗本来想让他做宰相，有人进谗言说他“不知稼穑之艰”，于是就没有当成。这个故事纯属后人臆造，范成大其实很早就写过《催租行》和《后催租行》等诗：“老父田荒秋雨里，旧时高岸今江水。佣耕犹自抱长饥，的知无力输租米……”怎么能说范成大不懂农家疾苦？之所以有这个故事，还是由于范成大的田园诗太有名气的原因吧。

范成大退隐石湖（吴县），只是他晚年的事情，当时他已经五十多岁了，之前他曾当过知府，冒险出使过金朝，在宦海中度过大半生。他退隐石湖，是真心想隐居的，这时候写诗，绝对不是瞄着宰相的位子。

范成大的田园诗，有个不同于其他诗人的显著特点，那就是非常贴近农家的生活，不像孟浩然、王维等人的田园诗，仿佛是下乡采风一般浮光掠影地体验了一下农家菜、乡村味，比如孟浩然起笔就是“故人具鸡黍”——专门奔乡村的土鸡去的，王维下笔也是“田夫荷锄立，相见语依依”，自己则是袖手而观的外来客。

而范成大的诗则像是和农民一起“同吃同住同劳动”后的结果，比如这首诗写种田人劳动的情景，十分细致入微，“昼出耘田夜绩麻”，用后来《花木兰》一剧中的唱词来解非常恰当：“白天去种地，夜里来纺棉，不分昼夜辛勤把活干”，其实这正是农家生活的常态。而“童孙未解供耕织，也傍桑阴学种瓜”，饶有情趣，农家的小孩子，耳濡目染，尽是干活的场景，于是也学着大人干农活，可谓憨态可掬，给单调的农家风景中添了几分可爱的情趣。

然而，范成大晚年的生活并非是像普通农民一样艰苦，范成大在石湖有一个大庄园，著名的建筑有北山堂、千岩观、天镜阁、寿乐堂等。他酷爱梅花，在石湖玉雪坡已经种了梅花数百本，但还嫌不足，又在南边买了王氏家旧宅七十多间，悉数拆除后，将其中三分之一的地方种上梅花。也就是在这个时候，姜夔自撰新曲，拜访范成大，范成大激动之下，将家中所蓄的歌妓小红赠给了姜夔。

由此可见，如果按“阶级成分”的话，范成大也得算作是“大地主”，但范成大的诗歌中却对农民充满同情，历史就是这样矛盾和吊诡。

【附】冯梦龙《夹竹桃顶针千家诗山歌》将此诗末句演绎为：

香香小姐嫁子丑冤家，两鬓蓬松面又介麻。家中物件，锄头水车；扒泥挑粪，插秧种麻。姐道：我侬嫁子个样老公有啥风流处，只得也傍桑阴学种瓜。

好白菜让猪拱了。

五八

村居即事

［宋］翁卷

绿遍山原白满川，子规声里雨如烟。①
乡村四月闲人少，才了蚕桑又插田。

① 白满川：水涨满河川。子规：杜鹃鸟。

这首诗原来的选本误以为也是范成大所作，实际上作者是“永嘉四灵”中的翁卷，有关“永嘉四灵”的情况参看前面第五十首中的叙述，这里就不再重复了。另外，在《宋诗纪事·卷五二》中，作者名为谢完璧，题为《村景即事》。

翁卷的生平经历不详，相传他一生落拓江湖，曾在帅幕中供过职，在旧时，当幕僚就像现在的临时工一样，是没有编制的，也不算朝廷命官。翁卷的生卒年也不清楚，生得模糊，死得模糊。只知道他字续古，一字灵舒。这可有点麻烦了，为什么？因为翁卷的这个卷字是个多音字，可以读“juàn”，也可以读“juǎn”，到底是哪一个呢？

我们知道，古人的字和名是有联系的，比如鲁迅先生就在《阿Q正传》中不无幽默地说：“阿桂还是阿贵呢？倘使他号叫月亭，或者在八月间做过生日，那一定是阿桂了。”因为月中有仙桂，所以字“月亭”，名就会是“桂”字，这当然是开玩笑了，阿Q那样的穷汉哪来的字。而依据这个原则有人就说翁卷的“卷”该读“juǎn”，因为他字灵舒嘛，舒卷自如啊。但麻烦的是，他又字续古，有人说该读“juàn”，书卷啊，可以让古时的东西薪火相传，延续下来啊！

唉，你说翁卷这人，生卒年和平生事迹都不清楚，偏偏这两个字知道得清楚，让我们不知道读啥才好，真是应了古代笑话里请客主人那句："该留下来的不留，不该留的却留下来了。"偏偏语文课本里也选了此翁的诗，要是依我的意见，还是读"juǎn"好了，因为"永嘉四灵"嘛，是因"灵舒"这个字而发，我们就依此而读吧。

翁卷这首诗相比前一首范成大的诗，境界开阔了不少，对整个村居作了"长镜头"式的"全景拍摄"，而不像范诗那样着眼于一门一户。此诗写江南田家风光，细腻真实，如天然图画。不过，因为语文课本里就有，大家也非常熟悉，就不多解说了。

最后，从翁卷的《苇碧轩集》中选两首出色的诗给大家。（其《野望》《山雨》诗也不错，但不少选本选过，此处就不重复推荐了。）

观落花

才看艳蕾破春晴，又见飞花点点轻。
纵是闲花自开落，东风毕竟亦无情。

秋怀

不管秋天阴复晴，秋怀何处不凄清！
江城几夜无佳月，亦有新诗对雨成。

五九

题榴花

[唐]韩愈

五月榴花照眼明，枝间时见子初成。
可怜此地无车马，颠倒苍苔落绛英。[①]

① 绛英：深红色的落花。

这首诗过去的选本上作者标为朱熹，看来《千家诗》的编选者确实是朱熹的铁杆粉丝，连这首本为韩愈所写的诗都送给了朱熹。

这首诗见于《全唐诗》第三百四十三卷中，诗名为《题张十一旅舍三咏·榴花》。这是一组诗，与之相邻的两首分别写“井”和“蒲萄”（即葡萄）。当时，韩愈与张署（即张十一）同遭贬谪，这三首诗都是借物言志，抒发心中的郁闷心情。所以这首诗应为韩愈所作，且风格也不像是道学先生朱熹的口气。

韩愈虽然也是儒家学派的代表，但他也讲究“大凡物不平则鸣”（韩愈《送孟东野序》），并不像后世腐儒们那样敦厚怯懦，唯唯诺诺，讲究什么“老老实实做人，规规矩矩办事”，窝囊得很。

榴花开于初夏，本来就有徒自开放，无人喝彩的遗憾。苏轼后来有词说“待浮花浪蕊都尽，伴君幽独”，也是说榴花的花期不在三春之时，少人欣赏。而韩愈此时看到旅驿间寂寞的石榴，自开自落，更平添一种寂寞。相比于韩愈的《马说》中那些感慨“千里马常有，而伯乐不常有”的激愤文字，这首诗同样表达了怀才不遇的主题，当然，这是一个婉转含蓄的诗意版本。

六〇

村晚

［宋］雷震

草满池塘水满陂，山衔落日浸寒漪。[①]
牧童归去横牛背，短笛无腔信口吹。

① 陂，指池塘边岸。漪：水波纹。首句《宋艺圃集》作寒塘。可能选诗者觉得寒字和下句重复，自行改了。

雷震，也是个生平事迹十分模糊的人物，过去的注本多说籍贯生平不详，但据《江西通志》卷五一载，他是江西人，宋度宗咸淳元年（1265）进士。当然，那时已距南宋灭亡不远了。

这首诗写乡村晚景，犹如一幅趣味盎然的中国水墨画，渲染出一幕幕生动逼真的景致。画中的主景，是满溢荡漾的水塘，衬托着青青塘边草，而远景则是一带群山，半吞夕阳，而画龙点睛的部分则是这个小牧童，吹着短笛，骑着牛儿，悠然自得。

这首诗意境恬静宁和，对于自由自在的牧童，言外有一份羡慕之情。我觉得这首诗和《千家诗》中的第九十一首《答钟弱翁》组合起来读，倒是十分恰当。这首《答钟弱翁》是这样的：

草铺横野六七里，笛弄晚风三四声。
归来饱饭黄昏后，不脱蓑衣卧月明。

相传，钟弱翁是一个狂妄自大、好为人师的人。他每到一处，就仗着权势把原来匾额换下，由他题写。而他写的字还真不怎么样，于是人们很讨厌他。有天，钟弱翁和一位道士闲游，见一牧童牵牛而行，钟弱翁就对道士说：“你能对此景赋诗否？”道士笑道：“此牧童即能为诗，哪里用得着我？”于是牧童张口就吟了上面这首诗。后来才知道，道士和牧童均为吕洞宾变化而成，是为了戏弄一下钟弱翁这个不知天高地厚的家伙来着。

抛开故事不谈，这首诗描写牧童那种纯净如泉、无欲无求的生活，很是透骨传神。雷震的这首《村晚》，虽然也隐隐有羡慕牧童自由自在之意，但没有这一首说得透彻深刻，而《答钟弱翁》专写牧童，又不免对乡村风光的铺垫不足。

所以，这两首诗若是组合在一起读，就会如一对连璧，相映并美，格外生辉。我觉得《千家诗》的选注者，应该将这两首诗放在一块儿，而不是像现在这样中间隔了几十首。

六一

书湖阴先生壁

[宋]王安石

茅檐长扫净无苔，花木成畦手自栽。
一水护田将绿绕，两山排闼送青来。①

①排闼：推门。

这首诗是王安石隐居钟山时，给当地的一个隐士——湖阴先生杨德逢写的，也是大家十分熟知的名诗，课本中的常客。

这首诗一二句平平无奇，三四句比较生动。门前一水，环绕着绿绿的田地，仿佛在保护着这方清幽乐土，而远处的青山，仿佛将浓浓的绿意推门相送。然而，这还不算是最妙的地方，王安石为人，酷喜读书，博闻强记，自言“某自百家诸子之书至于《难经》《素问》《本草》、诸小说无所不读”。一个人学了一样本领，总舍不得不用，所以他在写诗的时候，也喜欢卖弄一下胸中的典故。

诗中典故，用得让人一看便知，并非高明，王安石的狡黠处，就在于，在寻常字句中埋伏着典故。三四句中“护田”和“排闼”都是典故不说，而且都出自《汉书》。

“护田”出于《汉书·西域传》：“自敦煌西至盐泽，往往起亭，而轮台、渠犁，皆有田卒数百人，置使者校尉领护。”这是讲汉代时开发新疆，以驻军屯田的事情。而“排闼”，《汉书·樊哙传》载：“黥布反时，高帝尝病，恶见人……哙乃排闼直入，大臣随之。”这是说汉高祖刘邦当上皇帝后疏远了一起打天下的功臣，樊哙不顾卫兵的阻挡，推门闯进，劝说刘邦不要像秦二世一样只和宦官混在后宫中。

后来，宋人叶梦得在《石林诗话》中曾叹道：“荆公（王安石）诗用法甚严，尤精于对偶。尝云：‘用汉人语，止可以汉人语对。若参以异代语，便不相类。’如‘一水护田将绿绕，两山排闼送青来’之类，皆汉人语也。此法惟公用之，不觉拘窘卑凡。”

我们在赞叹王安石巧思的同时，也应该注意到，叶梦得所说的“此法惟公用之，不觉拘窘卑凡”，也就是说只有王安石这样学问高深到炉火纯青程度的才能玩，一般人想玩这一招，不免力有不逮，画虎不成反类犬。钱锺书先生也对王安石这种作风摇头道：“结果是跟读者捉迷藏，也替笺注家拉买卖。”

我觉得，像王安石这样在诗中玩弄花样，就好比《笑傲江湖》中的秃笔翁把武功招数融入书法中一般，虽然好玩，但对于诗的艺术性没有多大的提高。正如任我行批评秃笔翁的话一样：“秃头老三善使判官笔，他这一手字写得好像三岁小孩子一般，偏生要附庸风雅，武功之中居然自称包含了书法名家的笔意。……要知临敌过招，那是生死系于一线的大事，全力相搏，尚恐不胜，哪里还有闲情逸致，讲究甚么钟王碑帖？除非对方武功跟你差得太远，你才能将他玩弄戏耍。但如双方武功相若，你再用判官笔来写字，那是将自己的性命双手献给敌人了。”

写诗固然和性命相搏不是一回事，但过于注重这样小巧诡异的“埋伏”，不免也有损诗中的天然韵致。而且，有王安石那样文字功夫的，古往今来又有几人？看来这一点是轻易学不得的。

【附】冯梦龙《夹竹桃顶针千家诗山歌》将此诗末句演绎为：

吹开池面像个明镜台，小姐梳妆照粉腮。忽然想起，情人不来，懒梳云鬓，闲却凤钗。小阿奴奴淡子蛾眉无人画，枉子两山排闼送青来。

青山送黛虽堪画，奈何没有画眉张敞在身边。

六二

乌衣巷

[唐]刘禹锡

朱雀桥边野草花，乌衣巷口夕阳斜。
旧时王谢堂前燕，飞入寻常百姓家。

刘禹锡在南京，曾写过《金陵五题》这一组诗，篇篇俱佳。本篇这首诗就是其中之一，曾博得白居易“掉头苦吟，叹赏良久”，自是千古不朽的名篇。

乌衣巷，是东晋时世家豪族的聚居处，在南京的秦淮河畔，当时朱雀桥横架在河上，在乌衣巷的入口处。“朱雀桥”和“乌衣巷”写入诗中，可谓“佳偶天成”，十分合情合景。然而，刘禹锡得此“天然妙对”后，并未刻意将这二句打造成一副对仗精巧的“妙联”，而是自在随心，萧散疏朗。

这要是落在后世那种惯于雕琢的人手里，一看好嘛，“朱雀桥”对“乌衣巷”，这么好的一个对子让我逮着了，可不能“浪费”了，当然要扭捏求工。比如将“乌衣巷口夕阳斜”改成“乌衣巷口旧云霞”这样的，以求和上一句“对仗精工”。殊不知，却因此黏皮带骨，典型的因词害意，弄巧成拙，反倒扼杀了名句。

乌衣巷是晋朝王、谢二族所居之地，当年晋代士族中，“乌衣子弟，裙屐风流”，留下诸多佳话。《神雕侠侣》中写杨过施展剑法时，曾这样说过：“剑走轻灵，招断意连，绵绵不绝，当真是闲雅潇洒，翰逸神飞，大有晋人乌衣子弟裙屐风流之态。”

王、谢二族，不完全是中看不中用的绣花枕头，不说政坛，单说文艺类人物，王家的王羲之、王献之、王珣都是大书法家，其墨迹均为稀世珍宝，而谢家的山水诗鼻祖谢灵运、咏絮才女谢道韫，也是文坛上有口皆碑的重量级人物。

然而，繁华易歇，盛宴必散，到了刘禹锡伫立在乌衣巷口时，王、谢大族的显赫衣冠，风流雅韵早已荡然无存，只余下夕阳中的野草闲花，叫人怎能不望之兴叹？非独惋叹古人，亦是叹惜这人生匆匆，莫能长久。荒凉冷落的归宿谁也逃不掉。正像《红楼梦》中所说："古今将相在何方，荒冢一堆草没了。"

这种惋叹，化为这样两句动人的诗："旧时王谢堂前燕，飞入寻常百姓家。"恍惚之间，时空交错，让人觉得寻常百姓低檐下的燕子，依旧是曾栖息在高堂大户檐檩之上的旧客。这一"蒙太奇"般的手法，让诗意更加蕴藉绵长。

白居易曾叹赏刘禹锡的《金陵五题》："我知后之诗人无复措词矣。"确实，后人一提乌衣巷，就少不了"旧时堂前燕"之类的话了，周邦彦的《西河》一词，几乎就完全是刘禹锡诗的改编版。（前二段改自刘诗"山围故国周遭在，浪打空城寂寞回。淮水东边旧时月，夜深还过女墙来"。）

西河·大石金陵

佳丽地。南朝盛事谁记。山围故国绕清江，髻鬟对起。怒涛寂寞打孤城，风樯遥度天际。

断崖树，犹倒倚。莫愁艇子曾系。空余旧迹郁苍苍，雾沉半垒。夜深月过女墙来，赏心东望淮水。

酒旗戏鼓甚处市。想依稀、王谢邻里。燕子不知何世。入寻常、巷陌人家，相对如说兴亡，斜阳里。

据说，如今为了开发旅游，重建了乌衣巷中的"王谢旧宅"，然而，房子可以修起来，旧时的衣冠风度却是难以寻回的。

【附】冯梦龙《夹竹桃顶针千家诗山歌》将此诗末句演绎为：

来千去万尽虚花，只有我搭情哥对弗差。王孙公子，总不似他；墙花路柳，总不似咱。姐道：郎呀，听你做子双双燕子常相对，莫要飞入寻常百姓家。

这句山歌改得有点牵强，见异思迁，往往是去高枝上了，怎么会飞入寻常百姓家呢？

楼阁图 宋代
夏明远
团扇 绢本 设色
纵28厘米 横29.5厘米
日本东京国立博物馆藏

六三

送元二使安西

［唐］王维

渭城朝雨浥轻尘，客舍青青柳色新。
劝君更尽一杯酒，西出阳关无故人。

《千家诗》此处的编排，顺序有些颠倒，王维这首诗描写的本是春日景色，却突然在这里出现，不免有些蹊跷。不符合《千家诗》按四时节令而排的习惯。我觉得将这首诗和第二十三首《上高侍郎》换一换倒正合适，那首诗写“芙蓉生在秋江上，不向东风怨未开”，是秋天的景色，不当掺在春景诗作之中。

王维是中国古代最符合才子形象的人，他简直就是为众多美眉们的梦想而生的，王维长得特别帅——“妙年洁白，风姿郁美。”而且一般才子，对于琴棋书画，不过略知一二，就能骗倒一大片女孩了，人家王维这方面全是专业级的：讲到音乐，他官至太乐丞，是“皇家乐队总教练”，手中的琵琶曾以一曲《郁轮袍》征服了玉真公主的芳心；讲到画，王维是南宗之祖，文人画的开创者；写诗就更不用说了，更要命的是，他特别痴情，妻子死后，居然孤居三十年，终身不再续娶，真可谓“嫁郎当嫁王摩诘”，只是惜乎世上再难寻到此等人物。

王维的诗，后人最推崇的是他的田园山水诗，这类诗宁静恬淡，意境高远，简直达到“无色无味”“无声无相”的禅家意境。而王维的一些赠别诗，语句自然真切，也是一流的好诗。

诗人送朋友元二（唐人以排行相称，以示亲昵）到长安西北的渭城，杨柳依依，满是惜别之情，但柳色清新，朝雨初霁，又透出一种爽朗的气息，可见盛唐时人的豁达豪放，不似后世人那“凄凄惨惨”的儿女之态。而“劝君更尽一杯酒，西出阳关无故人”一句，多少珍重，多少情谊，尽付这最后所敬的美酒中，此杯中的滋味，实在浓冽之极！比现在歌曲中“朋友你今天就要远走，干了这杯酒。忘掉那天涯孤旅的愁，一醉到天尽头……”这样的词，意境要深刻得多。王维这句话，可谓是千古以来最好的劝酒辞，当此情此景，我想就算是再不会喝酒的人，也会胸中情怀激烈，痛快地干了这一杯！

所以，此诗在唐代就谱上乐曲，称为《渭城曲》或《阳关三叠》，成为了最著名的送别歌曲，饯行宴会中的保留曲目。

余秋雨先生在《阳关雪》一文中说：“王维实在是温厚到了极点，对于这么一个阳关，他的笔底仍然不露凌厉惊骇之色，而只是缠绵淡雅地写道：‘劝君更尽一杯酒，西出阳关无故人。’”其实，王维的温厚是毫无疑问，但王维时的阳关，是盛唐时的阳关，是丝绸之路上的一个重要驿站，当时人来人往，还是挺热闹的，绝对不是余大师所见到的“我在望不到边际的坟堆中茫然前行……”这样荒凉的场面。

六四

黄鹤楼上闻笛

［唐］李白

一为迁客去长沙，西望长安不见家。[①]
黄鹤楼中吹玉笛，江城五月落梅花。[②]

① 去长沙：汉代贾谊曾被贬长沙，诗词中常作为被贬之臣的代称。
② 江城：指武汉。落梅花：指《梅花落》这一笛子曲。

这首诗在《全唐诗》中原题为《与史郎中钦听黄鹤楼上吹笛》，是公元758年，李白流放夜郎途经武昌时所作。李白当时昏了头脑，一味追求“建功立业”，投奔无才无能又没名没分的永王李璘，结果被牵连进“谋逆”的大罪，差点掉了脑袋。

李白被关入浔阳监狱后，他的第三任妻子宗氏四处奔走营救。李白也写诗向江南宣慰使崔涣与御史中丞宋若思哭诉冤枉，这才判了个流放夜郎。这年，五十八岁的李白从浔阳（今江西九江）出发，沿长江一路西行，途经西塞驿，至江夏（今武汉），访李邕故居，登黄鹤楼，眺望鹦鹉洲。于是写下了此诗。

唐代的流放，相对宋代，要宽松些，不像宋时那样先打脊杖几十，然后面上刺字，扛着重枷，两个公人手持水火棍，一路打骂。唐代对于官员的流放，虽有人押解，但不必带枷锁。不过李白能旅游般轻松，到处乱逛，肯定也是宗氏夫人上下使钱的原因。而且，宗氏夫人还派自己的兄弟宗嫌一路照顾。李白一生很有女人缘，老婆对他真是太好了。

写下此诗后，这年秋天李白到了江陵，冬天走到三峡。李白一路磨磨蹭蹭，第二年春天三月份才到白帝城（今重庆市奉节县东），这时候传来好消息，天下大赦，于是李白一路撒欢，顺着长江“朝辞白帝彩云间，千里江陵一日还”，又回到江陵，这是后话。

这首诗写于流放途中，李白此时并不知道很快就会获释，当然是愁肠满腹。他开头就是：“一为迁客去长沙”，把自己比成汉代被贬到长沙的贾谊，这一典故为后代诗文惯用，连宝玉给晴雯这样的小丫头写文，也是“闺帏恨比长沙”。而“西望长安不见家”，也不可呆看，李白的家并非在长安，而是定居在安徽、江西一带，“西望长安”之语，用在这里，是表达“对国运的关切，对朝廷的眷恋”。然而，这份感情不免有些假，前不久，李白还大力夸赞：“龙蟠虎踞帝王州”，怂恿李璘在江南成其霸业，当时怎么不“西望长安”了？

“黄鹤楼中吹玉笛，江城五月落梅花”一句，最后的三字“落梅花”并非是指真的梅花，而是指《梅花落》这一笛子曲。有人评道：“江城五月，正当初夏，当然是没有梅花的，但由于《梅花落》笛曲吹得非常动听，便仿佛看到了梅花满天飘落的景象。梅花是寒冬开放的，景象虽美，却不免给人以凛然生寒的感觉，这正是诗人冷落心情的写照。”

确实如此，李白的诗句往往给人以非常美的意象，但有人从《梅花落》中又扒出来邹衍“六月飞霜”这样的典故，不免就扯远了，有些牵强。其实李白这一句中，确实有典故，但不是什么窦娥冤式的六月飞霜，而是晋朝时桓伊的故事。

桓伊是晋代最著名的吹笛高手，杜牧有诗：“大抵南朝皆旷达，可怜东晋最风流。月明更想桓伊在，一笛闻吹出塞愁。”《梅花三弄》的笛子曲，相传就是桓伊原创。

淝水之战后，谢安功劳太大，引来不少人嫉妒，晋孝武帝也对之生了嫌隙。一日宫中设宴，桓伊吹笛助兴。然后他又趁机高唱：“为君既不易，为臣良独难，忠信事不显，事有见疑患……”劝皇帝不要猜忌谢安，谢安当时感动得“泣下沾衿”。

我们知道，李白是谢安的铁杆粉丝，而桓伊又曾是江夏太守，到黄鹤楼，听到“梅花落”的笛声，李白焉能不想到上面的典故？以李白当时的心境，他是多么盼望有一个像桓伊那样的人为他分说一下是非，让朝廷重新信任他啊。这才是当时李白最真切的思想活动。

【附】冯梦龙《夹竹桃顶针千家诗山歌》将此诗末句演绎为：

家边邻舍嘴喳喳，议论传来乱似麻。我夫休听，传言总差；若还轻信，将奴枉杀。分明是笛声吹动端阳节，你莫道江城五月真个落梅花。

不信谣，不传谣。

玉楼春思图　宋代
佚名
团扇　绢本　设色
纵25厘米　横26厘米
辽宁省博物馆藏

六五

题淮南寺

[宋]程颢

南去北来休便休，白蘋吹尽楚江秋。[①]
道人不是悲秋客，一任晚山相对愁。

① 白蘋：一种开白花的水草。楚江：此处指长江。

本书一开始就点出，《千家诗》对于“程朱”是格外的青眼有加。其中对于程朱二人的诗也选了不少，有相当多的一部分并非绝佳的好诗，不过本篇相对来说，倒还不错。

第一篇中程颢面对春光无动于衷，读来多少有些假惺惺的味道，让人难以共鸣。而这篇坦然面对秋声的诗，倒似乎带有唐人般洒落的胸怀。

此诗题在淮南的一座寺庙，据考证，并非是现在的安徽淮南市，而是扬州附近，因为宋代的淮南道治所就在扬州，扬、楚、和、滁四州都属淮南道。“南去北来休便休”，说行就行，说歇说歇，言下有一种快活随心、洒脱不羁的感觉，而“白蘋（开白花的水草）吹尽楚江秋”一句，大生萧瑟之感。照旧诗中的俗套，无非要感慨一些天涯孤旅的惆怅，秋日黄昏的凄凉。但程老夫子笔锋一转，翻为劲健：“道人不是悲秋客，一任晚山相对愁。”此处的“道人”，是指道学先生，并非是道士，但诗句中的豪气不减，虽然此情此景，连晚山都似乎相对而愁，但我却胸中磊落，不为外物所动。

所以，这首诗的滋味，有初唐王绩的“日光随意落，河水任情流”一般的悠然，和高僧寒山的“秋到任他林落叶，春来从你树开花”的超脱也有同一机杼之感。不过，程颢是儒家的，讲究是理学中的“定性”理论。这正好比《天龙八部》里鸠摩智以“小无相功”使少林寺七十二艺绝技中的“拈花指法”，虽然外貌相似，威力也差不多，但底子里是不一样的。

【附】冯梦龙《夹竹桃顶针千家诗山歌》将此诗末句演绎为：

故人一去弗回头，教我锁住子两道春山暗泪流。薄情司马，空吟白头；风流张尹，何日把愁眉再修。尘昏子个镜台奴弗照，一任两山相对愁。

原诗是见景不愁，山歌中是愁上添愁。

澄江碧岫图　宋代
佚名
团扇　绢本　设色
纵23.8厘米　横26.3厘米
上海博物馆藏

六六

秋月

[宋]朱熹

清溪流过碧山头，空水澄鲜一色秋。
隔断红尘三十里，白云红叶两悠悠。

这首诗，有的本子上也算做是程颢写的。其实这首诗，应该是朱熹所作。虽然程朱一家亲，但也要分清著作权。朱熹全集中，这首诗原题为：《入瑞岩道间，得四绝句，呈彦集、充父二兄》。本诗是其中的第三首，其他三首分别是：

一

忆昔南游桂树荫，归来遗恨尘满襟。
蓝舆此日无穷思，万壑千年秋气深。

二

翩翩一马两肩舆，路转秋原十里余。
共说山前景更好，不辞迢递款禅庐。

四

风高木落晚秋时，日暮千林黄叶稀。

只有苍苍谷中树，岁寒心事不相违。

这四首诗相比较，当然是第三首最好，第四首也有些味道，一、二首平平无奇。

对于朱熹的诗，前面批评的比较多。不过朱熹这首诗，倒不是太讨厌，甚至还有些可爱。其实朱熹也是有血有肉的人，他有时候一不小心，也禁不住写出诸如“川原红绿一时新，暮雨朝晴更可人。书册埋头何日了？不如抛却去寻春”这等“放纵”的诗来。

朱熹这首诗，在词句上有些“抄袭”的痕迹，比如“空水澄鲜”（碧水和晴空一样鲜明）这样的词，并非是他的首创，而是从谢灵运的“云日相辉映，空水共澄鲜”得来。另外，“白云红叶两悠悠”这样的句式，在唐人诗中，也非常多见，比如李商隐的“远书归梦两悠悠”、韩偓的“清江碧草两悠悠”等都是如此。

不过，话说回来，朱熹虽然袭用了不少前人的句子和句式，但这首诗却浑成自然，切情切景，并非生吞活剥，虽不可夸为“化腐朽为神奇”，也称得上是“善假于物也”。

清澈的溪水从头上的山顶流过，仰天望去，溪水和天空相映，此时用谢灵运的“空水澄鲜”一词，岂非天造地设，恰到好处？而山中幽静，隔断红尘，眼前全无世间的纷扰，触目间无非白云红叶，此情悠然，此情自在，“白云红叶两悠悠”和以上所举的唐人句子，似相同却不同，唐诗中“远书归梦两悠悠”之类，多是惆怅，而此处则是超脱与清朗。

所以，虽然笔者一向“贬”朱熹，但却不得不承认，这首诗还是值得一读的。

【附】冯梦龙《夹竹桃顶针千家诗山歌》将此诗末句演绎为：

愁来茶水弗沾喉，单为情郎心里忧。天涯海角，想到尽头；寸心千里，何时聚首，小阿奴奴望得眼穿郎弗到，只见白云明月两悠悠。

山歌中改为白云明月，这才贴合小姐姐的情境，不然白云红叶，是山间的景致，那就是士大夫的感触了。

林原双羊图 元代
佚名
页 绢本 设色
纵26厘米 横27.1厘米
四川省博物馆藏

六七

七夕

[宋]杨朴

未会牵牛意若何，须邀织女弄金梭。
年年乞与人间巧，不道人间巧已多。[①]

① 巧已多，《后村千家诗》作巧更多。

杨朴这个人，现在大家不是很熟悉。不过在宋代时，还是相当有知名度的。他是北宋初年的一位隐士。住在河南新郑附近，号东里野民。常独自骑牛苦吟，有时就躺在草中冥思苦想，疯疯癫癫的。

宋太宗时曾召他当官，不应。后来宋真宗去泰山封禅时经过新郑，有人说杨朴是个名士，于是又召他来准备留用。见了真宗后，宋真宗问："临行前，有人赋诗送行吗？"杨朴答道："没有。只有老妻写了一篇。"皇上好奇，让他吟诵。杨朴吟道："且休落魄贪杯酒，更莫猖狂爱咏诗。今日捉将官里去，这回断送老头皮。"意思是说，你这个老头子，平时不听我的话，整天疯子般喝酒发狂，吟诗招摇，这回官家传了你去，老东西你可算玩完了，从此不自由了。

宋真宗听了大笑，说来这杨朴也真幽默，不过虽然看似和赵本山小品中的桥段一样冒傻气，但也充分表达了不愿为官的意思。皇帝知他心意，于是，厚赐金钱、丝绸给杨朴，让他回家了。

"断送老头皮"这个词，后来成了典故，苏轼因"乌台诗案"被锁拘入狱，临行前妻子悲泣，东坡风雅之士，就吟杨朴这句"今日捉将官里去，这回断送老头皮"来苦中逗乐。林则徐有首著名的诗——《赴戍登程口占示家人》，写于他被革职发配伊犁临行前：“力微任重久神疲，再竭衰庸定不支。苟利国家生死以，岂因祸福避趋之。谪居正是君恩厚，养拙刚于戍卒宜。戏与山妻谈故事，试吟断送老头皮。”人们多引用其中的“苟利国家生死以，岂因祸福避趋之”这样极具英雄气节的诗句，却忽略了林则徐对妻子也有戏谈“断送老头皮”的温情与幽默。

知道了杨朴的为人和性格，这首诗就不难理解了。七夕之时，民间有乞巧的习俗，年少女子于庭中陈设瓜果，对天穿针，乞求织女赐予一双巧手。杨朴在诗中说，你们这些人只顾乞巧，占用人家牛郎织女相会的宝贵时间，你打听一下人家牛郎（牵牛）愿不愿意啊？再说了，人间的机巧本来就够多了，这机巧越多，人心就越不纯朴了，行了，人间的机巧早就够了。

杨朴是个隐士，思想秉承了道家庄子的思想。其意出自《庄子》外篇《天地》。说是孔子的徒弟子贡（《庄子》中孔子及其弟子常作为“反面教材”的形象出现，未必实有其事），见一老翁正抱着水瓮浇地，子贡见了说：“如今有一种机械，省事多了，你怎么不用啊？”种菜的老人把子贡训了一通，说：“有机械者必有机事，有机事者必有机心……吾非不知，羞而不为也。”

机械和“机心”是不是有必然联系，姑且不论。但有的时候，人们心中的“阴谋阳谋”玩得太纯熟了，也并非好事。尘世无罗网，遇人少机心，省却多少烦恼？杨朴此诗，在七夕诗中可谓别有滋味。

【附】冯梦龙《夹竹桃顶针千家诗山歌》将此诗末句演绎为：

悠悠咽咽听得唱山歌，看蚕娘子忆情哥。守蚕辛苦，未曾约哥；偶尔采桑行去，他先在桑中候奴。姐道：郎呀，我只道七月七夜头方是巧，不道人间巧已多。

桑间濮上，相约有期，不必待七夕之巧。

六八

立秋

[宋] 刘翰

乳鸦啼散玉屏空，一枕新凉一扇风。[①]
睡起秋声无觅处，满阶梧叶月明中。

① 乳鸦：小乌鸦。玉屏：颜色如玉的屏风，这里形容天空。

刘翰的生平年代也记载不详，只知道他字武子，湖南长沙人。不过我们根据别的诗人和他诗词酬答的情况，推断他也是南宋时期的一位诗人，和姜夔等同一时代。他有诗词投呈张孝祥和范成大。而苏泂这首《简刘武子》一诗，生动地描写了他的形象："落拓刘郎醉未醒，少年名字以诗行。流传谩有南朝体，萧寺如今白发生。"

从诗中看，刘翰也是个恃才傲世、恃酒任性的狂生。相传他终身布衣，久客临安（买不起房子嘛），最大的头衔就是做过一段宋高宗的皇后的侄子的门客（呵呵，有点类似于笑话中那个"翰林院侍讲大学士国子监祭酒隔壁王婆婆之柩"），唯一值得安慰的就是能在《千家诗》中留下这样一首诗，从此"刘翰"这两个字，不怕湮没于旧纸中了。

这首诗虽然题目为立秋，但是其情其景，倒像是秋分时的景象。幼小的乳鸦啼鸣着飞散在如碧玉屏风一样的空中，静卧院中，不再像往日那样酷热，一挥扇子就能得一阵清凉。我们知道，在最热的时候，猛挥扇子往往也感觉不到凉快，这"一枕新凉一扇风"，十分细微传神地写出天气已暗中偷换。而睡起之后，秋声难觅，唯见秋月皎皎，满阶梧桐落叶，人说"一叶落而知天下秋"，秋在何处？诗人其实已经找到了，就在这满阶黄叶中。

不过，这首诗中也流露出借鉴前人的痕迹，像秋声无觅处，有化用欧阳修《秋声赋》的意思，欧文中借童子口说："星月皎洁，明河在天，四无人声，声在树间。"然后指出："噫嘻悲哉！此秋声也。"刘翰此诗问世时，《秋声赋》早已闻名天下，他落笔时自然心中也会有此文的印象。

再就是李白《三五七言》一诗也给本诗不少的启发："秋风清，秋月明。落叶聚还散，寒鸦栖复惊。相思相见知何日，此时此夜难为情。"所以，折扣一下因袭前人的成分，刘翰这首诗就只能算上是中上的水平了。

说来也让后人为难，"眼前有景道不得"，前人之述备矣。古人的书读得越多，越不敢再妄下笔墨。怪不得纪晓岚编完《四库全书》后，轻易不再动笔，觉得什么事都让古人写尽，什么好词都让古人说尽，实在是无新意可写。

六九

七夕

[唐]杜牧

银烛秋光冷画屏，轻罗小扇扑流萤。
天街夜色凉如水，卧看牵牛织女星。

杜牧这首诗，我们相当熟悉。语文课本中有的，所以诗意就不再重复细说了。还是说一下此诗的几个“花边”吧：

一、关于本诗的作者

此诗在王建和杜牧集中都有收录，所以宋人周紫芝在《竹坡诗话》中说：“此一诗杜牧之、王建集中皆有之，不知其谁所作？以余观之，当是建诗耳。盖二子之诗，其清婉大略相似，而牧多险侧，建多平丽。此诗盖清而平者也。”

周紫芝仅以风格来论，证据并不充足。而且像“银烛秋光冷画屏”这样的句子，造语也很“险崛奇侧”，与杜牧的清峭诗风是相近的。另外，虽然王建的生年要比杜牧大一辈，但是王建和杜牧的诗集均为后人收集，除非发现王建亲笔书写此诗的真迹，不然也不足证明此诗的“版权”是王建。

有人说王建是以写“宫词百首”闻名于世，这首诗类似宫词，因此确认为王建所作。这也未必，我倒想说，正因为王建的宫词出名，这首类似宫词的诗才误收入王建集中。

所以，我还是倾向于此诗作者是杜牧。

二、不同的版本异文

此诗流传甚广，因此异文颇多。第一个字就不一样，有的写作“红烛”，而不是“银烛”，有人觉得，这首诗写宫中的情景，当用红烛。除非大丧之际，不应当用白色的蜡烛。但唐人似乎并不忌讳这个，像后面选有的贾至《早朝大明宫》诗，上来就“银烛朝天紫陌长，禁城春色晓苍苍”，所以这个理由不成立。从意境上讲，“银烛”更显得有冷意，和后面“秋光冷画屏”更相谐调。所以，我觉得“银烛”可能是原稿，红烛像是后人润色而成。

再就是“天街”这二字，有的本子作“瑶阶”，俗，雕琢过度，读起来和诗意大为凿枘，十分别扭。因为这里用不着强调宫室的华美，用“瑶阶”这两字，效果好比长城上贴瓷砖。而有的本子作“天阶”，意为宫殿前的台阶，意境尚可，但也不如用“天街”二字。因为“天阶”的视界仅局限于几个台阶，而“天街”的空间更为广阔，越是广阔的意象越能衬托出诗中的寂寥冷清之感。

还有，有人将“天街”解释成天上道路，我觉得也不确切。这首诗写的还是人间事，主角不是“牛郎织女”，而是深宫中的女子。突然把镜头重点对准天上，那就错了。这不是郭老的那首《天上的街市》，别读混了。

第三处，是“卧看”一词，有本子作“坐看”，意境不如“卧”字好，因为“卧”字更有寂寞之感，夜深人倦，卧于席上，天上是浩渺的星河，而星河虽阔，牛郎织女终有一年一会的佳期。宫女们深锁宫中，却是永远得不到梦想中的佳偶，得不到青春岁月里最渴望的爱情，她们又情何以堪？而换作“坐”字，这些意味就淡了。

不过“坐”字，也有它的道理，此字是写实之笔。我们知道宫女们也是有“纪律”的，其寝息处，自有安排。哪个宫女大胆，敢在宫中的“天街”上横卧欲眠？你当是史湘云醉眠芍药茵啊？看不打死你！

最后啰唆一下：后两句“天街夜色凉如水，卧看牵牛织女星”中的寓意尽人皆知（不懂就是语文没学好），而前两句也并非闲笔，“轻罗小扇”一句其中暗藏了“秋风纨扇”的典故。汉成帝的妃子班婕妤失宠后，借秋扇以自伤，作《怨歌行》（亦称《团扇诗》）一首：“新裂齐纨素，皎洁如霜雪。裁为合欢扇，团团似明月。出入君怀袖，动摇微风发。常恐秋节至，凉飔夺炎热。弃捐箧笥中，恩情中道绝。”

山殿赏春图
佚名
页　绢本　设色
纵27.5厘米　横28.6厘米
上海博物馆藏

七〇

中秋月

[宋]苏轼

暮云收尽溢清寒，银汉无声转玉盘。[①]

此生此夜不长好，明月明年何处看？

① 玉盘：白玉做成的盘，比喻月亮。

苏轼写中秋的诗词有好几首，而且篇篇俱佳。最著名的当属那首《水调歌头》中的“但愿人长久，千里共婵娟”。胡仔《苕溪渔隐丛话》说：“中秋词，自东坡《水调歌头》一出，余词尽废。”的确如此，千古之下，写中秋的诗词相当多，但和苏轼的中秋诗词比起来，说全部都该烧掉太粗暴了些，但不能不承认，这些中秋诗词，虽小处略有情致，但和苏轼的比起来，如萤火对日月，大为逊色。

苏轼和弟弟苏辙感情极好，两人小时候同起同卧，一起攻书研读。用弟弟苏辙的原话就是：“辙幼从子瞻（苏轼）读书，未尝一日相舍。”苏轼曾申请从湖山秀丽、民财丰饶的杭州调到山东密州（诸城），正是为了和在济南的弟弟相见方便。哪想到了山东，诸城离济南也好远，中秋时还是不能相会，于是写下了《水调歌头》那一首千古绝唱，时为公元1076年。

又过了两年，到了公元1078年时，苏轼改任徐州知府，苏辙有机会去看望他，在徐州住了一百多天，兄弟二人得以欢聚，这个中秋终于可以一起把酒对婵娟，不用千里之外遥想了。

苏辙感慨道：“六年逢此月，五年照离别。”并也用《水调歌头》词牌写了一首词，这里就不引录了。月圆人聚，实在是赏心乐事，但相见时难别亦难，人事匆忙，浮沉不定，分别又迫在眉睫。于是两人相聚甚欢之际，又不免恻然生愁。所以苏轼才冲口而出“此生此夜不长好，明月明年何处看”之语。

这两句诗，平白自然，但情意深挚，涵容极广。苏轼之诗词，境界极广，像“但愿人长久，千里共婵娟”一词，虽是为思念弟弟而发，却代表了普天下两地相思之人的共同心声。“此生此夜不长好，明月明年何处看”两句也是如此，中有“年年岁岁花相似，岁岁年年人不同”一样的感慨，盛宴必散，月满则亏，如何能让这美好的一瞬永驻？答案是：不可能。那只是我们心中可怜的期盼。明月明年会怎么样？一任命运安排，我们无能为力。

另外，顺便说几句闲话，古人迷信，常有诗谶之说，比如说唐朝宰相武元衡写了“无因驻清景，日出事还生”第二天就被刺身亡，唐代进士崔曙《奉试明堂火珠》诗说“夜来双月满，曙后一星孤”后，第二年就死了，遗下个孤单的女儿名叫星星。苏轼这句“此生此夜不长好，明月明年何处看”，感觉也大不吉利。果然，第二年苏轼就遭遇“乌台诗案”，一时间“梦绕云山心似鹿，魂飞汤火命如鸡”，差点丢了性命。幸好或许是苏轼命硬，才没让这两句成为确凿的诗谶。

七一

江楼感旧

[唐]赵嘏

独上江楼思悄然，月光如水水如天。
同来玩月人何在，风景依稀似去年。

讲到此诗，不得不提一个有关赵嘏的故事。赵嘏早年和一女子相爱，情深不渝，有白头相偕之意。但是这个女子因在中元节（农历七月十五日，又称“盂兰盆节”，有的地方俗称“鬼节”）时到鹤林寺游玩，不幸被浙西节度使看中抢走。当时的节度使是雄霸一方的土皇帝，赵嘏虽一腔悲愤，却无可奈何。

赵嘏无奈之下，只好到长安考取功名。然而，他面临的却是一次又一次的打击。翻开赵嘏的诗集，你会看到这样一些题目：《下第后归永乐里自题二首》《下第》《落第寄沈询》《落第》……除了下第就是落第。

一直到了会昌四年，赵嘏才终于得以进士及第。这时赵嘏已是四十多岁了。为人极为势利的“浙帅”听说后，马上把赵嘏心爱的女子送入长安，还给赵嘏。赵嘏听说此事，急忙出横水驿迎接，这个女子见到赵嘏后扑在他怀里痛哭，不一会居然因为伤痛过度，死在了赵嘏的怀中，十几年的相思泪水终于都滴在赵嘏的衣襟上，她死而无憾了。赵嘏将她安葬在横水边。写下了两首痛断肝肠的悼亡诗：“一烛从风到奈何，二年衾枕逐流波。虽知不得公然泪，时泣阑干恨更多。”“明月萧萧海上风，君归泉路我飘蓬。门前虽有如花貌，争奈如花心不同。”

明白了上面的故事，理解赵嘏这首诗就会有更深的感触。“同来玩月”，着一“玩”字，似乎让我们能亲见当时两个情侣的欢声笑语，而今年风景依旧，心爱的人却被生生拆散，真是情何以堪。

旧地重游，昔日的爱侣不在，最令人黯然神伤。唐代曾有个女子，和丈夫从江南来到长安，度过一段甜蜜时光，而后来丈夫去世，自己孤零零地回去，在三乡驿这个地方，题诗一首。诗我并不觉得太精彩，却为她这一段序文感动："凡经过之所，皆曩昔燕笑之地，绸缪之所。衔冤茹叹，举目魂销。虽残骸尚存，而精爽都失。假使潘岳复生，无以悼其幽思也。"

所有留下欢笑的地方，如今已成为记忆，那种滋味，实在难以言说，比如我们来到一个名胜，正是昔年和心爱之人共游的地方，这棵树边曾共倚共憩，那座亭上曾相拥留影，而此后劳燕分飞，天各一方，再睹此地，能无动于衷吗？人非草木，这样的感慨是人间最自然的感情，所以每当此时，我们就会浮现这句："同来玩月人何在，风景依稀似去年"。

《世说新语·伤逝》有一段文字也很让人感动："王浚冲为尚书令，着公服，乘轺车，经黄公酒垆下过，顾谓后车客：'吾昔与嵇叔夜、阮嗣宗共酣饮于此垆，竹林之游，亦预其末。自嵇生夭、阮公亡以来，便为时所羁绁。今日视此虽近，邈若山河。'"赵嘏这首诗可谓是此种感情的诗化版本。

七二

题临安邸

[宋]林升

山外青山楼外楼，西湖歌舞几时休？
暖风熏得游人醉，直把杭州作汴州！

这首诗相传题写在客舍的粉墙上，作者名字是“林升”还是“林外”（因草书“升”和“外”相近）都不是太清楚。有些人考证出林升的籍贯生平之类的材料，我觉得都未必可信。因为这首诗是非常强烈的讽刺诗，作者未必肯如实署名，“林升”或许正是他的化名而已。同时期，有无名氏的《水调歌头》（即“平生太湖上，短棹几经过”那首）一词引起宋高宗的恐慌，下令追查作者，这首诗相比起来，讽刺力度更是针砭入骨。

西湖的美景，让人陶醉。山外有青山，楼外有高楼，沉溺其中，美不胜收，然而，在当时的背景下，南渡临安的宋高宗等人，可想起徽、钦二帝正在北国冰天雪地中苦挨，无数宋室后妃公主受辱于金国蛮族？更不用说千万百姓沉沦于异族。于是作者愤愤地说：“暖风熏得游人醉，直把杭州作汴州！”这“直把杭州作汴州”一句，十分有力，如利剑穿心，你醒醒吧，这里不是原来的皇都汴京，只是一个偷安的小皇都，现在就如此贪图享乐，忘了故国，忘了乡亲，忘了祖宗！

当然，对于宋高宗来说，他并非不知道这些，高宗也不像南明的福王那样彻底昏庸，而面对于广大爱国志士的呼声，他考虑的是个人利益。就好比“官本位”的思想一样，保住官帽最重要，宋高宗最怕的就是连这个偏安一隅的皇帝也当不成了。要知道宋高宗本是宋徽宗第九子，本来怎么轮也轮不到他当皇帝，就算是兴抽签，也只有九分之一的概率。结果靖康之变，牺牲千万人，幸福他一个，居然咸鱼翻身，当上了皇帝。

不过这皇帝当得也很不踏实，先是被金兵追赶，侥幸才逃过黄河（后来赵构吹嘘自己是乘庙中的泥马渡过，以示自己有神助），不久又发生了“苗刘兵变”——赵构即位不久，御营将领苗傅、刘正彦等人杀入宫中，胁迫高宗让位于年仅三岁的皇子赵旉，由哲宗孟皇后垂帘听政，实际上就是想玩曹操挟天子以令诸侯那一套。幸好两月后，韩世忠带兵平叛，剪除了苗刘二人，宋高宗才得以复辟。

仅仅过了半年，金兵又突破了长江防线，直扑杭州而来。高宗吓得逃到海上避敌，在温州沿海漂泊了四个月之久。有次，高宗饿得实在不行，令停船靠岸，步行到一所寺院索食，僧人以五枚炊饼进献，赵构也不嫌粗劣，人口吃了三个半。由此可见，赵构这个皇帝得之不易，他还是懂得“珍惜”的。

不过他“珍惜”的方式却是苟和偷安，赵构有三怕：

一是怕了金国。金兵追杀的恐怖画面在他脑海中挥之不去，想想就怕。

二是怕了武将。苗刘二人的狰狞面目也让他思之不寒而栗，于是说什么也不敢北伐。北伐要是失败，惹得金兵打过来，想想就吓死；北伐要是大胜，领军的大将难于节制，挟制皇帝，还是吓死。

第三怕的是徽钦二帝回来夺位。就算如来佛祖、太上老君一起保佑大将不反，金人灭亡，把徽钦二帝接回来，又有什么好果子吃？有人可能说，就算徽钦二帝回来，高宗享国日久，威名已盛，大臣也不会赞成其退位的。其实这可说不准，明朝的“夺门之变”就用活生生的事实回答了这个问题。

从宋高宗的个人利益出发，他做得全对，所以再多的民众呼声都可以忽略不计。毕竟，杭州才是属于他赵构的，其实他也没有把杭州作汴州，汴京在赵构心里并不可爱，因为他从来不是那里的主人。

七三

晓出净慈寺送林子方

[宋]杨万里

毕竟西湖六月中，风光不与四时同。
接天莲叶无穷碧，映日荷花别样红。

这首诗旧本题为苏轼作，评注时说“东坡出守杭州咏湖之作”，错了。现在我们都知道此诗的真正作者是南宋的杨万里。杨万里和林子方是好友，还写有《送林子方直阁秘书将漕闽部三首》，由此，我们也得知林子方当过直阁秘书一职。

单从这首诗看，没有林子方的什么事，只是写荷花，所以我见有人在博客上乱评道：“小朋友们，有一件事和大家说，这首诗题目是《晓出净慈寺送林子方》，可是四句读下来全无送别的意思，都是些西湖的景，简直是文不对题啊，怎么会有这样写的呀？所以还有一种说法，这首诗不是他写的，而是苏轼的《西湖》。老师我是赞成这个说法的，说是送别诗根本不通啊！”

我晕，这人还自称老师，简直是信口开河嘛，自己不懂最后还贬低人家杨万里。事实上是，这个题目下本来有两首诗，我们只选了其中一首，第二首是这样写的：

出得西湖月尚残，荷花荡里柳行间。
红香世界清凉国，行了南山却北山。

这里就有送行的意思了，所谓“行了南山却北山”，正是指杭州的南高峰和北高峰，路线方向也都指出来了。人家前面那一首诗只是布景，还没有说到送别的正剧呢，要说也怪课本编选者，杨万里这第二首诗也不错，就一起选上呗。

前面在评第五十一首杨万里诗（“梅子留酸软齿牙”的那首）时，笔者曾批评过杨万里那首诗堆砌典故，不是太流畅自然。相比之下，本诗就没有这个毛病，所以流传更广泛。有时候，时间的确是试金石，大浪淘沙后，好诗会得到更多的拥趸。

熟读古诗的人都会觉得，这首诗字面简洁平易，直抒心情和景物，没有绕来绕去的典故和扭捏作态的修饰。这也是此诗被选入中小学课本的原因之一。“接天莲叶无穷碧，映日荷花别样红”一联虽然工整精致，却自然天成，浑然成篇，有唐人之句的风范。所以姜夔曾赞叹他道：“处处青山怕见君。”什么意思呢，是说杨万里诗中写诗别有一格，各处的风景只要给他看过，绝对会被他“逮住”放入诗句中的。

因此，这首诗成为写荷花的经典之作，每当我们看到夏日中满塘盛开的荷花时，心中往往最先浮上“映日荷花别样红”一句。

《千家诗》到这里有些颠三倒四，前面《立秋》《七夕》《中秋》都有了，这里突然又来了“毕竟西湖六月中”，非常不恰当，可见其成书的粗糙。

七四

饮湖上初晴后雨

[宋] 苏轼

水光潋滟晴方好，山色空蒙雨亦奇。[①]
欲把西湖比西子，淡妆浓抹总相宜。

① 潋滟：水面波光闪动的样子。

苏轼这首诗，历来为人称道。其中最出色的就是“西湖比西子”这一新奇的比喻，他将西湖上的晴雨变换比喻成西施的淡汝浓妆，可谓妙思独具。而且西湖在杭州，旧时属越国范围，而西施正是越国的佳人，这个比喻不能不说应情应景。

东坡这一比喻影响十分深远，后来催发了明代袁宏道的《初至西湖记》这篇散文：

> 山色如娥，花光如颊，温风如酒，波纹如绫，才一举头，已不觉目酣神醉。此时欲下一语描写不得，大约如东阿王梦中初遇洛神时也。

“山色如娥，花光如颊”两句，以美人姿容喻西湖山水，写得细腻生动，宛然有致，有情有趣，但究其本源，还是从东坡的妙喻中得来的灵感。

苏东坡也颇以自己“发明”的这个比喻而自矜，后来又在几处诗中反复说了好几遍：“西湖真西子”（《次韵刘景文登介亭》）、“只有西湖似西子”（《次韵答马忠玉》）、“西湖虽小亦西子”（《再次韵德麟新开西湖》）……

不过，到了南宋末年，有些人开始反感这个比喻了，比如方回就在《问西湖》一诗中哭丧着脸说：“谁将西子比西湖？旧日繁华渐欲无？始信坡仙诗是谶，捧心国色解亡吴！”这个方回意思是说，西施之色令吴国亡国，自来红颜祸水，东坡将西施比西湖，就注定了杭州是守不住的，终究要成为亡国之地。方回虽然在诗中称苏东坡为“坡仙”，语气还比较客气，可前面劈头而来的那句“谁将西子比西湖”，大有兴师问罪之意，令我想起电影《功夫》中冯小刚出场时那句：“还有谁——”

其实，当时东坡吟出此句时，尚是北宋时，哪里会预见到南宋偏安杭州？而且西施亡的是当时都城在苏州的吴国，没有亡自己家乡越国的道理，再说了，“宰嚭亡吴国，西施陷恶名”，前人早有公论。所以方回的指责和埋怨一点道理也没有，要怪就怪宋朝君臣不争气。

【附】冯梦龙《夹竹桃顶针千家诗山歌》将此诗末句演绎为：

> 红裙小姐赛西施，朝朝梳洗点胭脂。乌云飞鬓，远山翠眉，桃腮杏脸，雪白齿齐。郎道：我里小阿姐儿，正是生成一种风流态，淡妆浓抹也相宜。

总相宜，山歌改为了也相宜，不知为何，也许是笔误，感觉没必要改动。

七五

入直召对选德殿赐茶而退

[宋]周必大

绿槐夹道集昏鸦，敕使传宣坐赐茶。[1]
归到玉堂清不寐，月钩初上紫薇花。[2]

①敕使：传达皇帝旨意的人，应该是宦官一类的人。
②玉堂：指翰林院。

周必大这个人，虽然不是坏人，但也是官场老油条那种类型的文人。他于宋高宗时（1151）就中了进士，在官场上经过将近半个世纪的不断攀爬，深得高宗、孝宗、光宗三代皇帝的器重，终于做到官至左丞相，封益国公这样的高位。可见其世事洞明，人情练达，善于迎合上意。

人如其诗，这首诗也充满了官场纱帽气，一副拍马颂圣的格调。诗中说，宫中的绿槐夹道，黄昏中的乌鸦纷纷归巢，点明了觐见皇帝的时间。此时已是日暮，按说并非议事的“工作时间”，而突然宣召周必大去问话，可见皇帝对他是格外信任，有急事大事垂询于他。接着又写，皇帝见了他后，居然赐座上茶，激动得周必大胡子乱颤，差点晕过去，估计那茶也没敢喝，就算喝了也记不清什么味。问完话后，回到翰林院（玉堂），周必大还陶醉在幸福中，一夜没合眼，直到天将亮时一弯新月照上了紫薇花。

这首诗虽然在手法上也并不差，但格调却极差，读来无法得到思想上的共鸣。也许当年选《千家诗》的老儒，对这样的情景十分向往，“朝为田舍郎，暮登天子堂”，是他们心中的渴望和梦想。

时到如今，还是有不少人为升职加薪牵肠挂肚，说来和周必大的心情也没什么区别，有这样的心情也是人之常情，并不可耻，但我却觉得绝对不合适写入诗中。

【附】冯梦龙《夹竹桃顶针千家诗山歌》将此诗末句演绎为：

宜春小姐性贪花，思忆子情郎心里麻。凄凉风景，想他念他；朦胧睡里，分明见他。小阿姐道：我看窗前影子只道郎来到，再是月钩初上紫薇花。

山歌中的情致，比原诗周必大那个乌纱帽气熏人的老儒嘴脸要可爱得多。

七六

夏日登车盖亭

[宋]蔡确

纸屏石枕竹方床，手倦抛书午梦长。①
睡起莞然成独笑，数声渔笛在沧浪。

① 纸屏：纸做的屏风。

蔡确在《宋史》中被列入奸臣传，所以有的书评注时讲他是一个“利欲熏心、专以害人为乐”的小人，其实官场是非，很难断言。蔡确是王安石一党，是新法的支持者，我们知道北宋末年党争激烈，互相倾轧攻讦成风。蔡确早年曾做过宰相，大权在手，也对一批政敌残酷斗争、无情打击过，而最终也被人家“咬”了下来，贬官流放而死。死后也不得清净，先平反追赠太师，后来又追贬成罪人，几起几落，煞是罕见。

蔡确这首诗本有十首，这是其中之一，写于贬到湖北安州（今安陆）时。诗中蔡确写得很是清雅悠闲，什么纸屏、石枕、竹床啦，于悠长的夏日中闲来看书、倦来睡觉啦，貌似十分惬意，不知当年情景的《千家诗》旧注本也乱评道：“其悠然自得之趣可知矣。”其实蔡确是“叫花子寻开心——苦中作乐”罢了。因为如果一直是隐士的角色，可能还会有这样的心情，而像蔡确这样的高官贵人，一下子沦落到无职无权的地步，其心情绝对不会如此超脱。写这些词，无非自我解嘲罢了。在这组诗另外的一些诗里，还是流露出愤愤不平的意思，如“何处机心惊白鸟？谁人怒剑逐青蝇”，等等。

蔡确虽然未必是大奸大恶，但身在官场，终究会干过一些狠毒的事情，如今追求隐士般的“高尚情操”，可谓人之落魄，其言也善，还是值得肯定的。但正如20世纪末大家热看的港片中的桥段一样，黑道大哥刚出场时，杀人不眨眼，在枪林弹雨中打打杀杀，却总能有惊无险，连彩也不挂，但什么时候想洗手不干，做个好人了，要转行做正当生意了的时候，却往往会被人暗算，离喋血街头不远了。

事实上正是，蔡确这一“高尚追求”却偏偏惹祸了。有个叫吴处厚的人，正好任安州地方官，当年蔡确曾得罪过他，他听说这些事后，马上汇报说蔡确作诗讪谤朝廷。“谁人怒剑逐青蝇”之类的句子固然难逃罪责，就连“睡起莞然成独笑”，也被指责成“方今朝廷清明，不知（蔡）确独笑何事”——如今是和谐社会，你笑话谁啊？真是欲加之罪，何患无辞，蔡确苦笑几下都不行，还惹着政敌了，于是蔡确被贬到更远的广东新州去了。

新州在宋时是所谓的“烟瘴之地”，被当时人视为死亡地带。蔡确当时还带着一个叫琵琶的侍女，她养着一只很灵慧的鹦鹉。蔡确原来呼叫她时，就扣一下响板，鹦鹉就喊：“琵琶，主人召你。”而到了新州，琵琶不久就染病身亡。这天，蔡确不小心误扣了一下响板，鹦鹉无知，又呼叫起琵琶来。正所谓“芳名未泯，檐前鹦鹉犹呼”，蔡确心中大恸，写诗道：“鹦鹉言犹在，琵琶事已非。伤心瘴江水，同渡不同归。”时隔不久，蔡确就在伤痛中黯然死去，时年五十六。

七七

直玉堂作

[宋]洪咨夔

禁门深锁寂无哗，浓墨淋漓两相麻。①
唱彻五更天未晓，一墀月浸紫薇花。②

① 相麻：两页麻纸上写拜相的诏令。
② 墀：台阶上的空地，亦指台阶。

洪咨夔是个正直的文人，他写过不少讽刺贪官污吏的诗，其中《狐鼠》一诗中写道："不论天有眼，但管地无皮。"意思是说，这些贪官们不管上天有眼，只顾自己刮地三尺，拼命搜刮百姓，讽刺可谓辛辣之极。

洪咨夔生于宋代末年，做过翰林学士、刑部尚书。这首诗应该是写于他当翰林学士时。所谓"直玉堂"，就是在翰林院里值班。"金马玉堂学士"，是当时读书人最大的愿望，看来《千家诗》的编选者，对这一情景是无比向往的。

洪咨夔这首诗中，也充满了得意之情，诗中写他连夜起草任命宰相的重要诏书，宫门紧锁，戒备森严，四处静谧无声。洪咨夔思如泉涌，不一会诏书就已拟成写好，两大张麻纸上（当时内廷的诏书用白麻纸），浓墨淋漓，文采飞扬。此时才到五更，已提前完成了这份重要工作，不觉一身轻松，再看殿前石阶上，月照紫薇花，好不惬意。

当然，做翰林学士虽是读书人的最高梦想，但有时也并不像洪诗中这样轻松自在。北宋的梅询当翰林学士时，因要起草的诏书很多，措词也难下笔，于是思虑甚苦，就走出书房到了庭院中活动活动腿脚，只见一个老卒，正躺在太阳底下无忧无虑地晒太阳。梅询见了不禁叹道：“畅哉！”然后又轻声问他：“你识字吗？” 老卒说：“俺不认字。”梅询长叹一声，说：“那更快活也。”

唉，看来这“围城”情结，自古就有之。

洪咨夔这首诗中的感情，现在来看早已遥远隔膜，无法打动我们的心了。但作为一个“文物标本”来看，还是有价值的，至少能让我们了解古代翰林学士们夜间值班时的工作场景。

深堂琴趣图　宋代
佚名
团扇　绢本　设色
纵23.6厘米　横24.9厘米
北京故宫博物院藏

七八

竹楼

[唐]李嘉祐

傲吏身闲笑五侯，西江取竹起高楼。
南风不用蒲葵扇，纱帽闲眠对水鸥。①

① 蒲葵扇：蒲葵叶做成的扇子。金庸小说中裘千仞的经典打扮就是葛衫蒲扇。

李嘉祐是唐代人，天宝七年进士，主要生活在大历年间，所以有人也将其归入大历诗人的行列。李嘉祐的诗和大历诸人的风格有所不同，他的诗风绮靡婉丽，倒有些晚唐情致。王维的那一联“漠漠水田飞白鹭，阴阴夏木啭黄鹂”，相传是李嘉祐的，只不过王维多加了“漠漠”“阴阴”四字。

在《唐诗鉴赏词典》中，李嘉祐的诗一首没选，我觉得不大公平。他有些诗还是相当不错的，尤其喜欢这一首：

秋朝木芙蓉

水面芙蓉秋已衰，繁条到是著花时。
平明露滴垂红脸，似有朝愁暮落悲。

此诗写的是木芙蓉花，这种花晚秋始开，虽霜侵露凌却丰姿艳丽，占尽深秋风情，因而又名“拒霜花”。此处写水上的莲花枯败，木芙蓉却繁盛于枝条，只可惜木芙蓉又有朝开夕落的特点，早上开出娇美的花朵，晚上就要飘零于地。所以有“朝愁暮落悲”之叹。

李嘉祐并非只有绮丽的句子，比如“预愁明日相思处，匹马千山与万山”“寂寞荒坟近渔浦，野松孤月即千秋”等等，都是风骨峭然、沧凉浑阔。

这首诗用了一些典故：“傲吏”源于“漆园傲吏”，也就是庄子的故事，庄子当年曾是漆园吏，楚王令人聘请，他坚辞不就。而“纱帽闲眠对水鸥”，用的是《列子·黄帝篇》中的故事，说是有个小孩住在海边，与鸥鸟相亲相戏。他的父亲知道了，要他把鸥鸟捉回去。以后他再去海边，海鸥便不飞近他了。海鸥本来是容易与人亲近的，但是，却因为人的心术不正破坏了这种原本美好和谐的关系。这里引用此典故，是表达诗人心胸坦荡，毫无狡诈阴险的心思，所以能和鸥鸟自在相处。

李嘉祐诗中用了两个道家的典故，可见其闲适恬淡的心境。这首诗看起来和前面第七十六首蔡确那首诗有相似处，都是写夏日里的闲情，背后却暗藏着愁闷。而且看诗中描写的情景，估计也是李嘉祐被贬至江西鄱阳做县尉时所写。只不过李嘉祐的命运要好得多，后来又被提拔为江阴县令、袁州刺史、台州刺史等。

看来李嘉祐诗中所写的不求功名的心情也不全是真的，不然他早就辞官不干了。对于旧时的好多文人，官场不得意时就发牢骚扬言要隐居撂挑子，是很常见的。正所谓“高情千古闲居赋，争信安仁拜路尘”。（晋代才子潘安，字安仁，曾写过《闲居赋》这样“情志高洁”的文字，但实际上在见到当时权势赫赫的贾皇后外甥贾谧后，就望尘下拜。）

【附】冯梦龙《夹竹桃顶针千家诗山歌》将此诗末句演绎为：

紫薇花发姐心愁，我情郎一去求官不转头。明时金榜，想他名占上流；洞房花烛，愧我有约未酬。姐道：郎呀，料你志诚决弗学子王魁个样亏心事，介时节多分是纱帽闲眠对水鸥。

但愿如小姐姐所愿，情郎不似王魁那样薄情。

七九

直中书省

［唐］白居易

丝纶阁下文章静，钟鼓楼中刻漏长。①
独坐黄昏谁是伴？紫薇花对紫薇郎。②

① 丝纶阁：替皇帝撰拟诏书的地方。
② 紫薇郎：唐时，称中书省为紫薇省，中书舍人就称为紫薇郎。

《千家诗》编者对于宫中值班这一情景心中想必是十分羡慕的，选了王安石、周必大、洪咨夔的三首后，还意犹未尽，又选了白居易的这一首。不过，白居易此诗，秉承了他一贯不进取的“消极”思想，对于中书省（地位相当于今国务院）内值班这样“光荣”的工作居然一点也没有兴趣，反而感慨寂寞乏味。

白居易诗中写日暮时分，大臣们纷纷散去，于是中书省内一片寂静。相比于前面洪咨夔诗中的“禁门深锁寂无哗”，气味大有不同。洪诗渲染出皇宫大内的威严肃穆，而白诗中却是惆怅寂寞。

所谓“丝纶阁”，指替皇帝撰拟诏书的地方。源于《礼记·缁衣》：“王言如丝，其出如纶。”什么意思呢？唐初的大儒孔颖达给我们讲过：“王言初出，微细如丝，及其出行于外，言更渐大，如似纶也。”意思是说，皇帝的话说出来轻如细丝，但发布到全国，就越来越郑重洪大，变成好像绳子一样粗。确实如此，皇帝一言发出，轻则折腾千万百姓，重则举国不安。用老百姓粗俗却真切的话说就是“上面发个屁，下面唱台戏”。

白居易得授中书舍人，在中书省内值班时已是四十八岁。对于饱经宦海沉浮的白居易来说，什么功名荣耀均无意于心。所以他在宫中宿直时，丝毫没有周必大般的兴奋和洪咨夔般的踌躇满志。他独对禁院中的紫薇花，无聊中发出“紫薇花对紫薇郎”的感叹。这和晚唐宰相郑畋《中秋月直禁苑》一诗所写的“幽襟聊自适，闲弄紫薇花”的心态迥然不同，正所谓“有人星夜赴科场，有人辞官归故乡”，各人的追求不同，心境也大不相同。

对于一般的士子，得以到中书省宿直，那是平生的梦想，而对于白居易这种恬淡处世的人来说，却是无聊之极的公差。就好比，上电视节目是好多人梦寐以求的事儿，而人家聂棋圣居然对着CCTV的镜头呼呼大睡，抱怨做节目影响了他休息。

正所谓“人各有志”，《千家诗》这一组宫中值班的诗恰恰证明了这一点。

八〇

观书有感

[宋]朱熹

半亩方塘一鉴开，天光云影共徘徊。①
问渠那得清如许？为有源头活水来。

① 鉴：镜子。

八一

泛舟

[宋]朱熹

昨夜江边春水生，艨艟巨舰一毛轻。①
向来枉费推移力，此日中流自在行。

① 艨艟：战舰名，此处指大木船。

朱熹这两首诗，风格相近，所以我们就放在一起来说了。前面说过，像朱熹这一类理学名家的诗，往往在诗中讲道理，发议论，使诗歌成为“押韵的文件”。正像《红楼梦》中的薛宝琴听宝钗说要写《咏太极图》时，就笑道：“强扭的出来，不过颠来倒去弄些《易经》上的话生填，究竟有何趣味。”不过，事无绝对，朱熹这两首诗虽然也是在说理，但说得还算比较好，无枯燥僵直的感觉，和苏轼的“横看成岭侧成峰”这一类的诗有相似之处。

第一首诗句句双关，字面上是写一个池水澄净的方塘，但实际上却句句说的是读书做学问，因此题目是《观书有感》。然而，我觉得朱熹此处所说的道理，可不只限于读书，大至整个国家，小至个人的身体，都要吐故纳新，不断汲取清新的成分，才能保持旺盛的生命力，呈现出生机盎然的气象。

第二首诗题目比较朴实，直接用了“泛舟”一词。但事实上朱熹还是说的读书的事儿，可能是前面这一首已经提示过了，朱老夫子也知道我们不会笨到连“举一反一”也不懂，所以就干脆懒得说了。这一首诗意思是说，读书做学问，要提高自己的功力。如果积累得多了，再解决学习中的问题，就会势如破竹了。其实这道理，早朱熹一千多年时，庄子的《逍遥游》一篇中就说过：“且夫水之积也不厚，则其负大舟也无力。覆杯水于坳堂之上，则芥为之舟。置杯焉则胶，水浅而舟大也。”朱老夫子这首诗无非重复了一番，搞了个诗化的版本。和第六十五首程颢那首诗一样，还是透出了“小无相功”（道家思想）的底子。

不过公平地说，朱熹这两首诗还是不错的，用诗化的语言来讲道理，也并非是完全不可行，像“问渠那得清如许？为有源头活水来”，深为人们喜欢而传颂，就是最好的证明。

八二

冷泉亭

[宋]林稹

一泓清可沁诗脾，冷暖年来只自知。
流出西湖载歌舞，回头不似在山时。

冷泉亭建在杭州灵隐寺飞来峰下，唐宋时就已是著名的景点。白居易曾在《冷泉亭记》中夸道：“东南山水，余杭郡为最；就郡言，灵隐寺为尤；由寺观，冷泉亭为甲。”都说白居易的文字老太太都能懂，可我觉得这段话还是要解释一下，用通俗话说就是：江南的山水，杭州最好；全杭州的去处，灵隐寺最佳；而灵隐寺里最妙的所在，就是冷泉亭了。

林稹是个没有多大名气的诗人，生平也不大清楚。旧注说他号丹山，长洲人（今江苏苏州）人，宋神宗熙宁九年进士。但有些注本也说他是南宋人。不知有何依据。这里不去繁琐地考证了。

就诗论诗，林稹这首诗，遣词造句上并非见佳，像“一泓清可沁诗脾”，很别扭，还不如直说“一泓清水”，“只自知”三字，看起来还可以，但读起来拗口。此诗主要胜在寓意深刻。诗中说：一泓清泉，在山里时清纯无比，但流出山后，归入西湖，承载权贵的画船，被酒气脂粉弄得脏兮兮的，就再也没有当时的清洌了。

这种意境并非林稹首创，老杜早就写过“在山泉水清，出山泉水浊”这样的句子，白居易也有“天平山上白云泉，云本无心水自闲。何必奔冲山下去，更添波浪向人间”一诗，和此诗手法相似。不过，相比于老杜那简简单单如三维建模软件中骨架模型般的两句，林稹这首诗添上了血肉经脉，加以渲染后，读来更加直观深刻。而白居易的诗，只是强调安闲的一面，符合他当时的心境——独善其身，不再参与朝中的政事，不闹腾，不折腾，安安稳稳做他的太守，享他的清福去。

林稹的诗和白居易相比，更具有广博的寓意。有的评注者说林诗是抨击那些假隐士，朝廷有召，就匆匆去效命，丧失了原有的清纯，这未免过于狭隘。其实细想人生历程，亦是如此。一个人的成长过程，几乎就是一个逐渐丢掉纯真的过程：懂得了欺诈、虚伪、矫情、油滑，然后蜕去了赤子的皮肤，换上老练的甲壳，于是才有机会在世上活得更安全，更舒适。

《菜根谭》曾说："山肴不受世间灌溉，野禽不受世间豢养，其味皆香而且洌。"没有尘俗的污染，连草木禽兽都滋味不同，何况是人心？但愿我们的心中还能留有一份原始的纯真。

【附】冯梦龙《夹竹桃顶针千家诗山歌》将此诗末句演绎为：

行行山路白云迷，正是刘阮天台出洞归。尘缘未了，仙境暂离；再来寻访，云深意迷。懊恨当初弗该拆子去，回头不是在山时。

唐元稹有诗："芙蓉脂肉绿云鬟，罨画楼台青黛山。千树桃花万年药，不知何事忆人间。"

八三

赠刘景文

[宋]苏轼

荷尽已无擎雨盖，菊残犹有傲霜枝。
一年好景君须记，最是橙黄橘绿时。

这首诗中的刘景文，前面在讲第二十七首《题屏》一诗时说过。苏轼和刘景文相交莫逆，十分投机。他曾有《喜刘景文至》一诗，其中写道：

天明小儿更传呼，髯刘已到城南隅。
尺书真是髯手迹，起坐熨眼知有无。
今人不作古人事，今世有此古丈夫。
我闻其来喜欲舞，病自能起不用扶……

我们看，苏轼听说刘景文要来，兴奋得手舞足蹈，本来卧病在床，现在也顾不得了。其中我们也可以得知刘景文的相貌是十分粗豪威风的，一大把浓髯如铁，令我想起《倩女幽魂》中捉鬼的燕赤霞，真不愧为将门之后。

这一首诗，想必就是写于苏轼任杭州知州，刘景文任两浙兵马都监，二人同在杭州时所作。

这首诗别具一格，淋漓着苏轼的风格。初看头两句："荷尽已无擎雨盖，菊残犹有傲霜枝。"写秋日萧瑟的景象，也很平常。和人们常写的"剪剪西风催碧树。乱菊残荷，节物惊秋暮"（宋赵师侠词）似乎同一格调，如果照这个模子写下去，那苏轼这首诗就流于泛泛了。苏轼是什么人，绝对不会因陈述旧的。所以后两句让人眼前一亮："一年好景君须记，最是橙黄橘绿时。"苏轼把目光投向了金秋时的累累硕果，有道是"东隅已逝，桑榆非晚"，这大好的秋光中，正是收获的季节呢。

写这首诗的时候，苏轼和刘景文都年过半百，苏轼有五十三岁，刘景文都五十八岁了，不过，这一段时光对苏轼来说，却是他政治上的"小阳春"时期，此时高太后临朝，重用司马光、苏轼等人。所以苏轼被提拔为知州这样有实权的官，苏轼写这首词，既是勉励好友，又是激励自己。

后来苏轼特地写过一封名为《乞擢用刘季孙状》的奏折，向皇帝（实际上是向高太后）推荐刘景文（刘季孙），苏轼的推荐不久就起了作用，刘景文不久也被升为知州。只可惜，不到两年，刘景文就去世了。"橙黄橘绿"间的酒宴，成为两人最后的团聚。

【附】冯梦龙《夹竹桃顶针千家诗山歌》将此诗末句演绎为：

来来去去姐相思，鬼病恹恹再弗离。庞儿瘦损，不似旧时；山盟海誓，丢在那些。小阿姐道：我迢迢长夜千般苦，最是橙黄橘绿时。

这里的橙黄橘绿，恐怕不是色彩，而是味道，酸涩有苦有甜，恰似相思之味。

八四

枫桥夜泊

[唐]张继

月落乌啼霜满天，江枫渔火对愁眠。
姑苏城外寒山寺，夜半钟声到客船。

张继的这首《枫桥夜泊》名气非常大，不单在中国家喻户晓，小学生从小就抱着读，而且就连远隔东洋的日本也对此诗非常熟悉。清代俞樾曾说过：“凡日本文墨之士，见则往往言及寒山寺，且言其国三尺之童，无不能诵是诗。”日本人甚至在本国仿造苏州寒山寺修了座赝品。

而对于张继的生平，不但大家了解不多，就连专家知道的也很少。根据笔者一贯喜欢在诗中考证的习惯，大致能推断一下他的生活年代。张继和刘长卿、皇甫冉、顾况等均有相酬和的诗歌，其中顾况生于公元约727年，皇甫冉生于公元约716年，刘长卿生于公元约726年；而张继的《送顾况泗上觐叔父》一诗中有“吴乡岁贡足嘉宾，后进之中见此人”这样的句子，可以知道张继比顾况要大得多，所以有资格毫不客气地将顾况称为“后进”，综合起来推断，张继大概是公元710—716年左右生人。

笔者虽然喜欢考据，但也不是考据癖，我觉得考证到这个程度，也就差不多了。别说是一千五百多年前的唐朝人，就算现在的人，还有为了晚退休几年，把年龄改小七八岁的，按这样的道理，就算弄到张继的“身份证”，上面的年龄也未必准。在资料缺乏的情况下，非要考证到年月日的精确程度，那也太变态了。

根据刘长卿的《哭张员外继》，可判断出张继约卒于大历末年，也就是公元779年之前。也会有六十多岁的寿数，在古时也算值了。

张继的诗，所存的只有三十余首，最有名的就是这首《枫桥夜泊》。张继的另外一首诗我也很喜欢："心事数茎白发，生涯一片青山。空林有雪相待，古道无人独还。"很有遗世独立的侠者风范。

《枫桥夜泊》一诗流传很广，但正如最著名的旅游景点往往被人过度开发，甚至弄得不伦不类一样，对于这首诗也有不少的误读和肆意改编。像《涛声依旧》那首歌，只是借了月落乌啼的布景而已，和原诗的意境无关。有的词儿想想非常搞笑，比如那句"我这一张旧船票，能否登上你的客船"，被网友们戏称为最痴心妄想的事情。旧船票还能上船？有点像周星驰电影的桥段——"你拿明朝的尚方宝剑要斩清朝的官"，这能行吗？

流行歌曲且放在一边，直接针对这首诗七嘴八舌的议论也有不少，像"月落乌啼霜满天"一句，有人反驳：霜是凝在地上的，怎么在天上？这种人呆瓜一个，胶柱鼓瑟，只适合当工程师，学理科。而"江枫渔火对愁眠"一句，也众说纷纭，这个说"江枫"不是指树，是指当地的江桥和枫桥，"对愁眠"不是说忧愁难眠，是说江对面一个叫"愁眠"的山。经这样一解，全成了地名的堆砌，诗句立刻被"石化"，犹如美人手臂被打上了石膏，僵直死硬，再无曼妙的姿态。

第三句运气好，还没有什么质疑。但对于最后一句"夜半钟"，质疑又很多，而且质疑者名头很大，是唐宋八大家之一的欧阳修。他觉得张继写"夜半钟"是为了凑气氛，并不合乎实际。其实，我们前面也说过，宋人这样的习气很重，唐人一般还是"实事求是"的。在《全唐诗》中，提到"夜半钟"的句子着实不少，比如：于鹄《送宫人入道归山》一诗中有"定知别后宫中伴，遥听缑山半夜钟"；白居易也有诗说"新秋松影下，半夜钟声后"；皇甫冉也说"秋深临水月，夜半隔山钟"。此外，温庭筠、陈羽等都有记述夜半钟声的诗句，这就足以证明，张继并非是在"造假"。

【附】冯梦龙《夹竹桃顶针千家诗山歌》将此诗末句演绎为：

同心带绾是前年，今夜情郎在那边。银灯送影，春思正牵；

子规啼月，愁人未眠。听子帘前铁马，叮叮咚咚个样凄凉韵，分明是夜半钟声到客船。

原诗是寂寥之情，山歌是相思之苦。

枯木竹石图
李衎
立轴　绢本　水墨
纵160.1厘米　横85.8厘米
美国印第安纳波利斯艺术博物馆藏

八五

寒夜

［宋］杜耒

寒夜客来茶当酒，竹炉汤沸火初红。[1]
寻常一样窗前月，才有梅花便不同。

① 竹炉：用竹篾编成外套的火炉。

杜耒这首诗，流传很广。“寻常一样窗前月，才有梅花便不同”之句，历来为人们喜爱。这首小诗，爽朗洒落，不像宋诗的风格，反而有唐诗的韵致。通过我们前面大讲唐诗和宋诗的区别，可以了解到，一般来说，宋诗往往雕琢矫饰，堆砌典故，而唐诗却萧散自然，无拘无束。

杜耒的诗，常常是不用典故，挥洒自如，很有唐人俊朗的风采。这首诗从情调上来说，有点和白居易的那首“绿蚁新醅酒，红泥小火炉。晚来天欲雪，能饮一杯无”相近。但白居易只是写冬日置酒相聚，朋友在一起其乐融融的感觉，杜耒的诗则更别致婉曲，寒夜客来，以茶当酒，更显得亲近熟稔，竹套内的小泥炉，炭火正红，使得冬日的寒夜一片暖暖的春意。明月夜夜来到窗前，未曾经意过，但今天却欣喜地发现，新开了朵朵梅花，映着月色送香而来，这情致，实在令人诗情满腹。

细赏之下，还会发觉诗中暗藏的余味：一样的窗前月，仅仅是有了梅花才不同吗？友人的到来，不也正像初吐芬芳的梅花一样给诗人带来欣悦吗？有明月，有梅花，而知己前来，更使得这良辰美景添了几分颜色。所以，当此境地，以茶当酒，亦可醺然。

杜耒流传下来的诗并不多，但清新可爱之作却有不少，摘二首录于此处：

小山即事二首（其一）

当时尝爱酒，此夕更登楼。
月有十分好，人无一点愁。

苕溪

风掠篷窗雨鬓秋，生涯无岁不扁舟。
吟诗本欲相消遣，及到吟成字字愁。

从最后那首《苕溪》中，可以看出杜耒的生活一直是漂泊不定的，杜耒生活在南宋末年，当过主簿这样的小官，后来到淮东制置使姚翀手下当幕僚混口饭吃。哪知道宋理宗宝庆三年，这里发生战乱，一个叫李福的人勾结红袄军的女头领杨妙真劫夺姚翀所在的州城，结果“神仙打架，百姓遭殃”，乱兵不分青红皂白，在楚州（今江苏淮安）八字桥上遇到杜耒后，抡刀就砍，当真是秀才遇到兵，有理说不清，杜耒被拦腰斩成两截，一代才子就此惨死。

【附】冯梦龙《夹竹桃顶针千家诗山歌》将此诗末句演绎为：

时过秋来便是冬，姐儿房里闹丛丛。绮罗帐里，花颜酒容；欢呼陆博，开快抢红。情哥郎掷得个么二三四并六点，姐道：才有梅花便不同。

原诗中饮茶赏梅花的清雅，山歌里变成酒局上的骨牌梅花点，可谓一俗一雅。

八六

霜月

［唐］李商隐

初闻征雁已无蝉，百尺楼台水接天。
青女素娥俱耐冷，月中霜里斗婵娟。[①]

① 青女：主管霜雪的女神。素娥：月里的女神，有时就指嫦娥。婵娟：美好的姿容。

李商隐的诗，尤其是他的那些《无题》类的七律，写得绮丽典雅，寄兴深微，引得世人猜疑不休。就连这首七绝也不例外，有说是写景，有说是写人。清人冯浩《樊南文集详注》里认为是艳情诗，说是情诗，或有可能，“艳情”二字从何说起？这首诗读来使人神清骨冷，有澄怀涤虑之感。难道冯浩以为青女素娥是身穿三点式，在月中霜里“美丽冻人”？实在难以理解。

《杜阳杂编》有一段记载说，当时浙东进贡舞女二人，为皇帝宠爱，宫中相传“宝帐香重重，一双红芙蓉”！据说这一对唐代佳人组合，就是李商隐所钟爱的情人，一名飞鸾，一名轻凤。相传李商隐二十四岁时，以道士身份入宫中，与鸾凤姊妹相识，便产生了爱意。因此，这诗里的“青女素娥”就是指她们俩。

这样的事情到底有没有，也是无头公案。在没有新证据的情况下，就和“红学”一样，吵个百十年也没什么结果，本书中解诗均篇幅短短，就不操那份心了。

抛开这些闲枝碎叶，就当作是一首单纯的写景诗来讲，李商隐这首诗也是一流的好诗。题目是《霜月》，我们就当霜月来看好了。一二句是铺垫，写北雁南飞，寒蝉声绝，点出满天霜气的背景，而百尺高楼，水天一色，又给另一主角——“月”，搭好了舞台。然后，笔锋一转，以虚衬实，将神话中主管霜雪的青女和月宫中的素娥（嫦娥）引入诗中，以她们的绰约仙姿来代表清秋的魂魄、霜雪的精神，想象之奇，直追长吉，意境清幽空灵，冷艳绝俗。

反观苏轼诗中，曾以“西湖比西子”为得意之句，周汝昌先生曾说过这样一段话：“先师顾随先生先论后主，以为‘问君能有几多愁，恰似一江春水向东流’，其美中不足在‘恰似’，盖明喻不如暗喻，一语道破‘如’‘似’，意味便浅。如先生言，则窃以为‘自是人生长恨水长东’，恰好免去此一微疵，使尽泯‘比喻’之迹，而笔致转高一层矣。”

如果以武喻文，就好比这样：两个武林高手比武，一人拉开架子，运气喝号，才举起一块大石，另一人不动声色，袍袖轻拂，大石就腾空而起，此间高下，不言而喻。

我们看苏轼诗中直接用了“比”字，笔致就输了含蓄之美，而李商隐此诗中，不着意之间，就将青女素娥的仙姿投射到深秋的“霜”“月”二物之上，比东坡又胜一筹了。

八七

梅

[宋]王淇

不受尘埃半点侵，竹篱茅舍自甘心。
只因误识林和靖，惹得诗人说到今。①

① 林和靖：北宋初年的林逋，以梅妻鹤子闻名，并有《山园小梅》一诗闻名于世。

王淇的介绍，前面第四十首中说过。王淇虽然平生就留下了《千家诗》中收录的这两首诗，但这两首能顶平庸诗家的两百首，都是让人击节赞叹的好诗，流传也是相当广。别的不说，《红楼梦》中抽花签时，就摘录了这两首诗中的句子。以“开到荼蘼花事了”来说麝月，而本篇中的“竹篱茅舍自甘心”则是形容寡居独处、不惹是非的李纨。

这首诗词句并不华美，也没有修辞上的纤巧奇特，主要胜在境界高远，将梅花绝尘出世的风姿刻画得十分传神。此诗中的梅花，正像一位远离红尘、修洁脱俗的隐士，令人好生敬仰。

古来的隐士，有不少是邀名求宠，曲线当官，走“终南捷径”的假隐士。这样的人固然为清高之士所不齿，就连有些过于重视名声的隐士，也不免落了下乘。真的隐士，那是“入山唯恐未山深”，离红尘俗世越远越好，身份也是越低贱越平庸越好。东汉时有个叫韩康的隐士以卖药为生，他的药言无二价，后来有了名气，一个女子因他不肯还价而认出他，他于是远走他乡，再也不在此地卖药了。像这样才是真的隐士。

而像汉代的严光，虽然也不是为了当官，但是他反穿羊皮袄在富春江钓鱼，又故意压着刘同学（刘秀是他少时同学）睡上一觉，不免有沽名钓誉之嫌。有人就讽刺说："一着羊裘不蔽身，虚名传诵到如今。当时若着蓑衣去，烟水茫茫何处寻。"陆游也有一首词说："一竿风月，一蓑烟雨，家在钓台西住。卖鱼生怕近城门，况肯到红尘深处？潮生理棹，潮平系缆，潮落浩歌归去。时人错把比严光，我自是无名渔父。"像这样的情怀，倒和王淇这首诗中的意境相近。

陆游说，我不想要严光那样的高士之名，我就当个无名渔父就挺好。王淇这里也说，梅花其实并不想要引来人们的欣赏称赞，她只愿意默默地守在竹篱茅舍边，过安静平淡的生活。

林逋（宋仁宗赐号为和靖先生）因"梅妻鹤子"而得清名，为世人所称道，这里却说梅花"误识"了林逋，引来诗人们七嘴八舌的评说，大非所愿，颇有嗔怪之意。这样一来，清高不俗的林逋在梅花仙子面前，倒成了唐突冒失的俗人了，而梅花之形象，更显得孤高不俗，这正是此诗艺术上的成功之处。

有人觉得"误识"林和靖，是梅花恼怒林逋以其为"妻"，似乎玷污了梅花形象，这纯属误读，"梅妻鹤子"，为文人雅戏之语，岂可当真来看。况且后面有"惹得诗人说到今"一句，足可证明烦的是后世那些"诗人"，并不是只"恼"林逋。

【附】冯梦龙《夹竹桃顶针千家诗山歌》将此诗末句演绎为：

> 娟娟月亮照黄昏，你做子张生，我做崔家里莺。花前月下，吟诗寄情；千秋万载，也要留个风流好名。你若弗信，只看古老上人个本《西厢记》，惹得诗人说到今。

"古老上人个本《西厢记》"，想必是大团圆的情节，张生和崔莺莺，原剧情中的结局可不是太美好。

八八

早春

［宋］白玉蟾

南枝才放两三花，雪里吟香弄粉些。①
淡淡著烟浓著月，深深笼水浅笼沙。

① 粉些：粉白色，些，语气助词，相当于“啊”。

白玉蟾是道教南宗的一位重要人物，又名葛长庚。福建闽清人。他自小聪慧过人，能诗会画，然而一身侠气，曾因“任侠杀人，亡命至武夷”。此人是金丹派南宗的五祖，又得封号为“紫清明道真人”，道家内功想必极为精深，他一生所写的诗词为数不少，有趣的是，如果你在《全宋词》中找他写的词，要查葛长庚这个名字，而查《全宋诗》时则要搜白玉蟾。

《射雕英雄传》中丘处机曾自道：“贫道平生所学，稍足自慰的只有三件。第一是医道，炼丹不成，于药石倒因此所知不少；第二是做几首歪诗；第三才是这几手三脚猫的武艺。”

这可能是道家人物普遍存在的特点，反观白玉蟾的诗词水平，绝对赶不上他在道教中的地位，也就是二流水平罢了。

这首小诗，名为《早春》，实际上是写梅花。“南枝才放两三花”，虽然平平，但作为起句，也不必苛求，且看下一句“雪里吟香弄粉些”，这就有点滞涩之感，“雪里吟香”四字还可以，“弄粉些”这个词比较罕见。笔者利用搜索功能，搜尽《全唐诗》《宋诗钞》，未见有其他诗人用

“粉些”这个词儿。据其他注本解释，“些”相当于“啊”这样的语气助词。但旧诗不是新诗，绝句的二十八个字，那是字字如金，无端浪费了一个字作语气助词，未免太过“奢侈”了。

接下来这两句，“淡淡著烟浓著月，深深笼水浅笼沙”，写梅花在烟雾和月色下，映照在清水中和沙滩上，浓浓淡淡，深深浅浅，分外优美。有人常夸这两句对仗用得妙，不但运用了叠字，而且当句中也可以成对，如“淡著烟”对“浓著月”，“深笼水”对“浅笼沙”，这叫作句中对。

不过，这些都是小巧功夫，正像武学招数一样，你“一字电剑”的招数再花巧繁复，也当不得境界高远的“独孤九剑”平淡地一刺。白五祖这首诗，后两句虽然精妙，但从格调和意境上来说，都是拾人牙慧。

梅花在水月中的风姿，早有林逋的“疏影横斜水清浅，暗香浮动月黄昏”一联，此处的意境并未胜过该句，尚不如林诗更醒豁明快，而从句式上来说，有袭用小杜“烟笼寒水月笼沙”此句的嫌疑。而且，杜诗中写江水和沙岸被烟（水雾）和月光所“笼”，应该说是合情合景合理，白五祖这里却改成被稀疏的梅影所“笼”，这个“笼”字，用得也未免有些牵强，大有削足适履之感。

八九

雪梅（其一）

[宋]卢梅坡

梅雪争春未肯降，骚人搁笔费评章。①
梅须逊雪三分白，雪却输梅一段香。

① 未肯降：不肯屈服。骚人：诗人。

九〇

雪梅（其二）

[宋]卢梅坡

有梅无雪不精神，有雪无诗俗了人。
日暮诗成天又雪，与梅并作十分春。

卢梅坡又是一位生卒年不详的宋代诗人，通过南宋词人刘过的一首《柳梢青·送卢梅坡》可以得知，卢梅坡是生活在南宋的。“梅坡”或许只是他的名号，根据他的诗“京尘湫隘蠛蚊多”，可以知道他曾在京城（杭州）居住过，刘过送他的那首词中也说“同在京城。聚散匆匆”，这件事大概是有准的。

有人通过卢梅坡的《芙蓉》一诗，“云袂飘摇翠佩环，仙姿绰约紫霞冠。虽然谪在西风里，合作人间小牡丹”，猜测卢梅坡曾当过官，后被朝廷贬斥，这就未必靠谱了。或许卢梅坡真有被贬的经历，借写芙蓉一抒胸怀，也有可能根本没有这回事儿，只是怜惜芙蓉开在秋日，就好像被花神贬谪了一般。这个不足为据。

卢梅坡这两首咏梅诗，写得十分坦率直白，甚至有些俚俗，近于打油诗。不过“话糙理不糙”，诗中把梅和雪的关系写得相当透彻。笔者在《如随啼鸟识花情》一书中，就曾说过，对于“梅”和“雪”，诗人们大致持这三种态度：一是“雪虐风饕愈凛然——风雪欺梅”；二是“冰姿不怕雪霜侵——梅花斗雪”；三是“与梅并作十分春——梅雪相宜”。

卢梅坡诗中第一首先写梅雪相争，结果卢先生一碗水端得很平，梅雪各有所长，各有所短：“梅须逊雪三分白，雪却输梅一段香。”而第二首，则是劝梅雪相谐，才可取长补短，融出无限诗情。看来卢先生的指导思想，正是赞同梅雪相宜的。这两首立意生趣盎然，就不觉其用词粗白拙朴了。

卢梅坡集中，有一些小诗写得也不错，选两首如下：

蚕

春蚕运巧起经纶，底事周防反杀身。
鼎镬如归缘报主，羞他肥禄避危人。

柳絮

晴栏看尽柳花飞，一段风情不自持。
若使化为萍逐水，不如且作絮沾泥。

第一首写春蚕吐丝将自己重重包裹，似乎安全，殊料却因此惹来杀身之祸（人们为取蚕丝而将其蒸煮）。然而，春蚕将一生贡献给了人们，正像忠臣义士报国为主一样，让那些食禄自肥，以避祸偷安为上的人羞愧汗颜。大有“苟利国家生死以，岂因祸福避趋之”（林则徐诗）的意思。

第二首将柳絮比喻成一个放荡无行的女子（或是小人），所以卢梅坡说与其让她（柳絮）飘入水中化为萍（古人误以为萍为柳絮入水所化），继续随波逐流，牵绊出更多是非来，还不如就此被泥士沾住，一了百了，干净彻底。最后这句暗用东坡先生好友参寥和尚“禅心已作沾泥絮，肯逐春风上下狂”的典故。

山阁晴岚图　宋代
佚名
页　绢本　设色
纵 25.8 厘米　横 20.1 厘米
中国台北“故宫博物院”藏

九一

答钟弱翁

[宋]牧童

草铺横野六七里，笛弄晚风三四声。
归来饱饭黄昏后，不脱蓑衣卧月明。

见第六十首《村晚》中的叙述，此处不再重复解说。

【附】冯梦龙《夹竹桃顶针千家诗山歌》将此诗末句演绎为：

春来花气正熏人，我郎君烂醉在花阴。和衣睡倒，相将二更；满身花影，沉醉未醒，姐道：我郎再像渔郎宿在芦花岸，不脱蓑衣卧月明。

柳永词："昨宵里恁和衣睡，今宵里又恁和衣睡。"一般和衣睡，滋味却大不同。

九二

泊秦淮

［唐］杜牧

烟笼寒水月笼沙，夜泊秦淮近酒家。
商女不知亡国恨，隔江犹唱后庭花。①

① 商女：出来卖唱的歌女。后庭花：南朝陈后主作曲的艳曲，全名《玉树后庭花》。

杜牧的这首《泊秦淮》，也是课本里念熟了的诗。晚唐之时，文恬武嬉，社会风气也淫靡颓废，缺乏理想，缺乏志向，人们也从喜欢欣赏《秦王破阵乐》这样的阳刚之曲过渡到纵欲煽情的《玉树后庭花》。这就是晚唐的浓艳色调，从《花间集》的盛行，可见一斑。

南京是六朝古都，但却都是一些偏安短命的小朝廷，杜牧于寒夜之中泊舟秦淮，听得对岸灯红酒绿中传来一阵阵《玉树后庭花》的靡靡之音，不禁感慨万分，写下了这首诗。顺便说一下，这样的情怀，哪个语文老师能教得小学生淋漓尽致地体会透彻？

所以，笔者觉得有些诗还是不适合选入小学教材的，小孩子限于人生阅历，有些诗极难讲懂的。张爱玲据说三岁时就能背诵唐诗，还记得摇摇摆摆地立在一个清朝遗老的藤椅前，朗吟“商女不知亡国恨，隔江犹唱后庭花”，眼看着他的泪珠滚下来。但张爱玲再聪明，也不明白为什么自己背诗能把这老头儿背哭。

诗意就不多说了，有人揪住这句“商女不知亡国恨”，说杜牧是“红颜祸水”论的支持者，说杜牧不把矛头对准那些享乐误国的权贵，却欺负人家弱势群体，拿卖笑女子说事儿，实在不公道。更有人搬出后世中“秦淮八艳”里不少“商女”比某些簪缨世家出身的所谓名士还要爱国的例子来反驳。

但是，杜牧这人爱玩“隔山打牛”的“发力”方式，爱用婉曲的手法表达。比如《赤壁》那一首，不明说若无东风之便，东吴将国破家亡，一败涂地，却单写“铜雀春深锁二乔”，引得一个宋代叫许顗的书呆子在《彦周诗话》里愤愤地说：“孙氏霸业，系此一战。社稷存亡，生灵涂炭都不问，只恐捉了二乔，可见措大（对书生的蔑称）不识好恶。”许顗这呆鸟，写诗不是写纪实文学、新闻报道，诗是要有形象化、含蓄性的语言的。他说人家是“措大不识好恶”，他才不识诗的“好恶”呢。

所以，如果我们也只纠缠于“商女”二字，也不免有“许措大”的呆气了。

九三

归雁

［唐］钱起

潇湘何事等闲回？水碧沙明两岸苔。①
二十五弦弹夜月，不胜清怨却飞来。②

① 潇湘：湖南有潇水和湘水，故称潇湘。
② 二十五弦：相传瑟原为五十弦，太帝因声调过悲，拆成二十五弦。

钱起一生中最负盛名的诗篇，要算那一首《湘灵鼓瑟》了。此诗写于进士及第的科场中，以“曲中人不见，江上数峰青”一联，让主考官李暐赞叹不已，金榜高中自然不在话下。由于这两句太过神妙凄清，还有传说附会为本是神鬼所吟，响于空中，被住在旅馆中的钱起听去了的。自来科场上“命题作文”的诗，没有值得收入诗集反复吟读的，钱起那首却是例外。

这首《归雁》诗，其实还是写的“湘灵鼓瑟”。所谓湘灵，是指湘水中的女神，屈原老先生《楚辞·远游》中来了一句“使湘灵鼓瑟兮，令海若舞冯夷”，所以就有了湘灵鼓瑟的形象。后来人们又将哭得竹子长斑的舜帝二妃和湘灵混为一谈，所以这湘灵鼓瑟中的曲子，自然是凄婉动人、不忍卒听的清怨之曲了。

钱起此诗的意思是说：湘江的大雁为何纷纷飞回？那里水草丰美，正是理想的安乐窝啊。只是因为湘江女神在月夜下鼓瑟，这瑟声清冷哀怨，大雁都听不下去，才只好飞到北方来啊。

所以，这首诗是明写归雁，实写湘灵，如果剖析其手法，就是所谓的

“背面敷粉法”。《艺概》的作者刘熙载说：“正面不写写反面，本面不写写对面、旁面，须如睹影知竿乃妙。”此诗中，钱起就运用了这一手法。

由此看来钱起和湘水女神间“感情”还是相当深的。钱起真写归雁的诗，当然也有，请看这首《送征雁》，也是一首相当不错的好诗：

秋空万里静，嘹唳独南征。
风急翻霜冷，云开见月惊。
塞长怜去翼，影灭有余声。
怅望遥天外，乡愁满目生。

虎溪三笑图　宋代
佚名
页　绢本　设色
纵26.4厘米　横47.6厘米
中国台北“故宫博物院”藏

九四

题壁

[宋]无名氏

一团茅草乱蓬蓬，蓦地烧天蓦地空。[①]
争似满炉煨榾柮，慢腾腾地暖烘烘。[②]

① 蓦地：突然，迅猛的样子。空：有的版本作红。
② 榾柮：树根，树疙瘩。

这首诗全名为《题峻极中院法堂壁》，当然这也是后人取的名字。峻极中院，是嵩山顶上的一处禅寺。《笑傲江湖》里金庸说："嵩山绝顶，古称'峻极'。嵩山绝顶的峻极禅院本是佛教大寺，近百年来却已成为嵩山派掌门的住所。左冷禅的名字中虽有一个'禅'字，却非佛门弟子。其武功近于道家。"这当然是小说家言，不足为信。

前面（第九十二首中）我们笑话过的"许措大"（许彦周）在他的《彦周诗话》中对此诗有过详细的记录：

宋徽宗宣和癸卯年间，他游赏嵩山上的峻极中院时，见到法堂后壁上题有一首笔画极为潦草的诗句，正是本篇这首诗，却并未署任何名号。其旁有四个隶书大字写道："勿毁此诗。"寺里的和尚说："这四个字是司马光相公亲自写的。"

看来司马光当年登临时，就有这首诗在壁了，而且他读罢心有感触，很是赞赏此诗，这才题字在旁，嘱咐不可毁掉这首好诗。

这首诗，语浅意深，讲了一个很发人深思的道理。一团茅草，燃起来看似气焰熏天，但一会就烧得干净，不留痕迹。还不如弄一炉树根疙瘩做成火炭，慢慢地燃烧，却有持久的温暖。做人也是如此，轻躁张狂者远不如沉稳持重者。

其实，这种道理，也是由道家经典《老子》中的“飘风不终朝，骤雨不终日”而来。历来无论是政坛也罢、商界也好，大红大紫、火箭式上升的人物，往往辉煌以后就面临自由落体般的直线坠落。

写此诗的人，想必也是个洞察世事人心的隐士，或者像《红楼梦》中所说的，是“翻过筋斗来的”。因此，他连名字也懒得题上。

太行晴雪图　明代
谢时臣
立轴　绢本　设色
纵231厘米　横165.6厘米
青岛市博物馆藏

七律 卷

盘车图　宋代
佚名
立轴　绢本
纵109厘米　横49.5厘米
北京故宫博物院藏

一

早朝大明宫

［唐］贾至

银烛朝天紫陌长，禁城春色晓苍苍。①
千条弱柳垂青琐，百啭流莺绕建章。②
剑佩声随玉墀步，衣冠身惹御炉香。③
共沐恩波凤池上，朝朝染翰侍君王。④

① 紫陌：京都中的道路。苍苍：深青色。

② 青琐：宫门上的连环图案，涂以青色。建章：汉代宫名，借指大明宫。

③ 玉墀：玉石台阶。

④ 凤池：凤凰池，宫内的一处池沼，为中书省的办公地点。染翰：指写诏书等文字工作。

二

和贾舍人早朝大明宫

［唐］杜甫

五夜漏声催晓箭，九重春色醉仙桃。①
旌旗日暖龙蛇动，宫殿风微燕雀高。②
朝罢香烟携满袖，诗成珠玉在挥毫。③
欲知世掌丝纶美，池上于今有凤毛。④

① 五夜：五更天时。晓箭：晨时漏壶中指示时间的箭状物。九重：指皇宫内。

② 龙蛇：指旗帜上绣着的龙蛇图案。

③ 香烟：指御炉中的烟，借指贾至能亲近皇上。珠玉：指贾至的文字精美。

④ 丝纶：皇帝的诏书。池：指中书省的凤凰池。凤毛：比喻子孙有才似其父辈。典出南朝宋孝武帝称赞谢凤之子谢超宗："超宗殊有凤毛，恐（谢）灵运复出。"因贾至的父亲贾曾也曾为朝廷掌执文笔，所以这一典故用得很贴切。

三

和贾舍人早朝大明宫

［唐］王维

绛帻鸡人报晓筹，尚衣方进翠云裘。①
九天阊阖开宫殿，万国衣冠拜冕旒。②
日色才临仙掌动，香烟欲傍衮龙浮。③
朝罢须裁五色诏，佩声归到凤池头。④

① 绛帻鸡人：古时宫内报时的人头戴红巾，如鸡冠状，称鸡人。参看电影《满城尽带黄金甲》中的形象。晓筹：拂晓的更筹（计时的竹签），指拂晓时刻。尚衣：负责管理皇帝衣服的宫中女官。翠云裘：绣有绿色云团的皮衣。

② 阊阖：传说中的天宫之门。冕旒：冕，皇冠；旒，皇冠上垂下来珠帘一般的东西。此处为皇帝的代称。

③ 仙掌：汉武帝曾造仙人承露盘，上有铜铸仙人伸开手掌托着一个盘子，向上天要甘露，以求长生。个人觉得姿势很不雅观，好像乞儿要钱。衮龙：蜷曲之龙，一般绣于龙袍上。

④ 五色诏：源于晋陆翙《邺中记》："石季龙与皇后在观上，为诏书，五色纸，着凤口中。凤既衔诏，侍人放数百丈绯绳，辘轳回转，凤凰飞下，谓之凤诏。凤凰以木作之，五色漆画，脚皆用金。"后因以"五色诏"指诏书。

四

和贾舍人早朝大明宫

[唐]岑参

鸡鸣紫陌曙光寒，莺啭皇州春色阑。①
金阙晓钟开万户，玉阶仙仗拥千官。②
花迎剑佩星初落，柳拂旌旗露未干。
独有凤凰池上客，阳春一曲和皆难。③

①皇州：指京都长安。阑：残、尽、晚的意思。
②晓钟：报晓的钟声。仙仗：皇帝的仪仗队。
③阳春一曲：指阳春白雪，这里说贾至诗作高超，难以应和，是谦虚的话。

《千家诗》选本中的七律部分，又大致按春夏秋冬的节气来了一个轮回。放在最前面的，是这一组带有应制诗意味的《早朝大明宫》诗。这组诗中，虽然写的是春天的时令，不过以歌颂皇恩为主，应制诗的味道十足，有人给这类诗起过一个名字，叫"朝省诗"。像前面周必大见皇帝后写的那种，都可归于此类。

不过，这一组诗，虽然有应制诗的特点，但除贾至外，无一不是盛唐时的诗坛高手，所以这些诗也不是特别令人生厌，反而有雄浑激昂、雍容华美的盛唐之象，而且王维、杜甫、岑参得以"同台较力"，也是精彩的看点。

这一组诗写于唐肃宗乾元元年（758）春，当时安史之乱尚未完全平定，但长安洛阳已为唐军收复，唐肃宗也还驾长安，文武百官重新在大明宫朝拜皇帝。贾至当时身为中书舍人（为皇帝起草诏书的官），心情激动下，于是先写了《早朝大明宫》（第九十五首）一诗。正所谓抛砖引玉，他这一首诗引来盛唐时三大著名诗人的唱和，功德不浅，只可惜李白这时被流放夜郎，不在场，不然会形成盛唐诗人的超豪华阵容组合。

对于这四首诗的评价，自古以来就议论多多。诗的意思都差不了太多，无非是描绘早朝时森严壮观的气象，并赞叹皇恩隆重。不过，这些诗在用词和选景的角度上还是有所不同的。

贾至的诗虽然也不错，但在三大高手的掩映下，略逊一筹。细观贾至诗中，没有特别值得称道的好句。“千条弱柳垂青琐，百啭流莺绕建章”虽然也不错，但和杜甫的“旌旗日暖龙蛇动，宫殿风微燕雀高”，王维的“九天阊阖开宫殿，万国衣冠拜冕旒”，岑参的“花迎剑佩星初落，柳拂旌旗露未干”等好句一比，就显得功力不济，相形见绌了。

《千家诗》集中的安排，是老杜的诗紧接贾至的原作，反映出选诗者“粉”老杜的思想特征，但是历代的诗评家们对老杜这首和诗批评很多，认为远不如王维、岑参二人的诗。

其一，明代胡震亨《唐音戊签》中说：“早朝四诗，名手汇此一题，觉右丞擅场，嘉州称亚，独老杜为滞钝无色。富贵题出语自关福相，于此可占诸人终身穷达，又不当以诗论者。”

他的意思是说王维第一，岑参第二，就是老杜写得最差。因为这类诗需要富丽堂皇的语言，宫中写景，就算是花鸟也有讲究，说花要说牡丹啦、桃花啦之类，说鸟则是凤凰、鹦鹉之属，才符合皇家气象。老杜弄了个“宫殿风微燕雀高”，虽然合情合景，也被苏轼称赞为“伟丽”之句，但不合这类诗的规则。胡震亨还认为，这注定了老杜一生寒碜，没有“福相”，不可能发达。

其二，明末唐汝询《唐诗解》中说：“岑王矫矫不相下，舍人则雁行，少陵当退舍。盖尺有所短，寸有所长，不当以一诗议优劣也。”

这个意见也是说岑参、王维两人写得好，不相上下，贾至紧随其后，老杜之作垫底。唐汝询知道挺老杜的粉丝多，怕遭“群殴”，所以忙解释说，老杜不是写诗不行，只是这一首诗偶尔失手，没写好罢了。

其三，清沈德潜的《唐诗别裁》中说：“早朝唱和诗右丞正大，嘉州明秀，有鲁卫之目。贾作平平。杜作无朝之正位，不存可也。”

这也是说，王维和岑参二人的好，贾至的平平无奇，杜甫所写，没有说早朝的情景，属于跑题，不及格。

其四，清施补华《岘佣说诗》中说：“和贾至舍人早朝诗究以岑参为第一，‘花迎剑佩、柳拂旌旗’何等华贵自然。摩诘‘九天阊阖’一联失之廓落。少陵‘九重春色醉仙桃’更不妥矣。诗有一日短长，虽大手笔不免也。”

他说岑参的诗最好，王维的诗太空泛，老杜形容得更为不当。也是将老杜的作品贬到最低。

细看杜甫的诗，也确实有这样的毛病。“旌旗日暖龙蛇动，宫殿风微燕雀高”这一联，虽然气象也不错，但没有把镜头聚焦在“早朝”这个主题上。这就好比现场正直播早朝实况呢，老杜却拎着摄像机冲着宫殿角拍起彩旗飘飘来了，皇帝出场、百官朝贺的镜头你倒给一个啊！

而且老杜后半篇，整整二十八字，一个劲地拍起贾至的马屁，格调也不高。三人之中，数老杜最为露骨，岑参只是尾联提了一下，属于正常的礼貌，王维更没有特别奉承贾至，当然也是因为王维官职和资格不比贾至低，用不着奉承他。

历代诗家中，推崇岑参诗的比较多。有人说王维那首“服色太多，为病不小”，意思是说王维你怎么和个女人家似的，只注意衣服，什么“绛帻”“尚衣”“翠云裘”“衣冠”“冕旒”“衮龙”，都是和服装有关的，把早朝快写成服装秀了，所以不如岑参的诗作。

但我觉得王维诗，虽然有些过于注意服装细节，但“九天阊阖开宫殿，万国衣冠拜冕旒”一联将盛唐气象写得淋漓尽致，直到今天还让我们神往不已，成为大唐盛世中最具代表性的诗句。《早朝大明宫》这一组诗中，王维的当属第一。

其实，前面是我们非要强中选强，优中选优，如华山论剑一般。这四首诗无论哪一首选出来和别的诗比，都相当不错，尤其在太多平庸刻板的应制诗、公文诗中，更显得气度冠冕，音调琳琅，字句轩昂。王、岑、杜三人都是高手，贾至在其中虽弱，也不可轻视。正如东邪、西毒、北丐在比拼武功，能在他们的掌力范围中站上一会，走上几十招，也就相当了不得了。所以这一组诗，均属佳作。

元代杨仲弘曰：“荣遇诗，如贾至诸公《早朝》篇，气格雄深，句意严整，宫商迭奏，音韵铿锵，真麟游灵囿，凤鸣朝阳也，熟之可洗寒俭。”清代黄家鼎也说：“《早朝》诗，带不得山林气。如此格律，真是锦明霞灿，电烁雷鸣。”这些都是公平之论。

京江送别图（局部） 明代
沈周
长卷 纸本 设色
全图纵28厘米 横159.2厘米
北京故宫博物院藏

五

上元应制

[宋]蔡襄

叠耸青峰宝炬森，端门方伫翠华临。①
宸游不为三元夜，乐事还同万众心。②
天上清光留此夕，人间和气阁春阴。③
要知尽庆华封祝，四十余年惠爱深。④

① 叠耸青峰：指元宵节时垒起的鳌山，是宋代时的习俗，参看《水浒》中的"宋江夜看小鳌山"一章。森：罗列的样子。端门：宫殿的正门。翠华：翠鸟羽毛装饰的旗帜，用作皇帝的仪仗。此处代指皇帝驾临。

② 宸游：宸，本指北极星所在，此处也是代指皇帝出游。三元夜：旧历以正月、七月、十月的十五为上元、中元、下元，合称三元。此处指上元。

③ 阁：同搁，停留的意思。春阴：春天时的花木茂盛处。

④ 华封祝：华封三祝。出于《庄子》，其中写华州这个地方的人祝帝尧多寿、多福、多男子，后人称为华封三祝。四十余年：因此诗是颂美宋仁宗的，当时仁宗在位四十二年了，所以有此说。

蔡襄的这首诗，就是典型的应制诗了。上一篇我们说，《早朝大明宫》那一组诗，王、岑、杜、贾随便哪一首诗都比其他人要好很多，这不，例子来了，蔡襄字写得好，但写诗实在不行，这首诗的气象远远不及，和那些"锦明霞灿"的词句一比，好比街头穿破麻片的叫花子。

蔡襄是宋仁宗时的名臣，为人忠厚、正直，当然有时也不免作一些奉承皇帝的事儿，比如写这样的应制诗。另外他精于茶道，曾把自己制作的名茶"小龙团"进贡给皇帝。欧阳修听到这件事还惊叹说："君谟（蔡襄的字）士人也，何至作此事耶!"意思是说，像蔡襄这样忠直的人也会巴结皇上啊！但是，这从另一个侧面反映出，蔡襄名声很好，人们常以道德完人的高标准要求他，才有这样的感触。因此，宋代书法四大家“苏、黄、米、蔡”中的蔡，本为蔡京，但蔡京是个老奸贼，于是人们就将本不和“苏黄米”同一时代的蔡襄拉过来，补上“蔡”这个位子。

蔡襄这首诗，确实不怎么样。第一句什么“青峰宝炬森”，从字面看一点也不富贵华美，倒有一片青光中的阴森之气，煞似鬼片布景。“端门方伫翠华临”一句也太平淡，没写出帝王的威严，相比前面岑参的“金阙晓钟开万户，玉阶仙仗拥千官”，仁宗皇帝的出场简直就太寒酸了，就几片翠羽“当道具”，犹如一个土皇帝。以下的句子，也全是口号般的堆砌，了无诗意，说起来十分气闷，不说了，大家参看注释理解一下好了。总之，蔡襄这首诗，也就是个刚及格的水平，拍马屁拍得也不算多精致。

【附】冯梦龙《夹竹桃顶针千家诗山歌》将此诗末句演绎为：

嗟叹年来白发侵，喜得昔日情郎弗变心。朝朝暮暮，看觑甚般；来来往往，情意甚真。记得十五岁相交，如今五十五，足足受子你介四十余年惠爱深。

古人结婚早，红宝石婚（四十年）好像很容易，现代人就难了。

六

上元应制

[宋]王珪

雪消华月满仙台，万烛当楼宝扇开。①
双凤云中扶辇下，六鳌海上驾山来。②
镐京春酒沾周宴，汾水秋风陋汉才。③
一曲升平人尽乐，君王又进紫霞杯。④

① 华月：明亮的月亮。仙台：皇家宫中楼台。宝扇：皇帝身后的仪扇。
② 辇：皇帝所乘的车。鳌：相传海中有大龟背负岛屿，这里是灯展上堆成的假山。
③ 镐京：周朝的国都。汾水秋风：汉武帝曾到汾水河畔，宴请群臣作秋风词。
④ 紫霞杯：有紫色云霞色泽的琉璃杯。

王珪这个人，也是宋仁宗时的大臣。他的官做得很大，当过宰相，后又封岐国公。他能坐到这样的高位，全靠唯唯诺诺，奉承皇帝。《宋史·王珪传》称其为“三旨相公”：“以其上殿进呈，曰取圣旨；上可否讫，云领圣旨；退谕禀事者，曰已得圣旨也。”也就说，皇帝说啥，他都不发表反对意思，照本宣科而已。正是如此，王珪才一生位尊禄厚。

王珪虽是庸臣，但才华还是很不错的。皇宫中每逢立春日时，要写春帖子，无非是说些迎春的吉祥话儿，恰逢这一年宋仁宗最宠爱的张贵妃（死后被谥为温成皇后）刚刚突然死去，于是她住的宫室里各位翰林学士就没有拟写春帖子。宋仁宗最喜欢张贵妃，见她刚死，她的宫室中就连春帖子也没了，心中大为不悦，马上命学士们补写，欧阳修等一时想不出恰当的词儿，人家王珪却先写出来了：“昔闻海上有三山，烟锁楼台日月闲。花似玉容长不老，只应春色胜人间。”既委婉地写出张贵妃“仙逝”

的实际情况，又符合春帖子善祝善颂的特点，宋仁宗看完，龙颜大悦。欧阳修等也十分佩服。

王珪的诗镶金嵌玉、雕润典丽，有“至宝丹”体之称，非常适合于写应制诗。这首诗中，“华”“仙”“宝”“凤”“云”“紫霞”之类的字样用了不少。拿应制诗和应制诗比，王珪这一首要比前面蔡襄的强了许多，像我们挑剔过，蔡襄写的“叠耸青峰宝炬森”，似有鬼气，而王诗中写成“万烛当楼宝扇开”，立刻有仙风袅袅之感。其他如“云中扶辇下”“海上驾山来”，也很有气势。

应制诗的要求，就是写得雍容富丽，说点恭维话，说点吉祥话。也别光嘲笑人家古人，直到现在，有些宣传稿不也是这样写法？诗中将宋仁宗说得比周武王、汉武帝都强，未免有些言过其实，但好歹宋仁宗也算是有道明君，也还说得过去。

王珪在今天知名度并不太高，但他的DNA却在第三代的孙女和外孙女身上有不俗的表现。他“奸滑”的一面传给了孙女王氏，就是秦桧的老婆，被铸成铁像一起跪在岳庙中的那位；而他“聪慧”的因子传给了外孙女李清照，造就了惊才绝艳的一代女词人。

七

侍宴

[唐]沈佺期

皇家贵主好神仙，别业初开云汉边。
山出尽如鸣凤岭，池成不让饮龙川。
妆楼翠幌教春住，舞阁金铺借日悬。
敬从乘舆来此地，称觞献寿乐钧天。

又来了一首应制诗，这是初唐时的沈佺期所作，原题为《侍宴安乐公主新宅应制》，是沈佺期谄媚安乐公主的一篇作品。当时是唐中宗当政，一大堆女人非常威风，他的老婆韦后和宝贝女儿安乐公主都是权势熏天，就连上官婉儿也卖官鬻爵，风光一时无两。

爱好文艺的上官婉儿，还成立了修文馆，里面的班底大多是原来的“珠英学士”，沈佺期和宋之问都位列其中，两人一起陪皇伴驾，四处写应制诗了。

当时上官婉儿经常撺掇唐中宗四处宴游，喝得高兴了，就开赛诗会，于是沈佺期等写下了《奉和春日幸望春宫应制》《奉和立春游苑迎春》《幸梨园亭观打球应制》等一大堆应制诗。

从这首诗原有的题目来看，是安乐公主在终南山修建了一座豪华别墅，新第落成后大摆酒宴，沈宋这些御用的诗坛吹鼓手们，蹭吃蹭喝之余，当然也要表现一下，写写烘托歌舞升平气氛的诗句。所以这里面全是好字眼，像什么“神仙”啦，“凤”啊“龙”啊，“翠幌”“金铺”啦，完全都是高大上的话。我原来曾说过，写应制诗，最重要的是体现冠冕堂皇的气象，四平八稳不犯忌就好，词采反而不是第一位的。《红楼梦》中元妃来省亲时，让大家写诗，这时候也应该是应制诗的体例，但林黛玉写得就不好，什么“香融金谷酒，花媚玉堂人”，虽然对仗精工，但金谷园是石崇家的，后来石崇家败人亡被杀了，大大的不吉利，这就犯忌。而人家宝钗的“华日祥云笼罩奇”之类的句子，虽然看起来有些板滞，却是最合应制诗的潜规则的。

写应制诗，是旧时文人的一项必备技能，所以《千家诗》里面出现过不少的此类诗词。其实沈佺期集中应制诗极多，有些文采比这首好，比如像《人日重宴大明宫赐彩缕人胜应制》这首诗，其中“山鸟初来犹怯啭，林花未发已偷新”，语法就十分活泼，“偷新”两字尤其生动，后来《红楼梦》中林黛玉有“偷来梨蕊三分白”一句，这一“偷”字，想必就是从沈佺期这里“偷”来。要是我来编定《千家诗》的话，就算也要选沈的应制诗，也觉得替换掉本篇为好，而且虽然编者把诗题简化为《侍宴》，但这首诗毕竟是写给历史上骄奢淫逸、名声极为不好的安乐公主的，这也是最不恰当的一点，所以有不少选本就删掉了这首诗，估计也是出于这一原因。

八

答丁元珍

[宋]欧阳修

春风疑不到天涯，二月山城未见花。
残雪压枝犹有橘，冻雷惊笋欲抽芽。
夜闻啼雁生乡思，病入新年感物华。①
曾是洛阳花下客，野芳虽晚不须嗟。②

① 物华：此处指万物遇春的景象。
② 洛阳花下客：欧阳修曾做过洛阳的官，写过《洛阳牡丹记》等文字。嗟：感叹。

欧阳修平生所擅长的文字，按苏轼对其的评介则是“论大道似韩愈，论本似陆贽，纪事似司马迁，诗赋似李白”。论道、写公文、撰史书这几样没得说，但诗赋似李白却显得过誉。苏轼尊欧阳修如师，不免过高地评估了。依我看，欧阳修文章第一，词第二，诗只好排第三。

这首诗是欧阳修颇为自负的一首诗，他最得意开头两句，曾对人说：“若无下句，则上句不见佳处，并读之，便觉精神顿出。”意思是说劈头上一句“春风疑不到天涯”其实是设问，先树了个悬念，然后再用“二月山城未见花”来作答，正因为二月份山城中没见到一枝花开，才有上面春风来不到这偏僻的天涯之感慨。

其实这样的句式，也非欧阳修独创，前面我们讲过的钱起的《归雁》也是这样，上来“潇湘何事等闲回”一句，也是设问，后来三句都是用以作答。所以，欧阳修这两句虽然新奇，却并不是独门秘技。

我觉得欧阳修此诗中最好的句子当是“残雪压枝犹有橘，冻雷惊笋欲抽芽”这两句。当时，欧阳修被贬到夷陵（现湖北宜昌）当县令，这一段时间欧阳修非常不顺。公元1033年，他的第一任夫人胥氏死了，留下尚未足月的婴孩。第二年，欧阳修续娶了第二任夫人杨氏，结果过了一年（1035），杨夫人又死了。紧接着，欧阳修又被贬到偏远的夷陵来。这首诗就是此时写给朋友——峡州判官丁宝臣（字元珍）的。

夷陵是山城，海拔高，所以气候寒冷，花也开得晚一些。欧阳修这一联“残雪压枝犹有橘，冻雷惊笋欲抽芽”，于黯淡寒冷中透出一股生机勃勃的精神，虽不如刘禹锡的“沉舟侧畔千帆过，病树前头万木春”更激昂明快，但倔强不屈的劲头更为真切。

下一联“夜闻啼雁生乡思，病入新年感物华”，虽然也有哀伤郁闷的感觉，但最后收尾还是明亮的：“曾是洛阳花下客，野芳虽晚不须嗟。”虽然曾经是洛阳花下的赏客，如今沦落在荒僻的山城里。然而，看看那些晚开的不知名野花，也是一件不错的事情，不用过于感叹如今的失落。

说来也巧，这首诗似乎提前预示了欧阳修此后的际遇。写罢此诗后，不到一个月，欧阳修又娶了一位新夫人，这位新夫人可不是什么“野花”，她系出名门，父亲是历经太宗、真宗、仁宗的三朝重臣薛奎，被封为简肃公，虽然当时已经去世，但毕竟是豪门大族之女。薛夫人命硬，能降得住欧阳修，一生陪伴着他“慢慢变老”，直到欧阳修六十六岁时死去。此后，薛夫人又活了十七年，才到地下和欧阳修同穴相伴。

【附】冯梦龙《夹竹桃顶针千家诗山歌》将此诗末句演绎为：

毛头阿姐忒贪花，足足里做子三十多年老肉麻。油头粉面，妆扮转佳；出尖卖俏，勾搭转加。姐道：郎呀，东来壁新做孤孀个八十婆婆，还要寻媒来别嫁，阿奴奴野芳虽晚不须嗟。

看来我们对明代还是有误解的，以为个个三贞九烈，本分守寡，哪知竟有“八十婆婆寻媒来嫁”，堪比武则天了。

九

插花吟

[宋]邵雍

头上花枝照酒卮，酒卮中有好花枝。①
身经两世太平日，眼见四朝全盛时。②
况复筋骸粗康健，那堪时节正芳菲。③
酒涵花影红光溜，争忍花前不醉归。④

① 酒卮：酒杯。

② 两世：旧时以三十年为一世，两世指六十年。四朝：指宋代的真宗、仁宗、英宗和神宗四朝。

③ 筋骸：身子骨。

④ 酒涵：酒中照映。红光溜：红光闪动。

本诗的作者邵先生，死后谥为康节，所以又名邵康节。突然想起，陶渊明被人尊为靖节先生，这“靖康”二字居然提前出现，是不是也预示了什么？难道冥冥中真有什么启示？要说预知后事，人们当时都认邵雍先生。他是易学中大名鼎鼎的人物，算卦的常说的“梅花易数”就是他发明的。

邵雍虽然一生没有当过官，但和明代的陈继儒相似，也是虽然无官无职，却经常“飞来飞去宰相衙”的人物。邵康节先生挺有官场人缘，太尉王宣徽在洛阳天宫寺天津桥这样的好地段为他建屋三十间（天啊，三十间，宋代房价就算没现在这样离谱，也是相当值钱的），请邵康节居住，宰相富弼后来还又买了一座花园相赠。

邵康节在洛阳好吃好喝，闲居近三十年，出游时很拉风，穿着道装乘小车，引得满街人观看，更有不少粉丝邀请他去连吃加玩，并留下住宿。人们都传说，他卜卦如神，预知祸福。

然而，依我看，邵先生也是个大忽悠，这样的“高人”，居然活了六十七岁就挂了，而且倒在床上足足病了四个多月。临死前倒说了些真话：“买卜稽疑是买疑，病深何药可能医。梦中说梦重重妄，床上安床叠叠非……”（《闲行吟》）

《千家诗》中所选的邵先生这首诗，写得也很一般，像“花”字重复出现了四次之多，且不去说，整个诗的意境，就是一个老头儿在花下饮酒，歌颂天下太平，盛世辉煌。所以，这首诗虽然不是应制诗，但颂皇威、谢皇恩的味道极浓。“身经两世太平日，眼见四朝全盛时”，作为普通老头感谢皇帝，感谢大宋王朝的话儿，可真太经典了，换其他的一般老头还真说不出来这样好的对子。人如其诗，由此可见，我们也知道邵氏豪宅是怎么来的了吧。

邵康节先生给我最初的印象，是《水浒传》的开篇诗，诗曰：

纷纷五代乱离间，一旦云开复见天。
草木百年新雨露，车书万里旧江山。
寻常巷陌陈罗绮，几处楼台奏管弦。
人乐太平无事日，莺花无限日高眠。

这首诗虽然也是擦鞋之作，但其中的气势我觉得还挺可观的，比《千家诗》中选的这一首要好。

【附】冯梦龙《夹竹桃顶针千家诗山歌》将此诗末句演绎为：

杯中照见好花枝，只为贪花酒弗辞。人如花面，花将酒催；对花不饮，花应笑痴。姐道：郎呀，九十日春光容易过，怎忍花前不醉归。

山歌由原诗演绎而来，保留了花枝映酒、春光灿烂的主旨，但剔除了颂圣的部分，倒更加质朴清新，活泼可喜。

一〇

寓意

[宋] 晏殊

油壁香车不再逢，峡云无迹任西东。①
梨花院落溶溶月，柳絮池塘淡淡风。
几日寂寥伤酒后，一番萧索禁烟中。②
鱼书欲寄何由达？水远山长处处同。③

① 油壁香车：一种车壁用油涂饰的车子，多为女子所乘。《苏小小歌》：妾乘油壁车，郎骑青骢马，何处结同心，西陵松柏下。峡云：用巫山神女和楚王相会的故事。

② 禁烟：指寒食节禁火。

③ 鱼书：古人书信用木匣盛，做成鲤鱼形状。

晏殊此人，一生可谓安富尊荣。他本来也是田家儿郎，因七岁就能写文，十四岁时就被地方官推举成“神童”入京，皇帝亲自考试后，赐同进士出身，是“朝为田舍郎，暮登天子堂”的好榜样。他的仕途也是一顺百顺，一直坐到宰相的高位。宋代的名臣如范仲淹、韩琦、欧阳修等，都是他一手提拔，所以他的小儿子晏几道才口气那样大：“今日政事堂中半吾家旧客……”

晏殊的词远比他的诗有名，风格富丽婉约，什么“无可奈何花落去”啦，“昨夜西风凋碧树”啦，“红笺小字，说尽平生意”啦，数不胜数，简直是婉约名句大本营。他的词确实和柳永不同，有富贵气，更有名门的风范。柳永的词像是一位烟花女子，而晏殊的词却像是相府小姐。

晏殊这首诗，也和词的风格差不多，也是清丽柔曼的风格。晏殊比较推崇李商隐，钱锺书先生在《宋诗选注》中曾评道：“他（晏殊）也有时把古典成语割裂简省得牵强不通……这种修辞是唐人类书‘初学记’滋长的习气，而更是模仿李商隐的流弊。文艺里的模仿总把所模仿的作家的短处缺点也学来，就像传说里的那个女人裁裤子：她把旧裤子拿来做榜样，看见旧裤子扯破了一块，忙也照式照样在新裤子上剪个窟窿。”

但我觉得，钱先生“裁裤子”的比喻也有不恰当处，如果我们做一个高仿的古董，那可是连古董上的斑驳和残缺都要刻意模仿的，正所谓“爱他要连他的缺点一起爱”。

本篇这首诗，明显可以看出模仿李商隐无题诗的味道，诗中写和一个女子匆匆相逢，就从此山水相隔，再无相见之日，此中情怀，和“昨夜星辰昨夜风”“相见时难别亦难”中透出的情调如出一辙。而且，虽然是仿作，但“梨花院落溶溶月，柳絮池塘淡淡风”一联，更为柔美旖旎，确是让人爱不释手的名句，所以，这首诗也赢得了众多读者的喜欢，而不在意它是一首仿作。

有人也将这首诗中的情怀解释成政治上的烦恼，是将君臣间无法沟通的苦闷化作男女相思写入诗中，我觉得纯属无稽之谈。

【附】冯梦龙《夹竹桃顶针千家诗山歌》将此诗末句演绎为：

归期约我做残冬，等过三春信不通。愁心几叠，云山万重；鱼沉雁杳，欢娱久空。姐道：就是郎弗来时奴该去，只有吃个水远山遥处处同。

拓写原诗意境，堪为注脚。

一一

寒食书事

[宋]赵鼎

寂寞柴门村落里，也教插柳纪年华。①
禁烟不到粤人国，上冢亦携庞老家。②
汉寝唐陵无麦饭，山溪野径有梨花。③
一樽竟藉青苔卧，莫管城头奏暮笳。④

① 插柳：古时有寒食节插柳于门上的风俗，标志春天来临。

② 粤人国：广东地带，当时赵鼎被贬此处。庞老家：参见文中解释。

③ 汉寝唐陵：汉唐时的帝王陵墓。

④ 藉：靠着。暮笳：黄昏时吹的一种乐器，古时用来提示城门快要关闭。

秦桧主张议和，害死了精忠报国、能征善战的将军岳飞，这几乎人人皆知。但好多人并不知道，他还迫害死了朝中力主抗金的名相赵鼎。南宋初年，迫于形势，宋高宗还是支持抗金的，文臣方面，他提拔赵鼎当“同中书门下平章事兼枢密使”，也就是宰相一职，武将方面起用了岳飞、韩世忠等神武过人的名将，这才保住了东南一隅。

但后来宋高宗主张妥协投降，重用秦桧，于是害死了岳元帅，又将赵鼎贬到海南岛。赵鼎途经雷州时，知州王愓派人用肩舆抬着他送了一程，结果秦桧知道后，马上贬谪了王愓。广西一名武将叫张宗元，敬佩赵鼎，遣人送了些东西，结果也遭到秦桧打击。赵鼎看出当时的情形，秦桧是必要置自己于死地而后快，于是他对儿孙说：“我要不死，秦桧必然加更大的罪名给咱们家，你们也难以保全。”所以赵鼎被迫绝食而死。临死写下：“身骑箕尾归天上，气作山河壮本朝。”忠义凛然，至死不泯。

这首诗，明显是赵鼎被贬到南方时所写，他上联说，此地虽然偏远，但也有门上插柳枝过寒食的风俗。“禁烟不到粤人国，上冢亦携庞老家”是说当时的两广人，不知道寒食节禁烟火的习俗，却也有着祭坟的风俗。所谓“庞老家”，是指三国时的庞德公。他和推荐诸葛亮的司马徽、徐庶等人极友善，亲近到谁也不拿谁当客人。有次司马徽来庞德公家，恰巧庞德公扫墓去了，他竟直入其室，毫不客气地要其妻做饭吃。但这里赵鼎用此典故，只是借用了“上坟”这一元素，和故事本身无关，用得比较生涩。

接下来赵鼎说，昔日的汉唐帝陵，如今也是连一碗麦饭都没人祭祀了，只有山溪小路边的梨花寂寞开放。所以，再大的功业，身后也得不到什么，还是卧在青苔上尽情一醉吧，不用管那关城门的笳声在声声催促。

平心而论，这首诗从艺术手法上来说，并不是特别出色，但我们知道赵鼎平生的经历后，再读这首诗，就觉得格外悲凉。

一二

清明

[宋]黄庭坚

佳节清明桃李笑，野田荒冢只生愁。①
雷惊天地龙蛇蛰，雨足郊原草木柔。②
人乞祭余骄妾妇，士甘焚死不公侯。③
贤愚千载知谁是？满眼蓬蒿共一丘。④

① 荒冢：野坟。
② 龙蛇蛰：指冬眠中的蛇虫。
③ 这两句的典故，参见文中解释。
④ 丘：指坟墓。

我们虽然很佩服赵鼎的气节，但不可否认，他那首寒食诗还是有很多毛病的，前面已经说过，像“庞老家”这样的典故只是用来形容上坟，用得太生硬，另外“汉寝唐陵”之类，也并非是眼前应时应景的东西，要是在长安写诗的话，还差不多，但赵鼎是在南方啊，所以那首诗整体上读起来平淡生涩。

而本篇这首黄庭坚的《清明》诗，不愧是大家手笔，出手不凡，读来有振聋发聩、醉醒病起之感。“佳节清明桃李笑，野田荒冢只生愁”，开门见山，点出清明的主题，清明时节，一方面春光烂漫，触目可喜，一方面又是祭奠亲人，寄托哀思的时刻，所以这时候的人，心情是矛盾的。黄庭坚用“桃李笑”“荒冢愁”做对比，十分传神地浓缩了这种情怀。

接下来这两句，更是气势不凡：“雷惊天地龙蛇蛰，雨足郊原草木柔。”清明时分，春雷初响，唤醒蛰伏一冬的蛇虫，而雨洒郊原，更使得草木欣欣向荣，可谓万物生机萌发。写清明时的天气，黄庭坚这两句可谓经典妙语，后人无复置辞矣。

有人常批评黄庭坚和他为首的“江西诗派”写诗有生涩隔膜之感，但我觉得起码这首诗并无此感。“江西诗派”中龙蛇混杂，有好多不成器的人，大损其名誉。但前面就说过，正像赵志敬之类的全真派弟子脓包，却不能连王重阳的武功也轻视了，黄庭坚的诗我一直觉得是一流的水准。

黄庭坚喜用典故，这也是别人常常所诟病的。但我觉得他水平高超，典故用来并不让人生厌，诗中这两个典故可以说用得恰到好处。“人乞祭余”是《孟子》中的故事，说有个齐国人，本来穷得失业了，整天到坟地里捡人家上坟剩下的酒菜吃，回去后却向一妻一妾炫耀，说某某贵人请他赴宴。而“士甘焚死”是春秋时介子推的故事，他帮助晋文公当上国君后，不要高官厚禄，宁可隐居山中。晋文公想让他出来做官，下令放火烧山赶他出来。但是，他坚决不出，抱树焚死在山中。

黄庭坚用这两个典故，很合情合景。齐人捡上坟的东西，切合了清明时人们纷纷祭墓的情景，而介子推的故事，正是寒食节的由来啊。这不能不让人赞叹，黄庭坚对典故运用的出神入化。

由上面的两个故事，黄庭坚不免发出感慨，虽然灵魂鄙污的齐人和志节高尚的介子推有天壤之别，但他们死后，却都化为一堆枯骨，一个土馒头。这墓中的白骨，是贤是愚，是奸是忠，又有谁能辨清？又有什么分别呢？

“贤愚千载知谁是？满眼蓬蒿共一丘”是质问，也是感慨，这个问题，千古无解，依然令我们唏嘘不已。

【附】冯梦龙《夹竹桃顶针千家诗山歌》将此诗末句演绎为：

暮笳声起姐心愁，结起子私情弗罢休。朱颜难久，不觉白头，及时欢乐，除死便休。你看盘古以来，多少九烈三贞那间来啰哩，只落得满眼蓬蒿共一丘。

都说明代思想保守禁锢，其实也未必然，看冯梦龙就大声疾呼人性的解放和自由。

一三

清明日对酒

[宋]高翥

南北山头多墓田，清明祭扫各纷然。
纸灰飞作白蝴蝶，泪血染成红杜鹃。
日落狐狸眠冢上，夜归儿女笑灯前。
人生有酒须当醉，一滴何曾到九泉。

高翥也是一位大家相当陌生的诗人，他字九万，号菊涧，余姚（今属浙江）人，生活于南宋末年。他游荡江湖，布衣终生，活了七十一岁。

虽然其名不扬，但他的诗却得到很多高人的推崇。明代大儒黄宗羲先生曾称其为“千年以来”余姚人的诗祖，所以到了清康熙年间，余姚人高士奇当了大官，自认是高翥的N世孙，于是把老祖宗高翥的诗文重新收集了一下，就是《信天巢遗稿》。

高翥因为一生没涉足官场，他的诗清新自然，如乡村中的春韭黄粱一般。像“十日雨声春对酒，一窗灯影夜观书”“酒堪度日难为醉，诗怕伤时未可传”“萧墙甚窄难栽竹，草地虽平不种花”等句子，都相当悦目可人。

高翥集中有不少的咏墓诗，像《拜李谪仙墓》：“萧萧高冢占云根，故老相传太白坟。白骨定随风月冷，青山长共姓名存……”《拜林和靖墓》：“荐菊泉清涵竹影，种梅地冷带苔痕。生前已自全名节，身后从谁问子孙……”看来高翥游历的地方不少，还逢墓就拜，拜完赋诗。

高翥这首《清明日对酒》，并非是针对哪一座墓而吟，是给天下所有坟墓的一个“总结”。这首诗不用一个典故，写得质朴真切，但道出了实情实景，据说清末谭嗣同读罢此诗后，就曾泪下沾襟，感慨良久。（见于谭嗣同《城南思旧铭并叙》一文："方余读书城南际，春蛙啼雨，棠梨作华，哭声殷野，纸灰时时飞入庭院，即知清明时矣。起随家人上冢已，必游于大悲院。院邻义园，其僧与余兄弟久故，导余遍履奥曲。僧墓兆数十顷，众木翳之，昏鸦欢嚣，弥见虚静。蓬蒿长可蔽人，雉兔窜跃蓬蒿中。归受高菊涧诗，至'日暮狐狸眠冢上，夜归儿女笑灯前'，触其机愔，哽噎不复成诵。"）

"南北山头多墓田，清明祭扫各纷然"，起句虽然直白，却简明利落，画出清明时的一幅图画。"纸灰飞作白蝴蝶，泪血染成红杜鹃"，用"白蝴蝶"对"红杜鹃"，不仅工整，而且合情合景，写出大家最熟悉的清明祭墓景象。

而"日落狐狸眠冢上，夜归儿女笑灯前"，是说就算有后世的儿女们祭奠时洒一点泪，但他们也不会长久思念这些故去的亲人，到了晚上，依旧是荒坟凄然，与狐狸相伴。《红楼梦》中的《好了歌解》，有一句叫"昨日黄土垄头送白骨，今宵红灯帐底卧鸳鸯"，当是从高翥这两句中化用而来。

有了上面这些感慨，结尾两句很自然地就呼之欲出了："人生有酒须当醉，一滴何曾到九泉。"诗写到此处，可谓水到渠成，淋漓尽致。

高翥这首诗的格调，有人觉得消极。所以好多新选本有意避讳，就不选了，但我觉得，有这样的感慨，也是人之常情。人们也不会因读了这样的诗就自此消极颓废，前面说过，谭嗣同少年时就为此诗所打动，他后来却也没有消极避世，去当和尚，反而成为一位爱国志士，就足以证明。

另外，旧时有人因催租甚苦，改此诗为："南北山头多瘠田，催科吏役各纷然。纸枷飞作白蝴蝶，血裈染成红杜鹃。日落狐狸眠凳上，夜归皂隶闹门前。人生有产须当卖，一粒何曾到口边。"也能反映此诗流传之广。

【附】冯梦龙《夹竹桃顶针千家诗山歌》将此诗末句演绎为：

一丘荒垄草连天，姐儿见子共郎言。人生百岁，能几少年；风流错过，也是枉然。你若不信，只看刘伶坟上土，一滴何曾到九泉。

化用李贺诗："况是青春日将暮，桃花乱落如红雨。劝君终日酩酊醉，酒不到刘伶坟上土！"和原诗可谓无缝衔接。

西湖春晓图 宋代
佚名
页 绢本 设色
纵57厘米 横61厘米
北京故宫博物院藏

一四

郊行即事

［宋］程颢

芳原绿野恣行时，春入遥山碧四围。①
兴逐乱红穿柳巷，困临流水坐苔矶。②
莫辞盏酒十分劝，只恐风花一片飞。③
况是清明好天气，不妨游衍莫忘归。④

① 恣行：随意而行。碧四围：绿遍四周。

② 柳巷：此处指柳枝飘拂的街巷，并非是“花街柳巷”的意思，虽然程颢先生“心中无妓”，不怕见妓女引来非议。苔矶：长满青苔的水边石头。

③ 风花：被风吹落的花。

④ 游衍：尽情游玩。

写清明的诗，本来有了黄庭坚和高翥两位好手的作品，也就够了。《千家诗》的选编者是程朱的死忠粉丝，于是强塞了程颢的这首诗进去，可谓画蛇添足，十分别扭。

程颢先生这首诗，是从清明节踏青游乐的角度来写的，但是他写得非常平庸无味，遣词造句也十分生硬，笔者不禁感慨，同样是字，怎么到了程颢先生手里就这样枯燥？

其中像“兴逐乱红”对“困临流水”，分明是为了对仗而强扭，整首诗五十六字，却只空洞地说了个惜春观景的主题，像什么“恣行”“游衍”之类词，意思是重复的，啰里啰唆，实在乏味。

在人家诗家高手那里，律诗中字字有生气，大有纸短意长，匆匆说未尽的感觉，但在程颢先生手里，就如语文不好的小学生写命题作文，生生地强找了五十六个字，好容易安排进去了，写得累，看得也累。

前一段时间在网上下载了一个写诗软件，用写诗软件“写”的诗当然没有感情色彩，全是拼凑字句而成，但我觉得程颢先生这首诗，和写诗软件自动制造的诗也差不多。于是笔者突发奇想，用写诗软件给程颢先生和诗一首，倒也挺好玩：

江上东风吹柳丝，穷冬气暖著春衣。
新欢绣阁流声细，旧恨趋朝绿色迟。
离岸游鱼逢浪返，望巢寒鸟逆风飞。
绸缪曝日寒烟积，缱绻当风远树稀。

我们看，如果只是讲究技巧，拼凑前人字句，和写诗软件有何区别？窃以为宋明以后，不少二流诗人，只是人力写诗软件罢了。

【附】冯梦龙《夹竹桃顶针千家诗山歌》将此诗末句演绎为：

泉声出涧百花飞，郎去游春要及时。风和日暖，流莺乱啼；绿杨红杏，春光几时。姐道：郎呀，你早早去时早早转，不妨游衍莫忘归。

何不与郎同游？放他自己去游春，恐怕如风筝断线，一去不归矣。

一五

秋千

[宋]僧惠洪

画架双裁翠络偏，佳人春戏小楼前。①
飘扬血色裙拖地，断送玉容人上天。②
花板润沾红杏雨，彩绳斜挂绿杨烟。③
下来闲处从容立，疑是蟾宫谪降仙。④

① 画架：指雕有花纹的秋千架。翠络：秋千上青绿色的绳子。

② 血色裙：鲜红的裙子，如白居易诗：“血色罗裙翻酒污。”断送：指打秋千时向高处推送。

③ 花板：秋千上绘有花纹的踏板。红杏雨：杏花开时的春雨。绿杨烟：绿杨树间的淡雾。

④ 蟾宫：月宫。谪降仙：被贬人间的仙子，这里是形容打秋千的美女如天仙下凡。

僧惠洪，是北宋年间一个非常有趣的“花和尚”。说他是“花和尚”，并不是指本篇诗作而言，因为他写这首诗时，还是一个十四岁的小男生。

惠洪出生于名门大家，俗姓彭，堂兄彭乘著有《墨客挥犀》，堂弟超然是一位画僧，堂弟思禹、思忠均为高官显贵，彭家有“一门六进士”之誉。他的叔父彭几，也是一位怪士，像什么“仙鹤下蛋”之类好玩的笑话，都是出于此人身上，另外像张爱玲在《红楼梦魇》一书中曾提到的“三大恨事”，本源也出于彭几的人生五恨：“一恨鲥鱼多骨，二恨金橘太酸，三恨莼菜性冷，四恨海棠无香，五恨曾子固（曾巩）不能作诗。”（此事记于惠洪写的《冷斋夜话》，此书中记载故事多多，很好玩。）

惠洪这首诗，虽然是出于年方十四的少年人，但笔法工整老到，色彩也渲染得艳丽夺目。春装鲜灿、衣带飘飘的美貌佳人们，正在园中以秋千为戏，这场景被惠洪写得非常传神。但是，唯一美中不足的，笔者读罢，却觉得诗中隐隐透着一些不祥之气，尤其是“断送玉容人上天”一句，听起来好像是要送美人上西天一样，好在不是写应制诗，不然因此惹祸也未可知。

不过要是按迷信的说法，这首诗里的“血色”“断送”等不祥之词，还是发挥了“作用”。就在这一年，惠洪的父母离奇地暴病双亡，伯父将惠洪领到三峰山下的宝云寺，剃发受戒，当了和尚。这其中有没有可怕的阴谋和陷阱，笔者不是大宋提刑官宋慈，也无法去辨明其中的种种谜团了。

有人在批注此诗时，说“这首诗写的是少女荡秋千，而且又写得如此艳丽，谁能想到，这诗出于一位老和尚之手，真是不可思议”，并指责惠洪犯了“绮语戒”，这未免失于考证。这时候人家惠洪还不是和尚哪，尚是一位翩翩少年，更不是什么老和尚。当然，惠洪当了和尚依然是这样，说他犯了“绮语戒”，倒不算冤枉。比如后来惠洪有过这样一首词，“十指嫩抽春笋，纤纤玉软红柔。人前欲展强娇羞，微露云衣霓袖”，也是盯着人家美女使劲看。

惠洪一生无视佛门清规，曾狂言道：“事事无碍，如意自在。手把猪头，口诵净戒。趁出淫坊，未还酒债。十字街头，解开布袋。”这倒和三百多年后日本一休和尚的所作所为极为相似。

惠洪的诗词中，多有情丝婉转，胜过俗人者，这样的情怀格调，又近似民国时的诗僧苏曼殊。请试读其《千秋岁》一词：

半身屏外。睡觉唇红退。春思乱，芳心碎。空余簪髻玉，不见流苏带。试与问，今人秀整谁宜对。

湘浦曾同会。手搴轻罗盖。疑是梦，今犹在。十分春易尽，一点情难改。多少事，却随恨远连云海。

一六

曲江（其一）

［唐］杜甫

一片花飞减却春，风飘万点正愁人。
且看欲尽花经眼，莫厌伤多酒入唇。
江上小堂巢翡翠，苑边高冢卧麒麟。①
细推物理须行乐，何用浮名绊此身。②

① 巢翡翠：翡翠鸟在内筑巢。高冢：高大的坟墓。卧麒麟：指墓前的石刻麒麟倒卧在地。

② 物理：事物变化的道理。

一七

曲江（其二）

［唐］杜甫

朝回日日典春衣，每日江头尽醉归。①
酒债寻常行处有，人生七十古来稀。
穿花蛱蝶深深见，点水蜻蜓款款飞。②
传语风光共流转，暂时相赏莫相违。

① 朝回：上朝回来。

② 蛱蝶：蝴蝶。

老杜的这两首《曲江》诗，历来也被推为经典之作。唐代时长安的曲江，比现在的西安利用曲江一小段重建的“大唐芙蓉园”要大得多，当时花繁柳茂，烟水明媚，宫殿连绵，楼亭起伏。而且，这里并不是皇家禁苑，而是长安平民也可以随意游玩的场所，是当时长安人的一块“公共绿地”。

说起来杜甫很喜欢在曲江游玩，安史之乱前，杜甫无官无职，就站在曲江边看美女：“三月三日天气新，长安水边多丽人。”杨贵妃出来时，更是踮着脚尖看：“头上何所有？翠为匐叶垂鬓唇。背后何所见？珠压腰衱稳称身……”后来安禄山叛军打进长安，老杜又跑到曲江哭了一场：“少陵野老吞声哭，春日潜行曲江曲。”（《哀江头》）而写本篇这两首诗时，是乾元元年（758）春，当时唐肃宗在位，唐军已收复长安。杜甫因可怜巴巴地投奔新皇帝（“今夏草木长，脱身得西走。麻鞋见天子，衣袖露两肘”），唐肃宗给了他一个左拾遗的官职，但老杜并不满意，从诗中就可以看出。

老杜这两首诗，和后来的《曲江对酒》，都是写坐在曲江边喝闷酒的心情。这两首诗给我们的感觉，都是先写愁闷，然后随着老杜一边喝酒，一边赏景，一边自我安慰些什么“何用浮名绊此身”“暂时相赏莫相违”等等，心情就渐渐开朗起来。

自宋代以来，“粉”老杜的人数不胜数，这两首诗，也被人反复评说，老杜写七律，技艺纯熟，像“酒债寻常行处有，人生七十古来稀”被奉为经典的“借对”，这些事情，专家们早已说尽，我们就不再提了。

《曲江二首》虽然字锤句炼，法度谨严，有老杜七律成熟期的风采，但我总觉得老杜这两首诗的格调却很一般，没有老杜特有的忧国忧民的情怀。这首诗里，老杜只是透出自己在朝中不如意的郁闷，其实杜甫的脾气中有“性褊躁，无器度”（《旧唐书·杜甫传》）的一面，在政治上的见识也不是太高。

比如，房琯领军和叛军作战，因指挥不当导致大败，使刚恢复元气的大唐又面临危机，杜甫却因为布衣之时就和房琯有交情，上疏为他辩护，引得唐肃宗大怒。这一点，就在崇拜老杜成风的宋代，也有人非议说：“‘房琯未相日，所谈皆皋夔。一朝陈涛下，覆没十万师。中原已纷溃，老杜尚嗟咨。’则老杜救琯之章，岂亦出于私情乎？”（葛立方《韵语阳秋》）

总之，感觉这《曲江二首》，无非写借酒消愁，要写这个题材的话，老杜可远不如李白，甚至还不如小杜（杜牧）写得好。所以，这两首诗和《登高》《秋兴》一比，显得缺少气势和深意，和《三吏三别》《北征》等一比，没有杜诗特有的凝重浑厚感，算不上老杜最好的作品。

【附】冯梦龙《夹竹桃顶针千家诗山歌》将二诗末句演绎为：

相违许久得相亲，才得相亲又远行。三年取士，秋闱又春；书箱琴剑，匆匆起程。姐道：郎呀，我听你雪月风花有啥弗快活，何用浮名绊此身。

仙人也要害相思，你弗见刘阮天台分别时。况人非仙比，百年几时；有花须折，莫待无花折枝。姐道：郎呀，小阿奴奴房中，有介春酒一壶花一朵，暂时相赏莫相违。

春光难负，暂时相赏莫相违，只恐年年不带看花眼，不是愁中即病中。

一八

黄鹤楼

[唐]崔颢

昔人已乘黄鹤去，此地空余黄鹤楼。
黄鹤一去不复返，白云千载空悠悠。
晴川历历汉阳树，芳草萋萋鹦鹉洲。
日暮乡关何处是？烟波江上使人愁。

崔颢这个人，在众多的唐代诗人中当然只能算小角色，但此人却是“金牌龙套”那种类型的，别的不说，诗仙李白和诗圣老杜牛吧？人家崔颢就偏偏露了两手，让二位唐代诗坛大腕也折服。

关于李白，当然就是由这首诗而发。相传李白来到黄鹤楼，提笔正欲赋诗，突然看到墙上崔颢这首诗，于是叹息道：“眼前有景道不得，崔颢题诗在上头。”就此投笔不写了。说是不写，心里一直不服气儿，后来还是忍不住学着崔颢写了两首模式一样的，这就是《登金陵凤凰台》和《鹦鹉洲》：

凤凰台上凤凰游，凤去台空江自流。
吴宫花草埋幽径，晋代衣冠成古丘。
三山半落青天外，一水中分白鹭洲。
总为浮云能蔽日，长安不见使人愁。

鹦鹉来过吴江水，江上洲传鹦鹉名。
鹦鹉西飞陇山去，芳洲之树何青青。

烟开兰叶香风暖，岸夹桃花锦浪生。
迁客此时徒极目，长洲孤月向谁明。

李白仿作的诗和崔颢比，是好是坏，姑且不论，但崔颢创作在前，能让太白这样眼高于顶的人去刻意模仿，本身就是牛气冲天的事情，谁能比得上？

再说老杜，太白是明仿，杜甫却是暗偷。杜甫那首著名的登泰山诗，最后的“会当凌绝顶，一览众山小”，是从崔颢的“直上孤顶高，平看众峰小”（《游天竺寺》）中化出的。当然，老杜写得更加醒豁生动，但溯其源流，还是站在人家崔颢的肩膀上的。

崔颢的这首《黄鹤楼》诗，前四句完全不依格律，和古风一样拗峭，自然就形成了一副神飞天外、不羁不绊的情怀，而后四句又收敛依律，诗中的情调也随之低沉徘徊，这正是形式服从于艺术的极好典范。格律是人们创制的，它的存在是为了更好地表达诗歌的感染力，不是束缚诗的。只不过，后人越来越固步自封，画地为牢，只注重于枝节小技，却丧失了诗的本味。

崔颢年轻时写过不少艳诗，《唐才子传》载其“意浮艳，多陷轻薄”，像什么“玉堂有美女，娇弄明月光”“妆罢含情坐，春风桃李香”“卢姬少小魏王家，绿鬓红唇桃李花”之类，我们熟悉的那首《长干行》，也是写船上一位女子主动来和男子搭讪，很有情趣：“君家何处住，妾住在横塘。停船暂借问，或恐是同乡。”写得非常生动传神。

不过在当时，崔颢这种文风却受人轻视，崔颢曾将自己的诗给当时的名士李邕看，李邕一翻，第一句就是“十五嫁王昌”，于是叱骂道：“小儿无礼！”把崔颢的诗卷丢到垃圾堆了。唉，崔颢早生了几百年，要是到宋代婉约词大兴的时候，自当与大晏、小晏、柳三变等争锋，正所谓“使李将军遇高皇帝，万户侯何足道哉”！

沈佺期有一首诗名为《郊庙歌辞·享龙池乐章》：“龙池跃龙龙已

飞，龙德光天天不违。池开天汉分黄道，龙向天门入紫微。邸第楼台多气色，君王凫雁有光辉。为报寰中百川水，来朝此地莫东归。”有人说是崔颢《黄鹤楼》一诗的范本。但两诗虽有相似，却无法断定是否崔颢借鉴了这首诗。或许诗坛也正如张三丰曾说过的：“红花白藕，天下武学原是一家，千百年来互相截长补短，真正本源早已不可分辨。”

松谷问道图　宋代
佚名
页　绢本　设色
纵44厘米　横43厘米
北京故宫博物院藏

一九

春夕

[唐]崔涂

水流花谢两无情，送尽东风过楚城。①
蝴蝶梦中家万里，杜鹃枝上月三更。
故园书动经年绝，华发春催两鬓生。②
自是不归归便得，五湖烟景有谁争？③

① 楚城：古楚国地，在湖南湖北一带。

② 华发：白发。

③ 五湖：江浙间的五处湖泊，用范蠡功成身退，泛舟五湖的典故。

崔涂是晚唐诗人，家在今浙江富春江一带，他三十五岁时就中了进士，时为唐僖宗光启四年，即公元888年。大家可别觉得这888年是个吉祥的年份，头一年发生了历史上的“汶川地震”，《文献通考·物异考八》中记载：“光启三年四月，维州（今汶川西北）山崩，累日不止，尘坌亘天，壅江水逆流。”到了崔涂高中这一年，唐僖宗就死了，当然山崩地裂这样大的动静不是给他这样的昏君准备的，事实上，唐朝到这里就快彻底完了。

唐昭宗勉强即位后，唐朝中央政权已成“脑出血”后的植物人。宦官杀宰相，大臣杀宦官，乱成一团，最后被军阀朱温连锅端，昭宗也被杀掉。崔涂好不容易考上的进士，也成了无法兑现的空头支票，你说倒霉不倒霉。

《三言》上有一则故事，说的正是晚唐时，有个姓郭的人得了刺史的官职，但因兵荒马乱，上任时被阻于江边，委任状也丢了，无可奈何，只好当了艄公卖力气为生。人家纷纷笑话他，称其为“当艄郭使君”。

崔涂的境况，恐怕和上面所说的相似，崔涂为了避兵乱，长期漂在巴、蜀、湘、鄂、秦、陇等地。读书人别无长技，人家《三言》里那个人本是捐钱得官，还有撑艄的特长，崔涂可能连这本事也没有，乱世之中，当真百无一用是书生，心中的愁闷，自然都倾入这首诗中。

崔涂常年漂泊异乡，思乡之情自然十分殷切，“蝴蝶梦中家万里，杜鹃枝上月三更”是传世名句，诗人在外常年漂泊，生涯正如庄生所说的蝴蝶梦中一般，而杜鹃声声凄鸣，那一声声不如归去，更牵动游子的愁肠。这一联，对仗工整，情景交融，浑然天成，所以名传后世，千年来赞誉不绝。

崔涂自我安慰说：“自是不归归便得，五湖烟景有谁争？”虽说是故乡美好的风光，无人争夺，想回去就回去，也没有人拦着，但正因为崔涂有了个进士出身，就仿佛一个看不见的绳索拴住了他，好不容易有了功名，就这样放弃回家了，不甘心啊，正如现在考了研究生、博士生的文凭，总不甘心回老家种地吧？漂在都市里，再苦也要咬牙撑着啊。

此诗有几处异文。“杜鹃枝上月三更”，有的地方作“子规枝上月三更”，子规就是杜鹃，但后人对杜鹃更熟悉些，《全唐诗》中是“子规”，想必是原文，“杜鹃”是后人润色而改。“华发春催两鬓生”，《全唐诗》中作“华发春唯满镜生”，意思是春天来了，对我来说只是长了满头的白发，意思也不错，也像是原文。但后人改“唯”为“催”，和上一句“动”相对，这样动词对动词，对仗更工整，意境也很好。

崔涂还有诗写道：“天涯憔悴身，一望一沾巾。在处有芳草，满城无故人。怀才皆得路，失计自伤春。清镜不能照，鬓毛愁更新。”和这首诗可以参照来读。

二〇

答李儋元锡

［唐］韦应物

去年花里逢君别，今日花开又一年。
世事茫茫难自料，春愁黯黯独成眠。①
身多疾病思田里，邑有流亡愧俸钱。②
闻道欲来相问讯，西楼望月几回圆。

① 黯黯：暗淡低沉。
② 邑：指作者所管辖的州城。俸钱：官员的工资。

苏教版课本《唐诗宋词选读》中选录了此诗，注为“李儋、元锡，都是作者的友人”，这是对的。而《唐诗鉴赏辞典》中所说的“李儋，字元锡，是韦应物的诗交好友”，当属臆测。综合各种资料，李儋字幼遐，元锡字君贶，这是两个人，并非一人，都是韦应物的好友。

韦应物这首诗，写于他任滁州刺史时，这时候安史之乱虽平，但唐朝江山还是处于风雨飘摇中，长安发生朱泚叛乱，唐德宗仓皇逃命（参看本书《七绝卷》第二十一首中的叙述），这段时期，唐朝国祚存亡，还难以预料。所以这首诗中，透出惴惴不安的心态。这也是大历诸诗人诗中常见的格调。

时代影响作品的气质，有些人可能觉得玄乎其玄，其实一点儿也不玄，确实如此，你翻一下“文革”时的影视、绘画、文章，和现在的文章比，情调是不是天差地别？同样，盛唐时的诗作和中唐、晚唐也是有差异的。

于是纷乱的年代，催出了“世事茫茫难自料，春愁黯黯独成眠”这一好句，后人在前程未卜、心情纷乱时，都会深有感触地想起这两句诗，同样，韦应物的“寒树依微远天外，夕阳明灭乱流中”也表达了与此相类的心情，这才有瞿秋白临死前集句，开头就是“夕阳明灭乱山中”。

韦应物这首诗，之所以闻名，还因为颈联这两句：“身多疾病思田里，邑有流亡愧俸钱。”这两句，被范仲淹叹为“仁者之言”，朱熹也盛称“贤矣”，黄彻更是激动地说：“余谓有官君子当切切作此语。彼有一意供租，专事土木，而视民如仇者，得无愧此诗乎！”确实，旧时正直的文人做官，常有“拜迎长官心欲碎，鞭挞黎庶令人悲”的难堪。欺压人民，于心不忍，不盘剥百姓，顶头上司要考察“绩效”，完不成可是要责罚的，因此左右为难。

最后一句是说等待朋友前来，自己独上西楼，夜夜相盼，已见多次月圆，将期盼之情写得诗意绵绵。总体来说，韦应物此诗，格调高、用字巧，又有名句传世，是一首公认的佳作。

【附】冯梦龙《夹竹桃顶针千家诗山歌》将此诗末句演绎为：

争得个情郎正少年，来来去去弗连牵。冤家薄幸，把恩情弃捐，这头未了，那头又缠。姐道：郎呀，你做子风卷杨花处处雪，教奴奴西楼望月几时圆。

清风明月苦相思，荡子从戎十载余。古时的女人，只有男人是依靠，在信息不通畅的时代，思妇之苦，是很常见的。

二一

江村

［唐］杜甫

清江一曲抱村流，长夏江村事事幽。
自去自来梁上燕，相亲相近水中鸥。
老妻画纸为棋局，稚子敲针作钓钩。
但有故人供禄米，微躯此外更何求？

这首诗写于唐肃宗上元元年（760），前面说了，杜甫投奔唐肃宗，当了个左拾遗（八品）的小官，在朝中跟贾至、王维他们和了回诗，这就算是杜甫一生中仕宦生涯的顶峰了，此情此景，让老杜一生都在回味，正所谓“云移雉尾开宫扇，日绕龙鳞识圣颜。一卧沧江惊岁晚，几回青琐点朝班”（《秋兴》）。

老杜后来因为替房琯说话，被贬成了九品芝麻官——华州司功参军，老杜不幸诗坛幸，在赴任的路上，老杜写下了著名的“三吏三别”。当时是乱世，朝廷征敛甚酷，各级官员也一级压一级，老杜这个九品芝麻官简直就是受气包，于是弃官不干了。

老杜见中原板荡，唯一安稳的地方就是四川了，当时正好和他有交情的严武任成都府尹兼剑南节度使，是当地一把手，于是就合家住到了成都。老杜从颠沛流离，到终于有了个安稳之地，自然心情大佳，此诗就写于这个时候，所以诗中的心境也显得平静悠然。

老杜到成都后，诗歌艺术上的造诣日臻成熟，尤其是七律，更达到炉火纯青的程度。这是后人推崇老杜的原因之一。看这首诗，其中“自去自来梁上燕，相亲相近水中鸥”，也是堪称对仗典范的一联。这两句不但彼此对仗精工，而且在本句中，也隐藏有巧对，比如“去”与“来”、“亲”与“近”都自然成对，让人称奇。老杜惯用此技，他的“高江急峡雷霆斗，古木苍藤日月昏”也是这个“招数”，这是老杜的独门绝技之一。而且，老杜并非是生硬凑来的对子，“梁上燕”照应“村”，“水中鸥”照应“江”，不脱主题，都是眼前景致心头语。

“老妻画纸”一联，写得也十分亲切自然，清末评诗家许印芳却对这两句意见很大，斥道：“五、六尤琐屑近俗，杜诗之极劣者。”这个看法未免过激，老杜一生笔墨都是贴近生活，贴近下层人民，无论是打枣的穷妇，还是石壕村的老翁。他的笔下，对于亲情也是十分在意的，要这样说，那“娇儿恶卧踏里裂”“痴儿未知父子礼，叫怒索饭啼门东”之类都是“琐屑近俗”了？想读高雅的诗，许先生请移步王摩诘、韦苏州集，老杜不是你这盘菜。

“但有故人供禄米”这一句，传统的《千家诗》本子是“多病所须唯药物”，我觉得当属后人“润色”而成。如果写“但有故人供禄米”，对于后世老杜的“粉丝”来说，有点脸上无光，老杜眼巴巴地求着人家分点吃的喝的，等同于一个高级乞丐。而“多病所须唯药物”就不一样了，古代文人们，病是一种风雅，张生不就自诩“多愁多病身”，要是放现在，女孩一听，天啊，医药费这样贵，还是分手吧……

扯远了，这句我觉得还是保留原句好，杜甫这首诗本是喜中有忧的感觉，“但有故人供禄米”正是他心头的阴云，因为老杜的经济命脉仰仗于他人，一旦人家（严武）不供禄米，老杜就又没了着落。改了后，没这层意思了，削弱了诗中的思想内容。

有人不喜欢这首诗中的村野老农味，但杜诗的特点就是这样，正像吃“农家菜”时你别抱怨没有鲍鱼海鲜一样。杜诗就是以厚重质朴、朴素通俗为特征。当然，这里的“通俗”，不是说语言上的通俗，杜甫诗其实不好懂，但他的诗内容能反映普通百姓的生活，这是杜甫的一大创新，也是他诗圣地位确立的一个重要因素。

二二

夏日

[宋]张耒

长夏江村风日清，檐牙燕雀已生成。①
蝶衣晒粉花枝舞，蛛网添丝屋角晴。②
落落疏帘邀月影，嘈嘈虚枕纳溪声。③
久斑两鬓如霜雪，直欲樵渔过此生。④

① 檐牙：屋檐头上的牙状滴水瓦。燕子之类常在此筑巢。

② 蝶衣：形容蝴蝶翅膀。

③ 嘈嘈：形容水声。虚枕：宋人的枕多为方形中空的样式，用竹木或陶瓷制成，故称虚枕。

④ 樵渔：以打柴和捕鱼为生的樵夫和渔夫。

张耒，字文潜，“耒”是古代一种农具。据陆游的《老学庵笔记》说：“张文潜生而有文在其手曰耒。”意思是说他生下来手掌上就有一个像“耒”字的纹路，所以他的字“文潜”中的“文”，也是通“纹”的意思。当然，不排除，也双关着希望他有文才。

张耒后来果然很有文才，他和秦观、黄庭坚、晁补之四人并称为“苏门四学士”，均出于苏轼门下。虽然，论实力及不上秦七、黄九，但他的诗词文赋也有可观之处。就我的感觉，张耒的词要比诗好，

张耒的形貌魁伟肥胖，活脱脱便如一日本相扑手，当时人称为“肥仙”。同门的陈师道和黄庭坚经常写诗嘲笑他，这个说他“张侯便然腹如鼓，饥雷收声洒为雨”，那个就笑“六月火云蒸肉山”。

都说胖子怕热，但张耒的笔下，对夏天特别有感情，他笔下以夏日为

主题的诗相当多，本篇这首七律其实有三首，那两首就不转录了，其中像“幽花避日房房敛，翠树含风叶叶香”“廊阴日转雕栏树，坐冷风生玉碗冰”，都将夏日写得幽静清凉，无丝毫烦闷之感。

苏轼逝世时，张耒正在颍州（今安徽阜阳）知州任上，他执意为恩师祭灵服丧，遭到政敌弹劾，一再被贬。后来，他索性辞官，于公元1106年移居淮阳讲学，这首诗当写于此时。

整首诗透出一种闲适宁静的气息：夏日江村，风日清和，燕雀、蝴蝶、蜘蛛也各忙各的——蝴蝶在阳光下惬意地晒粉，蜘蛛在屋角安稳地织网，都显示出偏僻小村中无人骚扰、安静无比的气氛。而“落落疏帘邀月影，嘈嘈虚枕纳溪声”，写夜晚之时，疏帘中透过月光，落地成影，诗人倚在中空的枕头上，只听到喧喧的溪水声。此处的“嘈嘈”，是以乱衬静，和“蝉噪林愈静”同一机杼。

如此悠闲的江村，如此悠闲的心情，于是诗人很自然地就发出“久斑两鬓如霜雪，直欲樵渔过此生”的感慨，年华已逝，人生迟暮之中，这安静的江村，正是最好的归宿。

张耒此诗，写得清幽精致，但也透出宋人意境琐碎的特点，像什么雀儿、蝶儿、蛛儿这些小东西，唐人是不大注意的，清素淡雅，纯净细腻，是宋人的特色，一如精美的宋瓷。

【附】冯梦龙《夹竹桃顶针千家诗山歌》将此诗末句演绎为：

求神问卜弗见郎转程，算来必定为功名。想渔家翁妪，村醪共斟；想樵家夫妇，山蔬共羹。姐道：郎呀，小阿奴奴就博子凤冠霞帔无啥大快活，直欲渔樵过此生。

才子安心草舍者，足登玉堂；佳人适意蓬门者，堪贮金屋。

二三

积雨辋川庄作

［唐］王维

积雨空林烟火迟，蒸藜炊黍饷东菑。①
漠漠水田飞白鹭，阴阴夏木啭黄鹂。
山中习静观朝槿，松下清斋折露葵。②
野老与人争席罢，海鸥何事更相疑？③

① 蒸藜：藜，一种野菜。指煮野菜。炊黍：做黄米饭。饷：送饭。东菑：村东边的田地。菑，原指初耕的田地。

② 朝槿：木槿，其花朝开暮谢，古人常对此有人生无常之叹。清斋：素食。露葵：也是一种蔬菜。

③ 野老和海鸥这两则典故，请看正文中的解释。

前面说了，明代有人嫌老杜诗中不时透出“穷酸”样，不免不够清雅。要说读清雅之作，还得首推王维。这首诗就是最好的例子。

王维才气大，官职高，风度好，笃信佛教。《旧唐书·王维传》记载：“维弟兄俱奉佛，居常蔬食，不茹荤血，晚年长斋，不衣文彩。”诗如其人，这首诗也清新淡雅，写的全是什么煮青菜（蒸藜）啦，做黄米饭（炊黍）啦，摘野菜（折露葵）啦之类的场景，无半点“荤血”之气，如山间野菜一样清爽可口。

此诗很有名，《唐诗鉴赏辞典》之类的都选有。就不细说，还是说几个边角料：

一、王维的田园风景诗，和韦应物那种凄清幽寂的气息不同，他的诗是静中有动，生机盎然，这也是盛唐气息所决定的。像这首诗中，不是一味地幽静，而是有“蒸藜炊黍饷东菑”这样的场景的——农家女人煮青菜，蒸黄米，提着饭篮到东面地头去送饭。

二、“漠漠水田飞白鹭，阴阴夏木啭黄鹂”这一联，唐人李肇说是从李嘉祐的“水田飞白鹭，夏木啭黄鹂”一句偷出来的，明人胡应麟马上跳出来维护说：“摩诘盛唐，嘉祐中唐，安得前人预偷来者？此正嘉祐用摩诘诗。”胡应麟当时没网络，考证也不精，其实说起来两人是同一时代的人。于是宋人叶梦得说：“此两句好处，正在添‘漠漠’‘阴阴’四字，此乃摩诘为嘉祐点化，以自见其妙。如李光弼将郭子仪军，一号令之，精彩数倍。”

李嘉祐的全诗已不可见，但王维这两句成为名句，“漠漠”“阴阴”四字确为点睛之笔，王维的才气是不可否认的。这四字就好比给原本单线条的图画晕染上色彩，使之更有丰富立体的感觉。

三、王维不但沉迷于佛学，也喜欢道家真义。“野老与人争席罢，海鸥何事更相疑？”这两句都含有道家的典故。《庄子》载：杨朱未学道时，旅舍主人奉迎他，客人惧怕他，给他让座，得道之后，客人们不再让座，而与他“争席”，说明杨朱此时已得道，与人们再无高下之争。而“海鸥”一典出于《列子》，是说这样一个故事：有个孩子与海鸥很亲近，后来父亲要他把海鸥捉来，他又到海滨时，海鸥便飞得远远的，这是说人心不再诚挚如童子时，就改变了原来纯洁的关系。

四、清人赵殿成《王右丞集笺注》中说：“淡雅幽寂，莫过右丞积雨……取以压卷，真足空古准今。”这个意见我不能同意，因为王维的好诗太多，而且王维的五言诗似乎才是最强项，所以这首诗并非是王维集中最好的作品，更不用说能坐上全唐七律第一的位置。

二四

新竹

［宋］陆游

插棘编篱谨护持，养成寒碧映涟漪。①
清风掠地秋先到，赤日行天午不知。②
解箨时闻声簌簌，放梢初见影离离。③
归闲我欲频来此，枕簟仍教到处随。④

① 插棘编篱：指插上带刺的棘枝，编成篱笆。寒碧：这里是指竹林青绿的样子。

② 赤日行天：烈日在天空升起高照的情形。

③ 解箨：竹笋成竹时，笋壳逐渐脱落，称为“解箨”。放梢：竹梢生长伸展。离离：纵横交错的样子。

④ 枕簟：枕头和席子。陆游带了这两样，可以随时在竹林里休息。

陆游的诗，由于受教科书的影响，不少人都只了解他的爱国诗词，像笔者，也是从“遗民泪尽胡尘里，南望王师又一年”“楼船夜雪瓜洲渡，铁马秋风大散关”这一类诗中了解陆游诗风的，所以当读《红楼梦》时看到香菱举出陆游诗“重帘不卷留香久，古砚微凹聚墨多”时，不免暗暗吃惊，怎么陆游还有这一类的“小资”味的句子？然后又发现，“花气袭人知骤暖”也是陆游的句子：“红桥梅市晓山横，白塔樊江春水生。花气袭人知骤暖，鹊声穿树喜新晴……”

后来读得多了，才知道陆游的诗作中有大量的闲适之作。《红楼梦》中曾借林黛玉之口批判道：“断不可学这样的诗，你们因不知诗，所以见了这浅近的就爱，一入了这个格局，再学不出来的……”

这样的评论，虽然有些尖刻，但却一针见血，直砭这类诗的要害，其实这也是宋诗的通病。陆游的这一类诗作，往往过于侧重于小技巧（他的对仗用得非常工整老练），初学者只看其精致高雅，不免刻意模仿，结果学了一身的"花拳绣腿"。

《千家诗》中所选的陆游这首诗，有一联比较好——"清风掠地秋先到，赤日行天午不知"，写出了夏日里竹林中的清幽之感。走入林中，清风徐来，似乎秋天提前到了，似火的骄阳，照不到里面，中午也依然惬意。然而，除了这一联还算有些精彩，其他方面就乏善可陈了，诗的整体意思相当空洞，处处从细小处着眼，无非是反映夏日竹林的幽静清凉而已，不免让人觉得肤浅。香菱初学写诗，确实受陆游的影响很深，头两首确实也像这首诗一样枯燥乏味。

同样写夏日里的悠闲情调，我觉得还不如白居易的这首《池上竹下作》：

穿篱绕舍碧逶迤，十亩闲居半是池。
食饱窗间新睡后，脚轻林下独行时。
水能性淡为吾友，竹解心虚即我师。
何必悠悠人世上，劳心费目觅亲知。

虽然赵翼《瓯北诗话》中称赞陆游"无意不搜而不落纤巧，无语不新而不事涂泽，实古来诗家所未见"，但陆游的诗也有芜杂之作，草率之作，这其实并不是否认陆游的才气和他在诗坛的地位，只是客观分析罢了。九千多首，如果篇篇上佳，那不成了神人了，还让其他诗人混不?

二五

夏夜宿表兄话旧

［唐］窦叔向

夜合花开香满庭，夜深微雨醉初醒。
远书珍重何曾达？旧事凄凉不可听。
去日儿童皆长大，昔年亲友半凋零。
明朝又是孤舟别，愁见河桥酒幔青。①

① 酒幔：酒旗。

窦叔向是唐代宗大历年间考上的进士，应该属于中唐大历年间的诗人。他本身并不太出名，诗作存世仅有九首。不过，他有五个儿子，都相当了得，分别叫窦群、窦常、窦牟、窦庠、窦巩，笔者曾戏言，当时正好有宋氏五姐妹字字珠玑，又有窦家五儿郎文采斐然，如果我是当时的皇帝，就下诏赐婚，将宋家五姐妹配与窦家五兄弟，岂不是一桩人间佳话？

有读者看到此处，不免想到，《三字经》有这样几句，“窦燕山，有义方，教五子，名俱扬”，说的肯定就是这窦叔向吧？错了！这个窦燕山原名窦禹钧，是后晋时期人，比窦叔向晚了二百多年，因其老家在蓟州渔阳，地处燕山一带，因此称其为窦燕山。他也有五个儿子，先后中举，都做了大官，“五子登科”这一典故也来源于此。当时的“官场不倒翁”冯道曾赋诗一首说：“燕山窦十郎，教子有义方。灵椿一株老，丹桂五枝芳。”

依我看，这窦燕山很有可能是窦叔向的后人，他们老窦家“五连冠”的基因又起作用了。

闲事不再提，单说这首诗，前面说过窦叔向是大历年间的人，大历年间，唐代社会还是纷乱不已，所以这时候的诗人笔下都有一种凄惶不安的感觉。这首诗历来为人们所喜欢，不是因为技巧多高，措辞多妙，只是因为“情真意切”这四字。

“夜合花开香满庭，夜深微雨醉初醒”，有朋友一读，第一感就质疑了，怎么两个“夜”字，不会是印错了吧？殊不知窦叔向这首诗，纯是发于心声，不是为写诗而写，也不在意过于雕琢字句，说的都是实情实景，就好像多年的老友相聚，什么客套话也不用说，全是推心置腹的大实话、真心话。

诗人和表兄相聚，不禁心潮澎湃，思绪万千。当时正是乱世，曾经用尽心思写成的书信却一封也没有寄到，这几年的沧桑世事，都不忍心听下去。提起当年的那些儿童如今都长大成人，而说起来记忆犹新的亲朋故旧，好多都入了黄土。这样的感慨，是年纪渐老的人们共同拥有的感触，但只有窦叔向在诗中鲜明深刻地反映出来，这正是此诗的永恒魅力。

所以，我们得出结论，诗贵有真情。无真情，就像武功招数中没有内劲，再巧再妙，也没有什么威力。《后山诗话》中曾说写诗应该“宁拙毋巧，宁朴毋华”，又引魏文帝之语说：“文以意为主，以气为辅，以词为卫。”这首诗当是非常恰当的例子。

【附】冯梦龙《夹竹桃顶针千家诗山歌》将此诗末句演绎为：

随郎十里到长亭，别子情哥便转身。轻移莲步，神魂暗惊；今朝别去，何日见君。姐道：我侬就是黄连做子舌头能苦切，愁见河桥酒幔青。

黯然销魂者，唯别而已矣。无论是亲友作别，还是情人作别，一样的伤心之境。

二六

偶成

［宋］程颢

闲来无事不从容，睡觉东窗日已红。
万物静观皆自得，四时佳兴与人同。①
道通天地有形外，思入风云变态中。②
富贵不淫贫贱乐，男儿到此是豪雄。③

① 四时佳兴：四季风光带来的好心情。
② 风云变态：风云变幻的形态。
③ 淫：指放纵，过分。并不仅限于淫乱。

在评说《千家诗》开篇第一首时，我们对程颢先生那句“时人不识余心乐，将谓偷闲学少年”进行了剖析，程颢先生到底是怎么样修身养性，怎么样追求一种“存天理，灭人欲”的境界呢？在这首诗中，程颢先生也不遮遮掩掩地说了，直接就如口号一般七个字七个字地排了出来。

前面说过，程颢提出过“定性”的理论。也就是说不能为外物所干扰，要保持本心中的理念。这乍一听，和佛门或者道家中的说法也差不太多，佛门的禅师经常打坐静修，道士也讲究抱元守一。有关程颢程颐兄弟的那个“座中有妓，心中无妓”的故事，也和佛门中老和尚背美女过河，小和尚一直念叨差不多的意思。但正如各门各派的武功，都是运气练功，练出来却一个是寒冰掌，一个是九阳神功，儒、道、释心中所护持的理念很不相同。程老夫子所要护持的，是儒学中的一些原则。

这个特点，在诗中也有体现，如果只看“闲来无事不从容，睡觉东窗日已红。万物静观皆自得，四时佳兴与人同”这样的句子，似乎就是一个拥有隐士胸怀的高士所写，嗅不出道学先生的味儿。但最后“尾巴”终于又露出来了——“富贵不淫贫贱乐，男儿到此是豪雄”，这是《孟子》中的典故：“富贵不能淫，贫贱不能移，威武不能屈，此之谓大丈夫。”

钱锺书先生在编宋诗时有“六不选”的原则，第一就是“押韵的文件不选”。程颢先生这首诗，尤其是后半篇，也有押韵的讲义、押韵的口号一般的味道。所以理学程大掌门的诗钱先生一首不选。

而我觉得，程颢先生的这首诗还算略有可观，比前面嘲笑过的那篇类似写诗软件写得要好多了，诗本来有多种形式，口号性的诗也未必要全部否定，像什么“朝为田舍郎，暮登天子堂。将相本无种，男儿当自强”之类的，同样也为人们喜欢和传诵，程颢先生的这句“富贵不淫贫贱乐，男儿到此是豪雄”，能成为人们经常提到的诗句之一，也算成功。

【附】冯梦龙《夹竹桃顶针千家诗山歌》将此诗末句演绎为：

青山绿水古今同，男女相思一样浓。玉环魂断，皇家也空；绿珠花坠，豪家也空。只有范蠡扁舟载了西施去，男儿到此是豪雄。

诗中程颢说“富贵不淫贫贱乐”是豪雄，小姐姐说保护好心爱的情人才是豪雄，如李隆基、石崇辈，连自己的女人也保护不了，算什么豪雄？

二七

游月陂

［宋］程颢

月陂堤上四徘徊，北有中天百尺台。[①]
万物已随秋气改，一樽聊为晚凉开。
水心云影闲相照，林下泉声静自来。
世事无端何足计，但逢佳节约重陪。

① 月陂：水泊名。中天百尺台：耸立云天的高台。

《千家诗》的选编者不愧为程朱的铁杆粉丝，理学程老掌门的诗不厌其烦地选了进来，好在这是最后一首了。其实想想，这些粉丝滥选程颢的诗，虽曰爱之，其实害之，不怎么好的诗，类似写诗软件生产的作品也选进来，这不是丢程老夫子的丑吗？

像上一首诗，程老夫子赤膊上阵，直接大讲“富贵不淫贫贱乐”的儒家学理，倒也透彻痛快，正所谓干什么吆喝什么，也无可厚非。但到了这一首，又恢复那种黏黏糊糊犹如隔靴搔痒般的本性。严羽《沧浪诗话》云：“意贵透彻，不可隔靴搔痒；语贵脱洒，不可拖泥带水。”这首诗，正好犯了这个毛病，说是豁达也不全是豁达，说是超脱也不尽是超脱，仿佛一杯没沏开的茶。

人常说道学先生不宜写诗，我觉得正是因为道学先生往往讲究克制自己的性情，这正是诗家大忌。写诗，最讲究真情流露，所以程朱们的诗，真要是写“押韵的讲义”“押韵的语录”来当诗，虽然没有风流蕴藉的格调，倒还算是当行本色。

然而，一写起闲适诗，程朱之类的诗就很乏味。像这首诗，恬淡处远不及孟浩然，静谧味比不上王维，字锤句炼，摸不到老杜的门槛，清俊幽峭，学不了小杜的倜傥。所以，程颢这首诗，就是这样不上不下，不痛不痒，读来好生气闷。

此诗中间两联，平心而论，还算不错，像“万物已随秋气改，一樽聊为晚凉开”，对仗工稳，意境也比较好。只可惜程颢这首诗整体上的意境太零散，一点也不连贯，没有将这一联的优势发挥出来，反而被整诗平淡庸碌的味道给冲淡了。这就好比军中虽有大将，但主帅指挥不好，发挥不出他应有的威力，殊为可惜。

【附】冯梦龙《夹竹桃顶针千家诗山歌》将此诗末句演绎为：

> 雄鸡啼罢渐星稀，梦醒巫山郎要归。留郎不住，任郎早回；送郎执手，问郎后期。郎道：姐呀，你有心时我有意，但逢佳节约重陪。

那必然是每逢佳节倍思亲了，但一年佳节有几何？此处佳节要是当好日子来解释还差不多。

二八

秋兴（其一）

［唐］杜甫

玉露凋伤枫树林，巫山巫峡气萧森。①
江间波浪兼天涌，塞上风云接地阴。
丛菊两开他日泪，孤舟一系故园心。
寒衣处处催刀尺，白帝城高急暮砧。②

① 玉露：秋天的霜露，因其白，故以玉喻之。巫山巫峡：指夔州（今奉节）一带的长江和峡谷。萧森：萧瑟阴森。

② 催刀尺：指赶裁冬衣。白帝城：在今奉节县，瞿塘峡上口北岸的山上，与夔门隔岸相对。急暮砧：黄昏时急促的捣衣声。砧：捣衣石。

二九

秋兴（其三）

［唐］杜甫

千家山郭静朝晖，日日江楼坐翠微。
信宿渔人还泛泛，清秋燕子故飞飞。
匡衡抗疏功名薄，刘向传经心事违。①
同学少年多不贱，五陵衣马自轻肥。②

① 匡衡：字稚圭，汉朝人。抗疏：指臣子对于君命或廷议有所抵制，上疏极谏。刘

向：字子政，汉朝经学家。

② 轻肥：即轻裘肥马。《论语·雍也》：“赤之适齐也，乘肥马，衣轻裘。”

三〇

秋兴（其五）

［唐］杜甫

蓬莱宫阙对南山，承露金茎霄汉间。①
西望瑶池降王母，东来紫气满函关。②
云移雉尾开宫扇，日绕龙鳞识圣颜。
一卧沧江惊岁晚，几回青琐点朝班。③

① 蓬莱宫阙：指大明宫。蓬莱，汉宫名。唐高宗龙朔二年（662），重修大明宫，改名蓬莱宫。承露金茎：指仙人承露盘下的铜柱。汉武帝在建章宫之西神明台上建仙人承露盘。唐代无承露盘，此乃以汉喻唐。

② 降王母：《汉武内传》说西王母曾于某年七月七日飞降汉宫。东来紫气：用老子自洛阳入函谷关事。

③ 青琐：汉未央宫门名，门饰以青色，镂以连环花纹。后亦借指宫门。点朝班：指上朝时，殿上依班次点名传呼百官朝见天子。

三一

秋兴（其七）

［唐］杜甫

昆明池水汉时功，武帝旌旗在眼中。①
织女机丝虚夜月，石鲸鳞甲动秋风。②

波漂菰米沉云黑，露冷莲房坠粉红。③
关塞极天惟鸟道，江湖满地一渔翁。

① 昆明池：遗址在今西安市西南斗门镇一带，汉武帝所建。

② 织女：《三辅黄图》卷四曰："昆明池中有二石人，立牵牛、织女于池之东西，以象天河。"石鲸：指昆明池中的石刻鲸鱼。《三辅黄图》卷四曰："池中有豫章台及石鲸，刻石为鲸鱼，长三丈。每至雷雨，常鸣吼，鬣尾皆动。"

③ 菰：茭白，一种草本植物，生浅水中，皮黑褐色，状如米，故称菰米，又名雕胡米。莲房：莲蓬。坠粉红：指秋季莲蓬成熟，花瓣片片坠落。

《秋兴》这组诗，是杜诗中的代表性作品，自然是法度谨严，光芒万丈。历来文人从不齐啬溢美之词，有人说"《秋兴》八首是杜律中最有力量者，其声响自别"，又有人说"《秋兴》八首，皆雄浑丰丽，沉着痛快"，更有人说"云霞满空，回翔万状，天风吹海，怒涛飞涌。可喻老杜《秋兴》诸篇"。

这些诗，都写于杜甫晚年，他此时旅居夔州，生命已如残烛一般，没有剩下多少时光了。此时老病相煎，大唐的国势也是山河破碎，开元天宝的繁华扫地无存。

在秋风萧飒之时，杜甫感慨自己的一生，其中有着"佳人拾翠春相问，仙侣同舟晚更移"的温馨回忆，有着"珠帘绣柱围黄鹄，锦缆牙樯起白鸥"的繁华旧梦，有着"云移雉尾开宫扇，日绕龙鳞识圣颜"的骄傲时光，但这一切，都成了再也追不回的往昔，眼前要面对的，是冷落荒凉的江边秋景，是白头苦垂的沧桑心事。

小时候，我很不喜欢杜甫的诗，想来大多数的青少年也心同此感，但活过半世之后，对杜甫诗中的滋味，就会越来越能体味得到。人到暮年，如果再经受过乱离之苦，才会对杜甫这些诗中的意境真正地感同身受，也会越来越惊叹于杜甫这支妙笔，能够写出如此厚重的人世苍凉！

《秋兴》作为千古传诵的名篇，各种解读注释的资料非常多，这里就不重复了。不过，《千家诗》里面只选了八首诗中的其中四首，不免使读者有将这组好似多重乐章的经典之作给割裂了之感。正如《唐诗鉴赏辞典》中评价的那样："八首诗是不可分割的整体，正如一首大型抒情乐曲有八个乐章一样。"所以历代饱读诗书的名士，都强烈反对只选其中的几首诗来读，比如明末清初的王夫之《唐诗评选》说："八首如正变七音，旋相为宫，而自成一章。或为割裂，则神体尽失矣，选诗者之贼不小。"另一个文人冯班更是直接呵斥："何以只选一首，好大胆！"读尽天下之书，编辑《四库全书》的纪晓岚更是说："八首取一，便减多少神采。此等去取，可谓庸妄至极！"

《千家诗》里，虽然没有只选一首，而是选了四首，但也不免有割裂经典之嫌，可如果八首都选，对于博采众家的《千家诗》来说，比例就过多了，有些不协调，所以有些选本，就把这四首《秋兴》都删了，干脆不选。

三二

月夜舟中

[宋]戴复古

满船明月浸虚空，绿水无痕夜气冲。①
诗思浮沉樯影里，梦魂摇曳橹声中。
星辰冷落碧潭水，鸿雁悲鸣红蓼风。②
数点渔灯依古岸，断桥垂露滴梧桐。

① 夜气冲：夜气弥漫。
② 红蓼：水边开红花的水草。

戴复古是陆游的学生，其诗风不免和他老师陆游有不少相似之处。这首七律，就反映出这样的特点。

这首诗写得琐碎、细腻，虽然中间两联也算工稳巧妙，像“星辰冷落碧潭水，鸿雁悲鸣红蓼风”一联，堪称好对。不过这首诗还是有意思重复空洞的毛病，同样表达月夜舟中的情怀，我们把前四句截去，变成这样一首绝句：“星辰冷落碧潭水，鸿雁悲鸣红蓼风。数点渔灯依古岸，断桥垂露滴梧桐。”你看看，整首诗的意境变了没有，所表达的思想减了多少？也没多大的影响吧。这就意味着，诗中前后重复的意思是有很多的。

而且，像“诗思浮沉樯影里，梦魂摇曳橹声中”这样的话，直接说出来并不好，显得太直白。《沧浪诗话》中说：“语忌直，意忌浅，脉忌露，味忌短……”所以，这“诗思”“梦魂”之类的话，还是让读者自行品味出来才好。

这一首诗，无非是说泊船异乡、中夜凄凉的情感。和前面唐人张继的

《枫桥夜泊》应该是同一主题，但张继那首诗只短短二十八个字就成为千古绝唱，而戴复古这一首，字数多了一倍，却远不如人家那首知名。这就很能说明问题了。

戴复古这首诗，并不是说一点也不好，其中像“渔灯”“古岸”“断桥”“梧桐”等景物还是描写得十分传神的。但是这首诗有宋诗的通病，就是过于在琐碎的字句中提炼、景物的描写上下功夫，却忽视了立意和气韵。

【附】冯梦龙《夹竹桃顶针千家诗山歌》将此诗末句演绎为：

楼高百尺傍河东，姐望郎来路不通。粼粼浅碧，一重又重；
夜深人静，罗帏尚空。姐道：我侬好像撑渡船个等人立在河边看，
只见断桥垂露滴梧桐。

山歌中借用此句，倒足为点睛之笔，滴落的不仅是垂露，还应有相思泪吧！

三三

长安秋望

［唐］赵嘏

云物凄凉拂曙流，汉家宫阙动高秋。①
残星几点雁横塞，长笛一声人倚楼。②
紫艳半开篱菊静，红衣落尽渚莲愁。③
鲈鱼正美不归去，空戴南冠学楚囚。④

① 拂曙：拂晓。

② 雁横塞：雁阵横在天边。

③ 紫艳：形容菊花的颜色。篱菊：篱笆内的菊花。红衣：指莲花的花瓣。渚：水边的小块陆地。

④ 鲈鱼、南冠等典故，参看正文解释。

赵嘏的简介前面说过，他一生也没过几天舒服日子。这首诗是他的一首成名作，当时就因“长笛一声人倚楼”这一句而闻名遐迩，赵嘏也被杜牧戏称为“赵倚楼”。确实，明月高楼之上，笛声幽远，人倚栏杆，此情此景，正可入诗入画。后来黄庭坚在生命中的最后一首词中，也写道“短笛长歌独倚楼”（《南乡子·诸将说封侯》），当是借用了赵嘏此诗的意境。

赵嘏曾屡试不第，当时没考上的学子怎么办呢？要知道当年对于路途遥远的考生来说，从家到长安，单是花在路上的时间就要有半年，这中间的花费也不少，再说了，整天奔波于道上，怎么有时间复习功课啊？于是有些人就借居在长安，以待来年再考。赵嘏就是其中一员。

对于这些落第举子来说，生活是相当窘迫的，无官无职无工作，收入就靠从家里带过来的那几个老钱，自然不敢乱花。而且，本身受了落第的打击，再次考试也没有什么成算，心情也郁闷极了。赵嘏面对长安的秋天，愁肠满腹，于是写下了这首七律。

这首诗，将深秋黎明时的长安景色融入羁旅情愁中，写得非常动人。云雾飘游，晨光中映出长安高大的宫阙，相比之下，更显得人孤零零的，渺小无依。空旷的秋日天空，几点残星犹在，南归的雁阵，点点横空，此时一声凄怨的笛声传来，不禁让人百感交集，几乎站立不住，怅然倚在高楼上，热泪奔流。竹篱旁紫艳的菊花，正半吐芬芳，而水塘里面的莲花，红瓣落尽，只留下枯荷败叶，似有愁容。

接下来用了两个典故。"鲈鱼正美"，是西晋时张翰的故事。张翰见到秋风吹起，想念南方吴地家中的鲈鱼、莼羹、菰菜，于是抛弃官职，回家去了。而赵嘏虽然也想念家乡的风物，却不能像张翰一样抛去功名回家，因此无可奈何地说"空戴南冠学楚囚"。这又是一个典故，出自《左传·成公九年》，大意是说楚人钟仪被囚于晋，仍然戴南冠（楚人的帽子），弹奏南国音乐，人们称赞他是君子之行。后来文人们写诗，就用"南冠"或"楚囚"来代表囚徒或困窘中的人。赵嘏是南方人，所以用这一典故，是十分贴切的，这里形容诗人困居长安，就像囚徒一样，想回家却没法回，他是被看不见的锁链锁着呢。

晚唐之诗，往往凄清料峭，这首诗也沉浸在一种深秋的寒意中，充满了伤感和无奈。

【附】冯梦龙《夹竹桃顶针千家诗山歌》将此诗末句演绎为：

看看月上粉墙头，弗见情郎那弗忧。连宵不会，今夜又休，又不知何方羁绊，又不知何事逗留。姐道：郎呀，介个美约良宵弗来奴处寻快活，再去空戴南冠学楚囚。

小姐姐不知道，男人也不是想去当南冠楚囚，只是有名缰利锁缚着他。

三四

新秋

［唐］杜甫

火云犹未敛奇峰，欹枕初惊一叶风。[①]
几处园林萧瑟里，谁家砧杵寂寥中。[②]
蝉声断续悲残月，萤焰高低照暮空。[③]
赋就金门期再献，夜深搔首叹飞蓬。[④]

① 火云：火烧云。欹枕：斜倚在枕头上。

② 砧杵：砧是平的石座，杵是木棒，唐人衣料多为麻制，须捣软后裁用。

③ 萤焰：萤火虫的亮光。

④ 金门：汉代宫门名，《史记》中说宫门前列有铜马，故名之为“金马门”，简称“金门”，这里代指唐朝的皇宫。

杜甫虽然被后人尊为诗圣，但他在当年十分吃瘪。而且老杜是个十足的官迷，三十五岁时，老杜曾长年赖在长安，四处结交达官贵人，以求汲引，但应举时依旧名落孙山。老杜有诗写道：“骑驴十三载，旅食京华春。朝扣富儿门，暮随肥马尘。残杯与冷炙，到处潜悲辛。”这是当时非常真实的写照。

盛唐时人，注重风度，讲究“身、言、书、判”，也就是说长得要相貌堂堂（比如像王维，一张漂亮脸蛋，就让公主自愿帮忙），语言要流利清晰悦耳，写的字要端方遒劲，批公文时下的判语要优美精确合情合理。老杜估计长得一副猥琐相，而且性格褊躁，说话也不是很靠谱儿，所以老杜“面试”时给人的印象，从来就不是很好。

老杜给时任尚书左丞的大官韦济献诗时，曾在《奉赠韦左丞丈二十二韵》一诗中，自诩“读书破万卷，下笔如有神”，并吹嘘说“李邕求识面，王翰愿卜邻”，要知道李邕和王翰当时都是很高傲很大牌的人，老杜这样说，就好比一个没戏拍的三流演员，还自吹张艺谋、冯小刚都请他，档期原因，推啦。现在我们重读时，有老杜诗圣的牌子罩着，不觉得他是在说大话，而且李邕和王翰在后世的名气远不如老杜，但在当时的人看来，实在是有些狂妄。

老杜求韦济，如泥牛入海，没半点消息。到了三十九岁时，他又求翰林学士张垍推荐自己，张垍的个人品行很有问题，但这时候老杜病急乱投医，像鲜于仲通、杨国忠之类的奸臣他也求，根本不讲什么原则了。同时老杜写了篇《雕赋》，投到“延恩匭”中。说起这个“延恩匭”，还是武则天时弄的，类似于现在的意见箱。看来到了唐玄宗时，并未废除这一制度，只不过没有了当年胡乱告密诬陷的风气。

老杜投了赋后，还是半点动静没有，心烦意乱之余，写下了本篇这首诗，了解上述这一切后，我们才有可能真实地体会老杜的心情。

老杜于新秋乍凉之时，不禁感慨万千，我们知道，一到秋天，季节变换的时候，心中往往有一种说不出的感伤。尤其正当事业无成、岁月蹉跎的时候。老杜觉得凉风已起，看到园林萧瑟、飞萤照空，听到寒砧声急、蝉声断续，这一切都在提醒他，又一年即将过去。所以老杜的心情特别地烦乱，最后他下了类似“语不惊人死不休”这样的决心——“赋就金门期再献”，再写几篇到宫门前去献纳。但是到底能成功不，老杜心中可是一点把握也没有，所以又“夜深搔首叹飞蓬”——搔着脑袋，叹息自己的头发如蓬草一般芜乱，自己的身世如蓬草一般飘摇不定。

天宝十载（751），四十岁的杜甫趁唐玄宗祭祀太清宫、太庙和天地时，进献“三大礼赋”（《朝献太清宫赋》《朝享太庙赋》《有事于南郊赋》），玄宗终于知道还有老杜这一号人物，命杜甫待诏集贤院，这是后话。但这个小官有名无实，纯粹是“鸡肋”，杜甫正儿八经地当官还要等到他投奔唐肃宗时，那年老杜四十六岁。

【附】冯梦龙《夹竹桃顶针千家诗山歌》将此诗末句演绎为：

清清独坐绣房中，思忆子情郎忒弗通。抛人一去，竟无影踪；妆台斜倚，泪痕点红。姐道：我红粉弗搽花弗插，夜深搔首叹飞蓬。

诗人惯以夫妇喻君臣，此处借来以喻夫妇之情，也是十分相通。

柳溪鸳鸯图　宋代
佚名
页　绢本　设色
纵33厘米　横34厘米
北京故宫博物院藏

三五

中秋

[宋]李朴

皓魄当空宝镜升，云间仙籁寂无声。①
平分秋色一轮满，长伴云衢千里明。②
狡兔空从弦外落，妖蟆休向眼前生。③
灵槎拟约同携手，更待银河彻底清。④

① 皓魂：指明亮的月亮。仙籁：指天上的声音。

② 云衢：云彩铺成的道路。

③ 狡兔：月宫中的玉兔。弦：月有上弦、下弦，这里指月的边沿。妖蟆：月中的蟾蜍，传说月亮的盈亏是因为它吃掉了月亮。

④ 灵槎：可渡天上银河中的仙筏。

李朴是北宋诗人，网上摘录此诗时，有的误标为唐代，当属误传。李朴是北宋绍圣元年（1094）进士，同时也是一位理学家，曾自己在墓志上题道“以天为心，以道为体，以时为用”，所以理学先生程颐对他是十分欣赏的，《宋史》称“程颐独器许之”。

这也应验了笔者总结出来的一条规律，就是《千家诗》一书中大凡比较冷僻的诗人，多是和程朱沾点边的，李朴本身在诗坛知名度并不高，他这首《中秋》能收入《千家诗》，大概就是这个原因。

李朴的这首《中秋》诗，其实吟咏的面非常狭窄，换题目为《中秋月》其实也无不可。诗意说来也只平平，把月亮喻为“宝镜”，李白的《古朗月行》中早就说了“又疑瑶台镜，飞在青云端”，月中有“狡兔”“妖蟆”之类的故事，李白诗中也写过：“白兔捣药成，问言与谁餐？蟾蜍蚀圆影，大明夜已残。”不过，要想听“月亮与妖蟆”的精彩故事，还得有请卢仝先生，他那首《月蚀诗》写得光怪陆离：“此时怪事发，有物吞食来。轮如壮士斧斫坏，桂似雪山风拉摧。百炼镜，照见胆，平地埋寒灰。火龙珠，飞出脑，却入蚌蛤胎。摧环破璧眼看尽，当天一搭如煤炱……”

至于李朴最后见月色迷人，禁不住向往乘“灵槎”到天上，这也是老生常谈。“灵槎”这一典故，出于晋代张华《博物志》，当时认为天上的银河和地下的河海是相通的，于是就传说有人可以乘船到天河上去，这就是“灵槎”的由来。初唐时诗人们写应制诗，经常用这样的词儿，女皇武则天本人也写过：“今日星津上，延首望灵槎。”

总的来说，这首诗铺陈典故太多，现在不知道当时写此诗的情形，但感觉像是宴席间的应酬之作，没有贯注太多的真实情感，读起来难以引起共鸣，算不上超一流的好诗。不过有一句还是相当不错——“平分秋色一轮满”，我们现在经常用的“平分秋色”这一成语，就是李朴“发明”的。旧历以七、八、九月为秋季，而八月十五，正好处于秋季的中间，所以用“平分秋色”一词来形容十分醒豁生动，成为众口相传的成语。这也许是此诗的唯一亮点。

【附】冯梦龙《夹竹桃顶针千家诗山歌》将此诗末句演绎为：

陪郎同到木香亭，好像牛郎织女喜相迎。年年七夕，鹊桥会情，一宵欢爱，恩情又分。姐道：我别子情郎若要重相会，更待银河到底清。

待得黄河清，就极难；银河到底清，岂不是难上加难？这一对恐怕后会无期矣。

三六

九日蓝田崔氏庄

[唐]杜甫

老去悲秋强自宽，兴来今日尽君欢。①
羞将短发还吹帽，笑倩旁人为正冠。②
蓝水远从千涧落，玉山高并两峰寒。③
明年此会知谁健，醉把茱萸仔细看。④

① 自宽：自我安慰。

② 倩：请。正冠：把帽子戴正戴好。

③ 蓝水：蓝田山上的水。玉山：指当地的蓝田山，因此地出产玉石，故名玉山。

④ 茱萸：一种草药，重阳节习俗，认为佩带此物可以辟邪祛疾。

通过前面的几首诗，我们可以清晰地画出老杜在乾元元年（758）的行程图。这一年的早春，老杜和贾至、王维、岑参等人在唱和《早朝大明宫》的诗词，而暮春时，老杜就因自己的政见不被皇帝重视整天待在曲江喝闷酒，于是有了《曲江二首》，而后因不辨是非，硬要替房琯说话，被唐肃宗一怒之下，贬成了九品芝麻官——华州司功参军。

华州在今天的渭南市华州区，而司功参军一职，掌管考课、祭祀、礼乐、学校、选举、表疏、医筮等一大堆杂事，相当于现在的县文化局局长加教育局局长的职务。老杜对这个职务讨厌透了，曾写诗倾诉道："每愁夜中自足蝎，况乃秋后转多蝇。束带发狂欲大叫，簿书何急来相仍。"这里公务繁忙，琐事一大堆不说，环境也很差，蝎子出没，苍蝇遍地，老杜气得"束带发狂"，快急疯了。

这一年的重阳节，老杜就是在华县过的。现在将重阳节定为"老人节”，似乎只有老人才过，大大削弱了这一节日的喜庆范围。而古时的重阳节，比今天要热闹得多，大家都要聚在一起登高饮酒，插茱萸、赏菊花。崔氏指崔兴宗，他是王维的小舅子。（王维曾为他画过一幅像，并题诗道：“画君年少时，如今君已老。今时新识人，知君旧时好。”）当时他也在附近住着，于是重阳节这天在庄上招待了老杜。

老杜官场失意，又逢秋风肃杀，心情自然一直郁郁，但现在逢得重阳，大家都兴高采烈，老杜也只好打起精神，陪大家一起HAPPY。这就是“老去悲秋强自宽，兴来今日尽君欢”，宋代杨万里《诚斋诗话》中记载林谦之曾夸这两句“不徒入句便字字对属。又顷刻变化，才说悲秋，忽又自宽，以‘自’对‘君’甚切，君者君也，自者我也”。

老杜的诗擅于用这样的技巧，让人不觉为对却实为巧对，像这两句，乍一看，不成对啊？但细细品味，对得非常好：“老去”对“兴来”，“悲秋”对“今日”，“强自宽”对“尽君欢”，实际上都是工整的。有人说“悲秋”和“今日”不大像啊。不然，“悲秋”可以看作悲凉的秋季，而“今日”，是今天的日子，都是时间名词上加上一个修饰词，可看作是“宽对”和“借对”。

“吹帽”是写重阳诗时的一个常用典故，陶渊明的姥爷名叫孟嘉，为人旷达不羁。有次重阳节时随东晋大将军桓温一起登高，他醉意醺然，被风吹落了头上的帽子却浑然不觉，于是这一放诞率性的行为成为体现魏晋风度的佳话之一。老杜在此反用其意，是说自己老了，头发快掉秃了，帽子戴不稳，我不想效颦孟嘉，麻烦你帮我正一正帽子。这样的话，是带着苦笑来说的，潜台词是，人老了，无所谓了，不中用了。

老杜并没有一味叹息下去，像祥林嫂一样喋喋不休，而是突然笔锋一转，又引人饱览四方的风景：“蓝水远从千涧落，玉山高并两峰寒。”宋人林谦之读到此处，又鼓掌喝彩道：“诗人至此，笔力多衰，今方且雄杰挺拔，唤起一篇精神，自非笔力拔山，不至于此。”林谦之看来是老杜的“粉丝”，这段话夸得有点过，不过老杜笔力雄健，诗的意境也大开大合，非宋诗中裹了脚般行路的小境界可比，这倒是真事。

然而，雄壮的山河，浓烈的秋色，引发了老杜更深的感触：“明年此会知谁健，醉把茱萸仔细看。”遥想明年的重阳之会，这一年间又会发生多少变故，自己老病相煎的身体，到那时能不能支撑得住呢？这一切无人能答，于是诗人只好醉中屡屡拈起传说能祛病去疾的茱萸细细观看，其中的苍凉意味，尽在不言中。

杨万里《诚斋诗话》曾称这首诗是“一篇之中，句句皆奇，一句之中，字字皆奇”，当然有些过誉，但老杜的七律，沉稳老到，格律精严，气势雄健，越是细读越觉味道浓郁，确是实情。

【附】冯梦龙《夹竹桃顶针千家诗山歌》将此诗末句演绎为：

梧桐叶落九秋天，罗帐里无郎懒去眠。黄花已绽，知他那边；金樽独对，泪痕未干。思忆子情郎去年今日登高处，醉把茱萸仔细看。

风景依稀似旧年，旧时天气旧时衣，只是旧时情郎不在，情何以堪。

三七

秋思

［宋］陆游

利欲驱人万火牛，江湖浪迹一沙鸥。①
日长似岁闲方觉，事大如天醉亦休。②
砧杵敲残深巷月，井梧摇落故园秋。③
欲舒老眼无高处，安得元龙百尺楼。④

① 火牛：战国时齐将田单将牛尾绑上沾了油脂的苇草后点燃，使牛群受惊冲向敌阵，获得大胜，此处比喻利欲催动人们像火牛一样疯狂。

② 日长似岁：一天就长得像一年。

③ 砧杵：捣衣用的工具。井梧：井边的梧桐树。

④ 元龙百尺楼：元龙，指三国时的陈登。《三国志》载：许汜对刘备诉说陈登对他不礼貌，说他去见陈登，陈登对他爱搭不理，后来睡觉时，自己大模大样地睡上床，让他睡下床。刘备听了说，许汜你是个眼光短浅、只顾“求田问舍”的小人，如果当时是我，我就睡在百尺高楼上，让你睡在地上，何止是上下床这样的差别！

在《新竹》那一篇中，对陆游的缺点大谈特谈，可能会改变教科书灌输给我们的陆游印象。但是大家也不要矫枉过正，陆游的诗，缺点是有的，况且陆游一生写的诗太多（现存也有九千多首），不可能篇篇都是名作。

钱锺书先生曾说过，对于存诗不多的名家，选诗时很占便宜，因为他们的诗早已经历史筛选，只留下了最好的，读者看了后还“无限神往，不知他们的样品就是他们的全部家当”，而对于像陆游这样存诗太丰富的诗人，选诗时就很费脑筋，而且有些并不是太好的诗被选出来后，别人并不赞同，反而看低了陆游的名头。有句话叫“寿则多辱”，意思是说人活得年头太多，就会犯错，或者遇到屈辱不快的事情，比如唐明皇，如果五十岁就死了，绝对一代明君；比如杜荀鹤，如果早死几个月，也就没有了投靠朱温的污名。这诗写得太多，也有与此相类的现象。

陆游对秋天非常敏感，他的诗集中描写秋天的非常多，像《秋思》《秋兴》之类的，一抓一大把。陆游律诗中的对仗用得非常好，我们如果想拟对联，尽可到陆游集中找，不用注册码，永久免费，从心里谢谢放翁先生就行啦。比如有关秋天的，我们可以找出："风凋木叶流年晚，秋入窗扉病骨苏""乌鹊成桥秋又到，梧桐滴雨夜初凉""蝉吟古柳声相续，月入幽扉影正方""过雁未惊残月晓，片云先借一天秋""横林虫镂无全叶，新雁风惊有断行"……多极了，如入宝山，俯拾即是珍宝。

《千家诗》的选编者虽然一向不大长眼，但这首《秋思》选得还是不错的，在陆游同类诗中算得上极佳的。颔联"日长似岁闲方觉，事大如天醉亦休"尤其出色。此诗的典故也用得十分贴切自然，像用田单火牛阵的故事来形容为利欲奔走如狂的人，十分生动形象。而用"元龙百尺楼"这一典故，可谓一语双关，既表达了渴望得一高楼望远抒怀的心情，又暗喻了诗人孤闷的境况——没有志同道合的朋友共诉衷情，身边皆是求田问舍的庸碌之辈。

不过，如果读多了陆游的诗，会发现他有些句子的意象反复用，像"日长似岁闲方觉，事大如天醉亦休"这一妙联，在另一首写秋日的诗里变成"未死皆为闲日月，无求尽有醉工夫"；而"砧杵敲残深巷月，井梧摇落故园秋"，拿来颠倒了一下，变成"井桐叶尽新霜后，衣杵声繁夕照中"。如今商品社会，知名品牌如"娃哈哈"，将"娃娃哈""哈娃娃""哈哈娃"之类相似的词语一股脑都注册下了，这是为了防止假冒，很好理解。而陆游这样做，似乎不是为了保护著作权，唯一起到的作用是把好对句都用了，让别人模仿也没法下笔了，正如刘克庄之叹："古人好对偶，被放翁用尽。"

【附】冯梦龙《夹竹桃顶针千家诗山歌》将此诗末句演绎为：

新年里别子我郎舟，教我时常记挂在心头。多情不见，望穿两眸；云山万叠，教奴送愁。姐道：我若望郎须是登高处，安得元龙百尺楼。

百尺楼再高，又能望多远？还是现代社会好，有手机定位，就怕渣男屏蔽拉黑了。

田垄牧牛图　宋代
佚名
团扇　绢本　设色
纵22.2厘米　横22.9厘米
美国明尼亚波利斯艺术馆藏

三八

与朱山人

［唐］杜甫

锦里先生乌角巾，园收芋栗未全贫。①
惯看宾客儿童喜，得食阶除鸟雀驯。②
秋水才深四五尺，野航恰受两三人。③
白沙翠竹江村暮，相送柴门月色新。

① 锦里：指成都南面锦江流经的地区。乌角巾：隐士常戴的有棱角的头巾。芋栗：芋头和栗子。

② 阶除：台阶。

③ 恰受：恰好容纳。

这首诗是老杜定居成都草堂后写的。说来杜甫在草堂的生活，至少有一段时间是相当不错的，我们现在一提起杜甫草堂，就想起那首《茅屋为秋风所破歌》，觉得杜甫似乎是个丐帮的预备成员，其实就老杜诗中透露的情况看，成都草堂的生活也很优裕的，虽不能和王维上好的别墅相比，但小康水平还是够格的。

老杜曾写诗向县令萧实要桃树（“奉乞桃栽一百根，春前为送浣花村”），后来又向一个叫韦续的人要竹子，种了一顷多竹子（“我昔游锦城，结庐锦水边。有竹一顷余，乔木上参天”），还种有十多亩桤木，这些都“有诗为证”。所以老杜在成都时的生活也不是一直都窘迫的，这也是郭沫若当年把老杜划分成“地主成分”的依据。我觉得，老杜的生活境况和当时四川行政一把手严武的态度息息相关，没有严武的照顾，肯定就凄凄惨惨，但一开始，严武对他不错，他的小日子还挺滋润的。

这首诗大概就是写于老杜在草堂时比较惬意的时段。所谓朱山人，是杜甫的南邻，所以这首诗有的选集中也标为《南邻》，第十六首中我们提过的“梅熟许同朱老吃”中的朱老，即为此人。他大概也是隐居在这里的文化人，因此，杜甫常去他那串门儿。这首诗就是写串门时的情景。

“锦里先生乌角巾”，直接点出朱山人的形貌剪影，而“园收芋栗未全贫”， 意思说，园里还有点芋头栗子可收，还不算太穷。这是一种非常俏皮的说法，貌似说不贫，其实想说的正是朱山人的清贫。

而“惯看宾客儿童喜，得食阶除鸟雀驯”，是从侧面说朱山人的热情好客，平易近人。如果朱山人是位白眼一翻、见人就推出门外的怪人，那儿童哪有机会“惯看宾客”？旧时的一家之主，就相当于现在一个公司的老板，他的性格思想影响着整体人员的作风。儿童好客，鸟雀驯良，都很说明问题。

与之有鲜明对比的是，晚唐李山甫在《公子家》一诗中曾写道：“鸳鸯占水能嗔客，鹦鹉嫌笼解骂人。”鸳鸯、鹦鹉本非凶恶之物，却也能对客人发怒，胡乱骂人，这豪门高第的凌人气焰，扑面而来，可想而知。

后四句写送别的情景，也是一派温馨恬淡的田园风光。秋水浅浅，江流缓缓，小舟一叶，飘然来去，但见翠竹绿、岸沙白，月色清新照映柴门。此景，如淡墨空灵的一幅天然图画；此情，是纯如清水却滋味最真的君子之交。

写这种田园风味的诗，历来人们推崇王维和孟浩然，但王维的山水诗远比田园诗好，真正清新如田间禾苗，纯天然不加“防腐剂”的只有孟浩然独步，而老杜的诗在这方面也相当拿手，可以和孟浩然有一拼。

三九

闻笛

[唐]赵嘏

谁家吹笛画楼中，断续声随断续风。
响遏行云横碧落，清和冷月到帘栊。
兴来三弄有桓子，赋就一篇怀马融。[①]
曲罢不知人在否，余音嘹亮尚飘空。

① 桓子：指东晋桓伊。他吹笛很拿手，有次王徽之遇到他，请他吹笛，桓伊当时早已是高官，但依然下车为王徽之吹了三段曲子，后人称为“桓伊三弄”。马融：东汉文学家，写有《长笛赋》。

这一首诗，读后觉得味道有些异样，一翻《全唐诗》，赵嘏集中没有。那这首诗的来历就有些值得怀疑了。细细品读，越发感觉这首诗不类唐音，大概是宋人甚至明代的人编诗时有意欺世，故意造出来的一篇“赝品”。

唐人写诗，很少有一个琐碎的小题目就铺陈典故、说来说去的，唐人比较张扬粗放，是那种快意恩仇、爽爽朗朗的性格。而且写诗时，多说实情实景，不喜欢空发议论。大家看这首诗，以《闻笛》为题，虽然言辞写得也算精彩动人，但绕来绕去，都是写闻笛这件事，除此之外，了无余味。虽用了桓伊和马融的典故，但也是刻意堆砌而来，并没有抒发出什么真情实感，诗人闻笛后，是何心情，是悲是喜，都没有告诉我们。

大家将此诗和前面陆游的《新竹》那篇比一比，就可以看出虽然题材不同，但手法有惊人的相似之处，都是字句写得纤巧细致，诗意却平淡肤浅。所以，可以断定，这首定是后人仿古做旧的假“古董”。

我们知道，赵嘏因《长安秋望》中的“长笛一声人倚楼”而被杜牧称为“赵倚楼”，这“长笛一声”用得恰到好处，“一声”就足够了。赵嘏难道会因小杜的称赞，写上瘾了，把“长笛一声”续成很多句，再来首《闻笛》？想必赵嘏的见识还不至于这样短浅。退一步说，就算这首诗真的是赵嘏补写的，诗中为何一点也没有仕途蹭蹬坎坷的凄凉之感，情趣竟和《长安秋望》迥异？就算这诗是写于赵嘏及第后，那诗中应该有悲喜交集的感慨，绝不会像现在这样温吞吞地不疼不痒。

如果不谈作者，就诗论诗，这首诗算得上中等偏上的作品。“响遏行云横碧落，清和冷月到帘栊”，意境还不错；“曲罢不知人在否，余音嘹亮尚飘空”，也值得一赞。只不过钱起的“曲终人不见，江上数峰青”创作于前，这首诗是仿效而来，“得分”不免要扣一些了。

【附】冯梦龙《夹竹桃顶针千家诗山歌》将此诗末句演绎为：

楚囚深锁恨重重，那得个情郎信息通。从伊一去，歌停笑慵；当初恩爱，落花晓风。姐道：郎呀，你弗记别时小阿奴奴唱个阳关调，余音嘹亮尚飘空。

“风流得意之事，一过辄生悲凉”，前面撒狗粮，此处生悲凉。

四〇

冬景

[宋]刘克庄

晴窗早觉爱朝曦，竹外秋声渐作威。[①]
命仆安排新暖阁，呼童熨帖旧寒衣。
叶浮嫩绿酒初熟，橙切香黄蟹正肥。[②]
蓉菊满园皆可羡，赏心从此莫相违。[③]

① 朝曦：晨曦。

② 叶浮嫩绿：新酿的酒，未滤清时，酒面浮起酒渣，色微绿，这里指新酿酒的样子。橙切香黄：指蟹黄如切开的橙子一样又香又黄。

③ 蓉菊：芙蓉和菊花。

这首诗题为《冬景》，实际上写的倒像是深秋。或许是江南地暖，草木凋得慢，到了初冬时，尚有诗中所描绘的情景。

宋人多以老杜为师，刘克庄这首诗，有些模仿老杜诗作的痕迹，像“赏心从此莫相违”读来就相当眼熟，是的，前面老杜的《曲江二首》中第二首最后一句就是“暂时相赏莫相违”。不过，这首诗的体例却并不是袭自该诗，我觉得，此诗和前面我们读过的杜甫《江村》一诗写作手法上倒有相通之处。

虽然《江村》写的是夏景，这里是冬景，但都是写宁静安适的生活，写乡村中的情调，文笔也一般地清新自然，朴实生动，没有掉书袋般地“堆垛死尸”（形容搬古人现成文字），没有繁缛夸张的文饰，道的是实情实景，可当“真切”二字。

只不过，从诗中看，刘克庄要比老杜阔气多了，从“老妻画纸为棋局，稚子敲针作钓钩”就可窥出老杜的寒酸，而人家刘克庄“命仆安排新暖阁，呼童熨帖旧寒衣”，好家伙，呼童喝婢，十分威风。郭沫若当年把老杜划分成“地主成分”时，费了不少功夫来搜罗证据，刘克庄应该不用费事，单这两句，就证明绝对是“地主”跑不了。

刘克庄曾因写《落梅》诗，被人弹劾丢官，“坐废十年”。但从诗中看，刘克庄有家有业，有田产土地，小日子过得还是挺滋润的。寻常的寒士，一遇秋天，就倍觉天寒衣单，凄凄惨惨，而人家老刘吃饱睡足，让家人收拾火炉，准备好暖阁，棉衣也早早地准备出来，可谓丰衣足食，高枕无忧。时值晚秋，家酿的美酒初熟，阳澄湖的大闸蟹正肥，酒酣之后，还有后园的芙蓉、菊花可赏。这日子过得，当真是“有闲真富贵，无事小神仙”啊。由此也知道为什么前面说过，刘克庄写诗，一写就是一套组诗，他实在太有闲工夫了。

现在网上流行“穿越”，如果想当诗人，我觉得选刘克庄还是不错的，不要穿越成王昌龄，抬眼看见堂上一个官对你怒目而视，一问姓名，却是闾丘晓；也不要穿越成卢照邻，整天头疼得忍不住，只好投水自杀……

别乱想了，回来，回来。刘克庄这诗，写得虽然也真切生动，但诗中写乐景不容易打动人，所以此诗能引起的共鸣，远不如老杜。

【附】冯梦龙《夹竹桃顶针千家诗山歌》将此诗末句演绎为：

空庭落叶暮秋时，姐见子郎来笑嘻嘻。离情满抱，今番诉伊；开怀畅饮，黄花满篱。姐道：郎呀，小阿奴奴一寸柔肠化做子丈二软麻绳子，将郎来缚住，赏心从此莫相违。

捆绑不成夫妻，将郎缚住，不能是丈二软麻绳子，还得是情丝。

四一

小至

[唐]杜甫

天时人事日相催，冬至阳生春又来。①
刺绣五纹添弱线，吹葭六琯动飞灰。②
岸容待腊将舒柳，山意冲寒欲放梅。③
云物不殊乡国异，教儿且覆掌中杯。④

① 阳生：冬至后，白天开始变长，故称阳生。

② 五纹：五色丝线。弱线：丝线。这句是说天长了，女人可以多做些针线活了。吹葭六琯句：古代将苇膜烧灰放在刻有十二乐律的玉管内测试气候（利用的是热胀冷缩原理，其实很不精确），第六管灰动飞出时，是冬至的节气。

③ 待腊：等待腊月到来。

④ 云物：云烟景物。不殊：没什么区别。且覆掌中杯：干了杯中酒的意思。

这首诗是大历元年（766），杜甫于夔州（今四川奉节）时写的。前一年，严武暴病而死，老杜失去了这个大靠山，于是只好离开成都草堂，最后流落到夔州。当时的夔州都督柏茂琳，格外照顾老杜，让老杜主管公田一百顷，这些公田的收成当然不是全归老杜所有，但老杜这时是绝对饿不着的。俗话说："一天给一两，饿不着司务长；一天给一钱，饿不着炊事员。"老杜守着这一百顷公田，衣食自当无忧。

事实上，老杜经常能将糙米分散给贫苦老农，另外老杜还有些余钱，用来买下了四十亩果园，种满了柑橘。所以，老杜这段日子还是挺滋润的，这首诗中也透露出来。

小至，一般是指冬至的前一天（一说冬至后一日）。冬至后，太阳就慢慢从南回归线回来了，白昼的时间也一天比一天长。虽然事实上我们知道，气候最寒冷的时候，是在冬至以后。但老杜此时心情好，就不管这些了，于是诗中洋溢着“阳生春又来”的气息，河岸老柳将舒，山间梅花欲放，一派生机勃勃的意兴。

不过，“云物不殊乡国异，教儿且覆掌中杯”，反映了杜甫此时复杂的心情。此时老杜五十六虚岁了，肺喘、耳聋、眼暗，人老了，总想叶落归根，所以夔州虽好，老杜却依然于三年后泊舟而去，最后死于舟中。

这首诗其实在老杜集中也很平平，并不算太精彩，倒是有一些宋人诗中常见的毛病，比如有些典故相当生涩，如“刺绣五纹添弱线，吹葭六琯动飞灰”这样的句子。有道是“武大郎开店——专找矮个的”，《千家诗》的选者当然不是有“嫉贤”之意，只不过他们鉴赏能力有限，单爱和他们一个水平段上的诗歌。

四二

梅花

[宋]林逋

众芳摇落独暄妍，占尽风情向小园。①
疏影横斜水清浅，暗香浮动月黄昏。
霜禽欲下先偷眼，粉蝶如知合断魂。②
幸有微吟可相狎，不须檀板共金樽。③

① 暄妍：繁盛而艳丽。风情：此处指风光。

② 霜禽：冬天的飞鸟。

③ 微吟：低声吟诵。相狎：相亲昵。檀板：歌女们用来打拍子的檀木板，这里借指歌舞。金樽：金饰的酒杯，这里指盛宴。

林逋是一位颇有传奇色彩的隐士，一生隐居在西湖畔的孤山，在此种梅养鹤为乐，金庸先生《笑傲江湖》中写江南四友隐居孤山梅庄，想必就是效仿林逋先生的风雅。

林逋先生曾二十余年不涉足城市，比出家人还自持自律，朝廷多次征他出山做官，他都婉言谢绝，年纪渐老时，自己在屋边修了一座坟，并写诗道："湖上青山对结庐，坟前修竹亦萧疏。茂陵他日求遗稿，犹喜曾无封禅书。"后两句的意思是说，如果有人搜罗他所存的文稿的话，最值得骄傲的是，并没有一篇像司马相如《封禅书》那样拍马奉承的文字。

而在一般文人眼中，能为朝廷写些御用文字，那是文人们的无上光荣。李贺有诗："惟留一简书，金泥泰山顶。"其中的"一简书"，正是说这篇《封禅书》。两相对比，更看出林逋先生品质高洁，不食人间烟火。

林逋因“少时多病，不娶，无子”（梅尧臣《林和靖先生诗集·叙》），就以梅为妻，以鹤为子，当真是清高入骨。可笑的是，后世却有人冒称是林逋的后代行骗。韦居安《梅磵诗话》曾记载道，有个叫林洪的人略微会写些歪诗，宋理宗时给朝廷上书，自称是林逋的七世孙，打着刊印诗集的旗号，骗些经费。其实他家是泉州南边的人，却冒充是杭州的籍贯，和林逋更是毫无瓜葛。当时就有人写诗讥笑他，“和靖当年不娶妻，因何七世有孙儿？若非鹤种并梅种，定是瓜皮搭李皮”，揭穿了这个文化骗子的嘴脸。

然而到了明代，又有一个姓林的家伙冒称是林逋的十世孙。于是又有人讥道：“和靖当年不娶妻，如何后代有孙儿？想君自是闲花草，不是孤山梅树枝。”时到如今，这类人还是有的，而且某些地方政府乱认名人祖宗，借来提高城市文化名气的事情更多。

林先生以梅为妻，爱梅之心可谓极切，这首诗中也满怀爱慕之心，爱怜之意。

冬日之中，百花寥落，而梅花凌寒而放，独占小园，这等情致，和林逋的隐士心怀又何等相似！疏影横斜，如佳人临水而照；暗香浮动，似玉肌映月如霜。霜禽敬重于她的圣洁之美，只敢偷眼相瞧，俗艳的蝴蝶没有缘分看到梅花的清雅，如果知道会伤心欲死。梅花和诗人相亲相昵，心灵相通，更不必像寻常的俗人赏花时那样有歌有酒。

此诗字字句句，都透出诗人爱梅成痴的心情。这里的梅，不是供人赏玩的歌女，不是争宠献媚的嬖幸，她清高绝俗，浑如姑射仙人。林逋的诗，亦是如此。他不为皇帝显贵写，不为求人汲引写，甚至不为流传诗名而写（他的诗随写随弃，都是由别人偷偷收集的），纯为抒发自己的真性情。这等文字，才是天地间第一等的好文字。

其中，“疏影横斜水清浅，暗香浮动月黄昏”为写梅名句，但有人说出于南唐时江为的“竹影横斜水清浅，桂香浮动月黄昏”一联，江为的诗是分写竹子和桂花，林逋改为“疏”“暗”二字，用来形容梅花，却是恰到好处。考虑到林逋写诗也没有报酬，所以也不用像现代人一样计较著作权引起纠纷。但这一名句有江为的功劳，是值得一提的。

【附】冯梦龙《夹竹桃顶针千家诗山歌》将此诗末句演绎为：

杯中有酒是奴斟，再劝情郎饮几分。人生行乐，能有几巡？浅斟低唱，尽可遣情。姐道：郎呀，赏心乐意只是随常便，不须檀板共金樽。

美酒在杯，情人在抱，已是人间至乐，何须檀板金樽？

秋葵图 宋代
佚名
团扇 绢本 设色
纵24.2厘米 横26.9厘米
中国台北"故宫博物院"藏

四三

左迁至蓝关示侄孙湘

[唐]韩愈

一封朝奏九重天，夕贬潮阳路八千。①
欲为圣朝除弊事，肯将衰朽惜残年。
云横秦岭家何在？雪拥蓝关马不前。②
知汝远来应有意，好收吾骨瘴江边。③

① 九重天：指皇宫。潮阳：现在的广东汕头市潮阳区。
② 蓝关：陕西蓝田县东南，是当时从长安去南方的交通要道。
③ 瘴江：南方多瘟疫瘴气的江边。

韩愈这首诗，因情调“沉郁顿挫”，尤其是“云横秦岭家何在？雪拥蓝关马不前”，很有些老杜的滋味，于是得到《千家诗》编者的青眼。

这首诗，中学课本里学过，讲时多赞扬韩愈忠君爱国、不计个人得失的高尚精神。其实韩愈上表反对迎佛骨，就我来看，意义也不是很大。迎佛骨的举动，并非唐宪宗首创，唐代历史上曾七次迎佛骨，宪宗这是第六次。此前唐太宗、唐高宗、武则天、唐中宗、唐德宗都迎过佛骨。

前面说过，唐宪宗并非昏君庸主，当时正是翦平了不少藩镇之后，大唐颇有中兴重振之势。所以在这样的背景下，宪宗决定十分隆重地搞一个充满祥和气氛的迎佛骨仪式。

不想，却斜刺里杀出个韩愈老师，一张《论佛骨表》将此事弄得非常扫兴。表中尖刻地说“事佛求福，乃更得祸”，气得唐宪宗血压陡升，甚至差点要杀了韩愈。说来韩愈这人，就是迂腐，宪宗举行个迎佛骨仪式，其实也并无大害。至于有不少痴迷的佛教信徒，烧自己的手指、刺血供佛等等，那都是愚人的作为，也不能全算在佛和宪宗身上。最不应该说的，是那些信佛的帝王反而短命的话，这不明摆着咒宪宗吗？古人对此，避讳极多，给皇上写奏章时，万万不可将报丧的折子和请安的折子写在一起，这是大不敬。

盛怒之下，宪宗差点要杀韩愈，幸好被大臣们劝阻。宪宗说："愈言我奉佛太过，犹可容，至谓东汉奉佛以后，天子咸夭促，言何乖刺邪？愈，人臣，狂妄敢尔，固不可赦！"人家宪宗说得也挺中肯的，他说韩愈说我信奉佛事太过，这是正常提意见，也没有什么，但为什么这样尖刻地说天子奉佛必然短命？作为人臣，这样狂妄无礼，这是不可饶恕的。于是韩愈死罪饶过，活罪难免，被贬至潮州。

其实韩愈贬到潮州，当的是地方行政一把手刺史，仍是正四品大官，只不过当时是地僻人蛮的偏远地区罢了。"好收吾骨瘴江边"之类的话，也只是悲痛之下的丧气话，韩愈到潮州后，稳了稳神，马上写了《潮州刺史谢上表》一文，向皇帝认错做检讨。宪宗看了后，心肠软了，年底就把他调到袁州（今江西宜春）当刺史，后又调回京师。

韩愈为人，其实有点太过固执。宪宗皇帝迎佛骨之事，也不是什么有关国家危亡的大事，不过大家热闹热闹罢了。韩愈却死咬起来不松口，这未免太过迂腐。唐武宗倒是实现了韩愈的"遗愿"，诏令全国捣毁佛寺佛像，勒令二十多万僧尼还俗，但效果如何？有没有从根本上兴利除弊，使大唐面貌一新？实际并没有。所以说韩愈此举有些过于冲动，也有小题大做之意。

【附】冯梦龙《夹竹桃顶针千家诗山歌》将此诗末句演绎为：

樽前相别又经年，那得情人到眼前。恹恹多病，谁将信传；看看消瘦，难将命延。姐道：郎呀，就作子我命尽禄绝也要等个郎来到，好收吾骨瘴江边。

情不知所起，一往而深，生者可以死，死者可以生。生而不可与死，死而不可复生者，皆非情之至也。

四四

干戈

［宋］王中

干戈未定欲何之，一事无成两鬓丝。①
踪迹大纲王粲传，情怀小样杜陵诗。②
鹡鸰音断人千里，乌鹊巢寒月一枝。③
安得中山千日酒，酩然直到太平时。④

① 丝：白发。

② 大纲：大体上。王粲：三国时人，写有《登楼赋》及一些乱离的文章。小样：略为相似。杜陵：指杜甫。

③ 鹡鸰：脊令，鸟名。《诗经》有“脊令在原，兄弟急难”诗，此处借指兄弟。乌鹊巢寒月一枝：用曹操“月明星稀，乌鹊南飞。绕树三匝，何枝可依”诗意。

④ 中山千日酒：出自晋朝张华所著《博物志》。说中山人狄希善酿，他的酒可让人一醉千日。

王中这个人，不少资料都说是宋末人，字积翁。不过，南宋晚年有个叫王积翁的人，投降了元朝，名声很不好。不知和本诗作者是否同一人。也许是选诗者避讳此事，就此含糊不提？一时难以考索。

这首诗写宋末战乱时的情景，但是和擅写晚唐乱离之景的杜荀鹤、司空图、韦庄他们比起来，差了好多。此诗有宋人的种种毛病，比如“资书以为诗”，也就是说，抄些前人书上的典故堆砌成诗。清人吴乔《围炉诗话》说：“人于顺逆境遇间所动情思，皆是诗材，子美之诗多得于此。人不能然，失却好诗，及至作诗，了无意思，惟学古人句样而已。”像这首诗，中间两联的内容，全是引自旧书，什么王粲、杜甫、诗经中的典故，曹操吟诵的句子，哪有一点当前的实情实景！

所以这首诗应该属于钱锺书先生制定的“六不选”标准中的这一类——“学问的展览和典故成语的把戏”，算不上好诗。

而且，此诗中遣词选语也很生硬，像“踪迹大纲”对“情怀小样”，字面倒是工整，但诗意不佳。“大纲”和“小样”这样的词，不但我们现在读起来挺别扭的：“大纲”让我们联想到“教学大纲”什么的，而“小样”更可笑——“看你那小样儿”？就算在古诗词里，这两个词如此用法，也不多见。

再有，“乌鹊巢寒月一枝”源自曹操“月明星稀，乌鹊南飞。绕树三匝，何枝可依”的诗意，但组合得很是生硬，有些牵强不通。“月一枝”一词，虽然熟悉了曹操原诗后也不难理解是指月光下的一枝树丫，但毕竟从字面上来说是不通的。《初学记》一书中，曾将“乌鹊南飞”这几句缩写成“魏鹊”，很被后人讥笑，这里正有此病。

好诗的最佳境界，应该是写真情实景，用典也要恰到好处，最好是心中典故千万，用时却不露痕迹。而不要像暴发户一样，才发了点小财，就整天钱包里鼓囊囊地装满百元大钞，还时不时抽出来炫耀一下。

对此，《随园诗话》的作者袁枚有过心得，曾说道“他山书史腹便便，每到吟诗尽弃捐”，又说写诗时“必将此题之书籍无所不搜，及诗之成也，仍不用一典”。

【附】冯梦龙《夹竹桃顶针千家诗山歌》将此诗末句演绎为：

江边白浪雪花吹，姐听情郎做一堆。杯中有酒，畅饮莫辞；旁人闲讲，推做不知。姐道：郎呀，天大事来只是拼一醉，酩然直到太平时。

山歌里唱的倒像是前面陆游的诗意：“事大如天醉亦休。”

四五

归隐

［宋］陈抟

十年踪迹走红尘，回首青山入梦频。
紫绶纵荣争及睡，朱门虽富不如贫。①
愁闻剑戟扶危主，闷听笙歌聒醉人。②
携取旧书归旧隐，野花啼鸟一般春。

① 紫绶：官印上的丝带，借指权位。
② 剑戟：指武力。聒：吵闹嘈杂。

上一首诗中，作者写因遭遇乱世，恨不得一睡千日，于无知无觉中度过这纷乱的年代才好。而本诗的作者——陈抟老祖，倒有这种功夫。相传他在武当山遇上五个白胡子老头（据说是五条龙），教给五龙蛰法。所谓蛰，大概类似冬眠一般。陈抟练成这门功夫可以一睡好几十年，不饮不食。

陈抟老祖的睡功还是挺厉害的，据说有次到了一间柴房中，钻到柴火堆里一顿好睡，农夫不知道里面有人，新打的柴陆续向他身上堆，但他就睡在里面不出来了，过了一个冬天，柴火烧尽了，人们才惊奇不已地发现他。又有一次，一个樵夫看到山谷里有个死人，头脸上满是土，心中可怜，心想我做个好事把这个死人葬了吧，哪知一摸，这个“死人”打着哈欠坐起身来了，把樵夫他老人家倒差点吓死，定睛一看，原来是陈抟先生，也不知他在此处睡了多长时间。

呵呵，这门功夫看来非常有用，如果学会后，就不用感叹生不逢时了。年轻的朋友一看就业形势严峻，干脆先睡上几十年再说，然后再醒来一看，说不定这时社会老龄化严重，到处求着你上班呢。

陈抟老祖写的这首诗，倒没有不着边际的仙气，还是十分平易近人的。这首诗虽算不上超一流，但合情合景，从容道来，无丝毫矫揉造作之感，也合乎陈抟的隐士胸怀和身份。陈抟先生还有一联名句——“九重天诏，休教丹凤衔来；一片野心，已被白云留住”，和此诗的主旨相同。

再八卦一下，《千家诗》选编者是理学的忠实“粉丝”，笔者提了不止一次了。众所周知，陈抟老祖是道家人物，但好多人不知道他和理学一脉的关系。陈抟老祖精研易理象数，创立了“先天易学”，根据《太极先天图》又做出一幅《无极图》，后来几经辗转，到宋代理学大师周敦颐手中，变“道”为“儒”，为宋代理学理论的形成起了很大作用。

四六

山中寡妇

［唐］杜荀鹤

夫因兵死守蓬茅，麻苎衣衫鬓发焦。①
桑柘废来犹纳税，田园荒尽尚征苗。②
时挑野菜和根煮，旋斫生柴带叶烧。③
任是深山更深处，也应无计避征徭。④

① 蓬茅：茅屋。麻苎衣衫：粗麻做成的衣服。
② 桑柘：桑树和柘树，叶子都可养蚕。
③ 斫：砍。
④ 征徭：赋税和劳役。

前面说《干戈》那一首诗时，曾提到过，同样写末代乱世，杜荀鹤等晚唐诗人的笔下要出色得多，这首诗就是例证。

此诗写唐朝末年一个穷困的山中寡妇，虽只有短短的五十六字，却能细致翔实地刻画出这位苦难中日日熬煎的农家村妇。诗中不用典故，不加藻饰，直白平易地写出，很是符合诗中的主题和意境。

然而，北宋一书呆子名吴可，在《藏海诗话》中评道："老杜诗：'本卖文为活，翻令室倒悬。荆扉深蔓草，土锉冷疏烟。'此言贫不露筋骨。如杜荀鹤'时挑野菜和根煮，旋斫生柴带叶烧'，盖不忌当头，直言穷愁之迹，所以鄙陋也。"

宋人一味"粉"老杜，其实杜甫这几句诗，比杜荀鹤差远了，吴可讥讽本篇这首诗不够含蓄，殊不知这正是此诗的优点。艺术的形式，应该是为内容服务的，什么样的内容，就应该有什么样的形式。比如写一些倚红偎翠的绮艳之作，不妨典雅华丽，典故辞藻多用点，有点洛可可风格的味儿也无妨，但写平民百姓的疾苦，还求含蓄蕴藉之类的小资情调，可就有点冒傻气了。这不免类似孔乙己捂着茴香豆对小儿说："多乎哉？不多也！"正所谓"鞭扑底下的囚徒所发出来的不过是直声的叫喊，决不会用一篇妃红俪白的骈体文来诉痛苦的"（鲁迅先生语）。

杜荀鹤写晚唐时的惨景，十分详尽深刻，比如写官兵们的暴横："握手相看谁敢言，军家刀剑在腰边。遍搜宝货无藏处，乱杀平人不怕天。古寺拆为修寨木，荒坟开作甃城砖。"这些军阀们强抢民财，乱拆古寺，乱挖古坟，百姓却不敢出声。不但如此，他们还强拉民夫、强征民财作军用："农夫背上题军号，贾客船头插战旗。"于是百姓们被逼得家破人亡，骨肉分离："因供寨木无桑柘，为著乡兵绝子孙。"这一首首诗，不啻晚唐时的乱世流民图。

然而清初人贺黄公却说："杜荀鹤在晚唐为至陋，不成人语。"真是胡说八道！当然，杜荀鹤晚年也有一个污点，常为人诟病，那就是"谄事朱温"，他率先做了朱温后晋伪朝的翰林学士，但据说他这个官只做了五天就去世了。唉，早知如此，何必枉作小人！

另外，八卦一下：相传杜荀鹤是杜牧的私生子。杜牧在池州任上之时，小妾程氏怀孕后，不被杜妻所容，杜牧便将其嫁与一个叫杜筠的人。宋人周必大为此写过一诗："千古风流杜牧之，诗材犹及杜筠儿。向来稍喜唐风集，今悟樊川是父师。"（《唐风集》是杜荀鹤的诗集，樊川是杜牧的别号。）

四七

送天师

［明］朱权

霜落芝城柳影疏，殷勤送客出鄱湖。①
黄金甲锁雷霆印，红锦韬缠日月符。②
天上晓行骑只鹤，人间夜宿解双凫。③
匆匆归到神仙府，为问蟠桃熟也无。

① 芝城：鄱阳的别名。
② 韬：装东西的袋子。
③ 双凫：《后汉书》中说仙人王乔的一双鞋子可以化为水鸟飞来飞去。

此诗的作者是朱元璋的第十七子朱权。朱权体貌魁伟，聪明过人，人称“贤王奇士”。朱元璋看他有大将之才，为防御蒙古，将之分封在河北会州，称宁王，与燕王朱棣一起率边关铁骑抵御蒙古强敌。

后来朱棣造反，他胁迫朱权也出兵相助，并许诺功成后与他平分天下。但朱棣当了皇帝后，马上变卦，只字不提分治天下，还把朱权解除兵权，移居到江西南昌居住。朱权是聪明人，知道“拳头大”就是道理，干脆就韬光养晦，明哲保身。他饮茶弹琴、求仙访道，当起了逍遥王爷。朱棣虽为人阴狠，但看弟弟朱权整天“不务正业”，对自己一点危险也没有了，也就不再起下毒手的心思了。

但朱权是天才型的人物，喝茶弹琴，也都能有所创见和发明。朱权除写有多种戏曲外，还广集古代琴曲，加以解说，著成《神奇秘谱》和《太和正音谱》。

另外，我们现在流行的喝茶方法，正是朱权提倡和发明的。大家现在喝茶，一般是沏茶，放上茶叶，开水一冲，就好了。但唐宋时人不这样喝，他们要烹茶，甚至要加很多其他的佐料，这种习惯在南方客家人的擂茶中还保留着，他们把茶和芝麻、花生甚至生姜、生米放一起煮，再加糖或盐之类的，以前的人都是这样吃茶的。

但朱权却觉得过去的饮茶法“失其自然之性，夺其真味”。他主张“大抵味清甘而香，久而回味，能爽神者为上”（朱权《茶谱》），认为用开水沏茶，才能保持茶叶本身清香自然的味道。朱权的看法是很有道理的，后人纷纷用“沏茶”法代替以前的“吃茶”法，就是明证。

这首诗反映了朱权又一个爱好，那就是崇道。当年正当朱权失落之时，他结识了道教正一派第四十三代天师张宇初。张家世代是天师，住在江西龙虎山，正如孔家后人都是“衍圣公”一样。张天师被留在南昌，住了一段时间，每日教朱权读道家经典，朱权的心境也变得旷达开朗起来。

张天师不可久居南昌，他辞行时，朱权写下了此诗。这首诗应该归为应酬之作，立意当然并不太高，但词句的安排上却值得品味，像“黄金甲锁雷霆印，红锦韬缠日月符”，是模仿老杜的“高江急峡雷霆斗， 古木苍藤日月昏”，虽不如原句好，但也中理中节，颇有气势。诗中的典故，如仙人王乔的鞋子化为水鸟等，都很符合张天师的身份。而以“匆匆归到神仙府，为问蟠桃熟也无”作为结句，既表达了离别之意，又不露痕迹地恭维张天师，诗尾收得很精彩。

有人评说此诗时，说是阿谀奉承之作，这我不能苟同。如果写诗的人是一般王府幕僚，那确实有这样的感觉，但朱权虽然失势，好歹是皇家的王爷，这样写就不能算拍马屁了，而是出于朋友之间的礼貌。

朱权的诗流传不多，但从《日蚀》这一首诗中，可以看出他还是颇有些“怨望”之心的：

光浴咸池正皎然，忽如投暮落虞渊。
青天俄有星千点，白昼争看月一弦。
蜀鸟乱啼疑入夜，杞人狂走怨无天。

举头不见长安日，世事分明在眼前。

明为写日蚀这一现象，实为讥讽朱棣夺位，像“蜀鸟”，暗喻古蜀国之主杜宇被人篡国，化为杜鹃鸟啼血的故事，而“举头不见长安日”既用来诉说真正的君主被驱弃，又用来形容暗无天日，这和电影《建国大业》中冯玉祥大白天打灯笼去找老蒋一样的意思，而“世事分明在眼前”一句更是尖刻之至，是说现在正活生生地出现这样的事情啊。

我猜测，朱棣当年可能没有读到朱权的这首诗，不然以朱棣的残暴本性，朱权恐怕就活不成了。朱权的诗几乎散失殆尽，现存的除了七十多首写宫女生活的宫词外，只有零星几首。明代距今，年代并不太远，而朱权是王爷，诗集当不至于无钱刊印，无人收集。之所以如此，大概是朱权有意将某些诗作毁掉了。

【附】冯梦龙《夹竹桃顶针千家诗山歌》将此诗末句演绎为：

劳子我里情郎把酒沽，沽来花下共欢呼。郎把玉箫按谱，奴唱嘉兴妙歌，歌声箫韵，好似凤凰引雏。姐道：郎呀，个样得意私情，啥弗结子三千岁，为问蟠桃熟也无。

山歌中的情景，实人间至乐，虽南面王不易也。

四八

送毛伯温

[明]朱厚熜

大将南征胆气豪，腰横秋水雁翎刀。
风吹鼍鼓山河动，电闪旌旗日月高。
天上麒麟原有种，穴中蝼蚁岂能逃。
太平待诏归来日，朕与先生解战袍。

这一首诗，是明朝嘉靖皇帝朱厚熜所作。很多戏剧或评书，都时常引用此诗。比如有些戏曲，背着很多小旗的大将军一出场，就来上两句念白：“大将南征胆气豪，腰横秋水雁翎刀。”现在这首诗知名度也不低，有些人还恶搞集句：“芙蓉帐暖度春宵，朕与先生解战袍。”

平心而论，虽然我不怎么喜欢嘉靖皇帝这个人，但是这首诗还是相当不错的，写得非常生动，以日月山河为背景，杂以风声电势、鼍鼓旌旗，确实做足了君王的豪迈气势。这首诗中所提到的毛伯温，是明朝的一个著名文臣，大家不要惊诧，明代往往是书生为帅，像大家熟知的袁督师袁崇焕也是进士出身。这个毛伯温是个年轻有为的人，二十六岁就于正德三年中了进士。嘉靖十五年（1536），安南不服王化，图谋作乱，毛伯温被任命为兵部尚书率军出征，后来毛伯温用招抚之政策，不费一刀一剑讨平安南。

不过，需要说的是，这首诗并非嘉靖皇帝原创，而是有所借鉴，说难听点叫抄袭。早在弘治（明孝宗）年间，就有一本叫作《双槐岁钞》的书中，收有一首题为朱元璋所写的《赐都督杨文》：“大将南征胆气豪，腰悬秋水吕虔刀。马鸣甲胄乾坤肃，风动旌旗日月高。世上麒麟终有种，穴中蝼蚁更何逃。大标铜柱归来日，庭院春深庆百劳。”比较二诗，只是有几句略有不同罢了。当然“马鸣甲胄乾坤肃，风动旌旗日月高”确实没有“风吹鼍鼓山河动，电闪旌旗日月高”显得有声有色，后者画面感更强，更有舞台布景般的艺术效果。

要这么说，嘉靖虽有抄袭之嫌，但毕竟提炼加工了这首诗，也有一定的文采。但他的人品，我是很不喜欢，且不说二十多年不上朝，并任用严嵩等奸臣乱政，就凭他曾经把身怀六甲的张皇后踢得流产而死，又在宫中失火时，不让救援，把方皇后活活烧死在宫中这两件事来看，就十足证明他是阴毒之人。都说人家正德皇帝荒淫无道，也没干过这样惨无人道的事情。所以，在嘉靖年间的宫中，曾发生过一件十分罕见的奇闻：十六位宫女齐心合力，想勒死他。有什么样的理由，能让十几个小姑娘冒着千刀万剐的危险来谋杀皇帝？如今已无法彻底弄清楚，但嘉靖皇帝脾性残忍暴虐，绝非仁厚之君，那是肯定的。

十年前事太匆匆（后记）

迁变时光如转烛，迟留日影欠挥戈！不知不觉，离我这本书的书稿初成之时，已经过去了十年了。我也霜染两鬓，再读苏轼的“百年强半”之句，不禁唏嘘良久，黯然神伤。

这番重新修订旧作，将原来没有收录的王建的《宫词》、夏竦的《廷试》，以及沈佺期的《侍宴》、杜甫的四首《秋兴》、嘉靖皇帝《送毛伯温》这八首诗都增补上，另外还选录了冯梦龙的带有戏谑情调的部分山歌，欲为此书中的内容增添一些趣味。

随着年龄的增长，回头看来，和当年的心境固然有了一些差异，但是也没有过多地改动当年的文字，因为袁枚先生在《随园诗话》中曾经讲过这样一个事例：

> 诗不可不改，不可多改。不改则心浮，多改则机窒。要像初拓《黄庭》，刚到恰好处。孔子曰：“中庸不可能也。”此境最难。予最爱方扶南《滕王阁》诗云：“阁外青山阁下江，阁中无主自开窗。春风欲拓滕王帖，蝴蝶入帘飞一双。”叹为绝调。后见其子某云：“翁晚年嫌为少作，删去矣。”予大惊，卒不解其故。桐城吴某告予云：“扶南三改《周瑜墓》诗，而愈改愈谬。”其少作云：“大帝君臣同骨肉，小乔夫婿是英雄。”可称工矣。中年改云：“大帝誓师江水绿，小乔卸甲晚妆红。”已觉牵强。晚年又改云：“小乔妆罢胭脂湿，大帝谋成翡翠通。”真乃不成文理！

诗是这样，文同此理，不可不改，也不可多改。有些“嫌为少作”的文字，虽然有冲动稚嫩之嫌，却代表了当年的激情和锋锐。所以，在这里，还是能保留就尽量不动。

这么多年来，一直沉浸于古书旧诗中，正可谓“万卷古今消永日，一窗昏晓送流年”，于现实社会竟有了很强的疏离感。高效率、快节奏的时钟在我这里停滞了，伴着我的似乎是钟鼓更漏式的悠然；财富的裂变，职场的旋涡，在我的眼中，也犹如那书页中一则则看惯的故事。

“闭门即是深山，读书随处乐土”，我仿佛过着古时隐士们的生活。读多了有关穿越的故事，不免产生一个幻觉，似乎我是从遥远的古代穿越到现实中来的。尽管我如此喜爱这个时代，但依然留恋古人田园中的牧歌。

窗外，风更急了，夜空中冷浸浸的秋气。这样的气息实在是太熟悉了，不知曾化为多少篇佳句，收藏在厚厚的诗卷里。黄叶乱舞于空中，仿佛是那一页页发黄的故纸，又像是散落于尘中的前生回忆。

夜正深，月如霜，那一轮辉耀千年的明月，寄托了多少诗情。这一本《千家诗》的诗句，也正如这明月一般，不知照进过多少人的心灵。

日子就这样过去也很好，心情不再寥落和躁动，不再感叹“秋月春风等闲度”，也许我的使命，就是用百年的时光，来诉说千年的诗意。

石继航

2019年岁末

岁月无痕　诗情为记

岁月无痕　诗情为记

岁月无痕　诗情为记

岁月无痕　诗情为记

岁月无痕　诗情为记

岁月无痕　诗情为记